中公文庫

本の神話学

増補新版

山口昌男

中央公論新社

目次

附　篇

本の神話学

増補新版

二十世紀後半の知的起源

1　思想史としての学問史

七、八年ほど前のことであるが、私はしきりに「思想史としての学問史」ということを考えていたことがある。だからといってとりたてて、学説史といわれていたものを改めてどうこうするということではなく、それは、知識の存在形態（収集・保管・創造）の一つとしての学問に、特定の時代、地域の文化がいかに反映するかということを、学問の分野と既成の枠の中に押し込めないで、通分野的に、そして意識の他のあり方――すなわち演劇、絵画、文学といった「他の」諸々の創造に携わる行為とのかかわり合いにおいて展望に収める方法はないであろうか、といった関心にもとづく模索のようなものであったといった方がよいであろう。このような視点を具体的に展開する方法を一つずつ確立することによって、人類学の「文化」研究はあまり無理をせずに産業社会をも考察の対象とする手懸りを得ることができるかもしれないなどとつかぬ妄想にふけっていた。

このようなときに、偶然手にしたヴィンテージ版のスチュアート・ヒューズの『意識と社会』を一読して新鮮な驚きにうたれたのを忘れない。その後、生松敬三・荒川幾男訳（みすず書房）で訳出されたこの本は、まさしくそのような、「同時代」現象としての思想＝学問史なのであった。扱われた対象は、一部を挙げても、デュルケーム、パレート、クローチェ、ソレル、グラムシ、フロイト、ユング、トレルチ、マイネッケ、M・ヴェーバー、シャルル・ペギー、アラン・フルニエ、ジイド、トーマス・マン、シュペングラー、ヘッセ、プルースト、ピランデルロ、ジュリアン・バンダ、マンハイムと並べて目もくらむほど派手な取合せで、私の期待は、かなり満たされたような気になったものである。このような学問＝思想の分野における「同時代現象」を、生産関係と階級意識に還元する前に、「文化」を媒介とすることによって描いてみせるという思想史の方法は、カルロ・アントーニの『歴史主義から社会学へ』（未来社）において部分的に実現されてはいたが、ヒューズの場合には、いっそう徹底していたと言ってよかろう。特にヒューズは、シャルル・ペギーとか、ジイドとか、ヘッセ、ジュリアン・バンダといった、死後の声名が生前ほどではなく、新しい傾向を追いかけ廻すことによってしか商売が成り立たない東邦の翻訳立国の外国文学業者にはあっさり見捨てられてきたが、しかしけっして起爆力を失っていない作家または批評家（＝哲学者）を側面鏡に使うことによって、十九世紀から二十世紀にかけての学問・思想を成り立たせた基盤を照射してみせたのであった。

われわれの周辺の知的環境の中では、翻訳してしまいさえすれば、問題が一応片づいたかのごとく錯覚し、翻訳者は何とはなしに原著者とアイデンティファイした気分を味わって、さて次は、といったカモをあさる翻訳餓鬼道が一般化しつつあるように思われる。特に私などが知的刺戟を受けた著書の紹介・翻訳をめぐる状況を少し注意してみるならば、そこにはつねに当事者の知的感受性の低下――訳者、書評紙、書評家、ときには読者の大部分を含め――という現象を見出すことが稀でないばかりか、当り前のことになってしまっているようである。どの本が外国で問題になっているとか、売れているとか、売れそうだとか、良さそうな本だということを知るのはそう大して難しいことではない。

そこで、われわれにとって容易なことでなく、またそうすることが大へん必要なのは、ある本に刺戟を受けたときに、原著者に猛烈に嫉妬することではないかと私には思われる。嫉妬するということは、なぜそのような本が自分または自分たちによって書かれないのかと真剣に問い質すことである。と同時に、そのような本または研究がいかにして可能であったのかという前提を、知的環境から文化にまで掘り下げて探ってみることである。そしてその前提のうち、われわれの手許にあるもの、欠けているものをつねに再検討してみること、いわば「根こそぎ」の移植がいかに可能であるかを考えてみることである。このような手間を面倒だと思うなら、はじめから、西欧の研究書など一切手にしないで、ただただひたすらにおのれの体験に執着した方が、はるかに、自己表出という面で的確な方法が容易に導き出されるはずである。私が翻訳の餓鬼道というのは、このような徹底性を欠いたわれわれの周囲の知的環境、新しいということだけに執着して、自らの風土における知的再生産といったアフター・ケアを怠る紹介的出版・翻訳の知的頽廃を指すのである。人を傷つけないという配慮に固執するあまり、われわれは本をその隠れた連関とコンテキストにおいて読みとる術を喪いつつあるのではないかという危惧の念は、この知的風土のいちじるしい「二番煎じ」によっても裏付けられそうである。

悪魔祓いのための――例えばブランショなどの翻訳にみられる傾向――儀式としての翻訳が行事化し、翻訳＝忘却といった悪循環が固定化した結果、このところ西欧の学問とわれわれの学問の間に、再びある種の断層が生じつつあるのではないかということは、次第次第に感じられてきている事実である。それは、学問における知の冒険と、異なる分野の交流がおろそかになり、研究者一人一人の知的容量（キャパシティー）が、きわめて小さなものになってしまったのではないか、ということでもある。二十世紀前半のわが国の大学の学問は、細分化と数量化をめざして進められてきた。西欧の学問もそうであるかのごとき錯覚を人は持ちつづけてきた。ところが、現在われわれの目に映る言語学のロマーン・ヤコブソン、人類学のレヴィ＝ストロース、美術史のＥ・Ｈ・ゴンブリッチ、ピエール・フランカステル、哲学のミシェル・フーコー、文学批評のジョルジュ・プーレなどが示顕する知的風景は、二十世紀初頭以後影を潜めたと思われていた博学の伝統の悠々とした復興であるとも言える。それは、すでに歴史学の分野ではH・A・フランクフォート（古代中近東史の権威）や、例のヨハン・ホイジンガに示されていたものなのである。このような大へんよく知られた学者・批評家でなくても、例えばマルセル・ブリオンなどの例をとってみても、原著者と研究者としての訳者との学の量の圧倒的な格差はどうしようもないくらい開きつつあるように思われる。

この傾向を私は——外国文学研究はいうまでもないとして——この数十年間に飛躍的に視野の拡大が行なわれた美術史に特に強く感じている。いうまでもない当り前のことのようで、言うことすら気がひけることなのだが、西洋美術史の研究者が美術史の本だけ読んでせっせと展覧会の解説パンフレットを水増ししたにすぎないような文章ばかり書いていては、どうにもこの落差が埋められないということが、美術史家だけでなく、他の分野の研究者にも簡単にわかってしまうような時代になって来つつあるのである。

2　ピーター・ゲイの『ワイマール文化』

再びヒューズに関する私の体験に戻れば、私の驚きは、どうしてこのような立場が一九五〇年代のアメリカの思想史研究に現われて来えたのかという疑問に直結するものであった（すぐれた時間論『文学と時間』〔一九六〇〕を著わした哲学者ハンス・マイヤーホフがヒューズの友人であることなどである程度の見当はついていたが）。このヒューズに感じていた驚きと疑問がある程度解けたという気がする緒口が与えられたのが、ここで取り上げるピーター・ゲイの『ワイマール文化』（到津十三男《いとうずとみお》訳、みすず書房）である。ピーター・ゲイについては、数年前『タイム』誌で、『啓蒙主義』という著書で出版賞（ナショナル・ブック・アウォード）をとったことを知り、テーマに対する興味から一読して、私はその博学ぶりに驚嘆したことがある。彼が並の歴史家でないということは、例えば『啓蒙主義』（一九六六）の約百三十頁に及ぶ巻末の、彼が「文献目録形式のエッセイ」と称する文献目録の付け方を見ても明らかである。学術風論文につきものの、実際に読んだかどうかもわからない本の列挙からなる長い文献目録に、われわれは全然驚かないくらいに慣れてはいる。だが膨大な文献の一つ一つに、読んだことを示す、それもきわめて的確な生き生きとしたコメントを付記するというのは至難の業である。この点では、今われわれがとりあげている『ワイマール文化』においても変りはない。訳書で三十四頁を占めるこの文献解題にも、ワサビの利いたコメントが付けてある。書痴ともいうべき書物に淫した人間にとって、本は、叙述ばかりでなく、また装幀、インク、紙質ばかりでなく、文献目録および注などを通して、きわめて雄弁に語りかけてシビレさせるものであるが、本書は、書痴ではない人間にも、文献目録だけで二時間や三時間は十分に時間を忘れさせ、独立した知的な娯しみを与える十分な内容を持っている。

私などは、きわめて不真面目な読者であるから、まず目録との対話を始めてしまった。そのいくつかのコメントを挙げると、「全篇にわたってつねに適切な翻訳であるとはいえないが感動的な」（『シュテファン・ツヴァイクとフリーデリケ・ツヴァイクの書簡』英訳）、「……救い難く平凡だがウルシュタイン産業の姿はよく伝える」（ヴィッキー・バウム『すべてがまったく一変してしまった』）、「第一次大戦下におけるドイツ知識人のすばらしい――つまりはまったく耐え難い――ショーヴィニズムの事例に満ちている」（K・シュワベ『第一次大戦下のドイツ教授たちの政治的姿勢』）といった風であって、目録自体にゲイの指導的ドイツ知識人に対するかなり厳しい姿勢が明確に現われている。更に、ゲオルク・ベロウの『ドイツ史学史』には「政治的にも専門的にも反動的な観点からのドイツ史学史」とあり、ハイデッガーについては「ナチの権力獲得後にハイデッガーがフライブルク大学総長就任に際して行なった悪評高い講演。彼の擁護者たちはかの難解な哲学思想の解説に要すると同じくらい、この講演の釈明にも手間をかけている」。またC・G・フォン・クロコウのエルンスト・ユンガー、カール・シュミット、マルチン・ハイデッガーの研究についても「三人の〝哲学的〟非合理主義者たちの比較研究。いずれも何ほどかナチに親和性を持っていた」と厳しい立場を和らげず、また好意的なコメントとしてはE・R・クルティウスの『ドイツ精神の危機』について「良心と理性と人間性への訴えとして編まれた卓越したドイツの学者の論文集」という表現がみられ、社会学者ラルフ・ダーレンドルフの

『ドイツにおける社会とデモクラシー』（一九六五）については「厳格で、訓練された方法による誠実な〝ドイツ問題〟の社会学的分析。おそらくはドイツにおける十年に一度の傑作というべきである」といった、的確な読みにもとづく信頼のおけるコメントにわれわれは接することになる。

さて私のごとく一九三一年に生れ、第一次大戦後に成立し一九三三年にナチによって扼殺されたワイマール・ドイツに同時代的に交わることがなかった人間も、さまざまの形で断片的に、ワイマールについての知識を持つ機会に恵まれている。ワイマール・ドイツは、著者ゲイも序文で言うごとく「三文オペラ、映画のカリガリ博士、魔の山、バウハウスと女優マレーネ・ディートリッヒ」についての規格化されたノスタルジーによって、その時代を直接に体験しなかった者にも、比較的身近な存在になっている。それは、政治的には無力であり、余りにも苦々しく空しい体験に満ちみちていたが、文化的には豊かな時代であった。「黄金時代」として一方的に理想化することができないにしても、付録の政治小史の結びの言葉が示すように、「ワイマール政治史は、その文化史に比べると気がめいる。しかし、それでも、その後に続くものに比べると黄金郷であった」といえるのである。そして本書はこのような時代の「文化」活動のゲシュタルトを捉えようとする試みであり、㈠出生のショック、㈡理性の共同社会、㈢かくれたドイツ、㈣全体への渇望、㈤息子の反逆、㈥父親の報復、といった章の立て方から窺われるのは、時間にそって叙述が展開されるが、その推移は精神分析学的カテゴリーに寓意されて表現されているということである。

精神分析学と歴史学の交錯といっても、それはノーマン・ブラウンの『エロスとタナトス』（秋山さと子訳、竹内書店）におけるごとく、フロイト的カテゴリーの本格的適用の試みというわけではなく、社会心理学的な視点を媒介とした間接的な展開であるといえる。この点いささかわれわれの興味を惹くのは、ピーター・ゲイがスチュアート・ヒューズとともに、『ビヒモス――ナチズムの構造と実際』（みすず書房）で知られるフランツ・ノイマンの弟子であったということである。ヒューズによれば、ノイマンのまわりに集った六人の若い研究者の中で、「ただひとりゲイだけがノイマンの直接の弟子であった――そして、修正主義的社会民主主義者エドゥアルト・ベルンシュタインを共感の語調（初期のノイマンならほとんど我慢できなかったようなふうに）で扱ったドクター論文を書いたあとで、ゲイがその関心領域を政治学から歴史学に転じたということは、ノイマンの戦後の力点の変換を徴候的に示していた」（スチュアート・ヒューズ、荒川幾男訳「フランツ・ノイマン――マルクス主義とリベラル・デモクラシーの間」『みすず』一九七〇年一月号）という関係がなり立っていた。後述のごとくゲイが、『啓蒙主義』の研究の出発点をワイマール文化の最高の知的結晶の一人であるカッシーラーの『啓蒙主義の哲学』に求めていたとすれば、「ワイマール文化」に対する直接の知的関心を彼はノイマンに負っていたといえる。ゲイがナチスによってドイツを追われた移民の息子であるということから考えると、この書はゲイ自身の知的起源の探求の試みであると言っても過言ではなかろう。

一応、ざっと本書の概観を試みてみよう。大して気のりのする仕事ではないにしても、本書全体の雰囲気を知っておくことは、このような叙述のきびきびしたスタイルに加えて、オリジナリティに富んだ本では無駄なことではないから。

第一章の「出生のショック」は共和国の偶然的な、祝福されない誕生と、さまざまなサボタージュのために扼殺されるに至る前提が語られる。しかし希望なき政治環境の中で、これまでのドイツになく開かれたインターナショナルな場でマルク、クレー、カンディンスキー、ファイニンガーらの芸術家が仕事をするに十分な場が提供されたことが唯一の希望として語られる。

第二章には、理性共和主義者、すなわち、ワイマール共和国を祝福したわけではないが、他によりよい選択がないために共和政を選ぶといった、ある意味で後に共和政の墓穴掘りを手伝うことになる知識人と、エッカート・ケーアのごとき根っからの共和主義の知識人について語られ、ワールブルク研究所をはじめとするワイマール文化の最良の「たまり場」について語られた後に、よどんだ空気に支配された当時の「大学構内」が語られる。

第三章「かくれたドイツ」は、文学者の神話の見事な社会学的分析である。まず、ワイマールの詩人といえば人がただちに想起するシュテファン・ゲオルゲとそのエピゴーネンたちの英雄祭祀の熱っぽい雰囲気に分析のメスが加えられる。続いて述べられるリルケ崇拝の分析はなかなかうがったもので、「青年運動のもつ神秘主義」との関係におけるリルケ神話の分析は、生なかの文学の社会学を越えた透徹した筆致でなされ、このあたりはまさに、スチュアート・ヒューズの分析のスタイルを想わせる冴えを見せている。彼の視点の核をなすものは、巻末の文献目録でワルター・ムシヒについて述べる「文芸批評をいつもあいまいな形而上学に変えてしまうドイツ的傾向や空《から》念仏に対して一貫して闘った人物」の中の「ドイツ的傾向」という視点である。かくして、神話的英雄としての詩人として生者から選ばれたゲオルゲ、リルケ、死者の中から選び出されたヘルダーリン、クライスト、ビュヒナーの象徴的役割についての社会学的分析がこの章で展開される。

　第四章は、ファシズムへの予感がいかに「全体性」の神話のまわりに醸成されたかの分析で、政治に対するドイツの大衆、知識人のかかわり方が分析された後、青年運動としてのワンダーフォーゲルが、自然に還るという名のもとにナチズムの下地を整える様子が描かれる。と同時にこの章において、ピーター・ゲイのドイツの指導的右翼的知識人批判はきわめて厳しいものとなる。まず彼が槍玉に挙げるのはハイデッガーである。「彼の著『存在と時間』とそれに関係のある著作の厳密な哲学的意味がどうであるにせよ、ハイデッガーの仕事は、理性の産物であるワイマール体制を否定し、血でもって考え、カリスマ的指導者を崇拝し、人殺しをすすめて自ら実行し、死と一体である生命の酔いしれた抱擁の中で、理性を永久に葬り去ることを望んだナチスのような運動を称賛するのに等しかった」（一一八頁）と糾弾する。批判はさらにトレルチとかマイネッケとかヒンツェおよびフォン・ベロウといった「老獪な」理性主義的歴史家にも向けられる。しかし彼の言いたいことは、「ランケ後の世代に属する歴史家は、冷酷な合理主義と半ばかくされた神秘主義の不思議な混合を示した」という言葉につきよう。つまるところ、これらの結果においての「イデオローグ」が、「共同社会」という曖昧な用語において批判精神を眠らせ、「全体性」への社会心理学的欲求に呼応して、政治的反動の道を用意したことが批判的に述べられている。

　第五章はジークフリート・クラカウアーの『カリガリからヒットラーまで』（平井正訳、せりか書房）の分析を下敷きにし、表現主義運動が携えた両刃の剣的性格について、ピーター・ゲイの師であるフランツ・ノイマンが晩年に関心を抱いた精神分析学の歴史研究への適用を想わせる論の立て方によって分析が展開される。

　第六章は、ワイマール文化の敗北の過程についての叙述である。表現主義の転進をカール・ツックマイヤーの「時期にかなった転換」にみるとともに、トーマス・マンの『魔の山』にワイマールを象徴する「重大な意味」を探っている。『魔の山』のサナトリウムを一つの神話空間と見立てたこの象徴分析は、さらに展開しうる弾力性を持った視角が示されていてなかなか挑発的である。「しかし、その頃のワイマールは、魔の山の上の人間社会に似ていた。頬の血色がよいため、病気が潜行していることが分らなかったのである」

という規定を含むこの最終章は、病巣の摘出とともに死亡診断書にもなっている。

3　精神史の中のワールブルク文庫

これは、著者ゲイも力説しているところであるが、さまざまの形でわれわれのまわりに生きているワイマール共和国の中における最も魅力的な部分は、研究所とバウハウスのような若々しい私塾であったのかもしれない。大学は、すきがあらば、旧体制の亡霊を蘇らせようと機会を窺っている俗物どもの支配するところであった。ホルクハイマー、マルクーゼ、アドルノ、ノイマン等を輩出したフランクフルト社会研究所、フランツ・アレクサンダー、カレン・ホルネイ、特に最近目ざましい再評価の機運に恵まれているヴィルヘルム・ライヒの依拠していたベルリン精神分析研究所、それにワールブルク研究所を加え、さらに「ドイツ政治大学」とバウハウスを数えあげると、まさにその最良の部分においてワイマール文化は研究所と私塾の文化であったといっても過言ではないように思われる。

これらの研究所に関する記述の中で、最も感動的で、ゲイも力点をおき、しかも、わが国の知的環境の中でその意味があまり理解されないだろうと思われるのは、ワールブルク研究所に関する部分であろう。ワールブルク研究所は、ゲイの表現によれば、「ワイマール精神の最高の栄光であり、最も特徴的な現われの一つであった」（五〇頁）のであり、この点に関する理解が行き届かなければ、ゲイが何のためにこの本を書いたのかという根本的動機を逸してしまうことになりかねないのである。

ワールブルク研究所の名は、二十世紀後半の人間科学のあり方について少々まともに考えようとする人なら、『シンボル形式の哲学』（一九二三—一九二五）のエルンスト・カッシーラーを通じて、あるいは、その「イコン」（図像の単位）の分析によって「精神史」としての美術史研究の基礎を確立し、構造論的分析の立場に立ちながらしかも知的に誠実な研究者に及ぼす影響が日々に増大しつつあるE・パノフスキーを通じて、人々の耳目に親しいものとなっている。西欧の思想史または文学史における新プラトン主義的象徴論の底流の重要さを知る人は、フランセス・A・イェイツの『ジョルダーノ・ブルーノとヘルメス教の伝統』（一九六四）から『世界劇場』（一九六九）に至る諸著の序文で触れられるワールブルク研究所の名称を何とはなしに記憶しているはずである。シェイクスピアの舞台の神話・象徴論的分析によって今後ますますその視点の重要さが確認されていくにちがいないその『世界劇場』の序文において、フランセス・イェイツは「旧著における同様、ワールブルク研究所に私がいかに多大の恩恵を蒙ったかということは筆紙に尽しがたい。私はその文庫および写真のコレクションを絶えず利用させて貰った」と述べている。また前著『記憶術』（一九六六）においても「ロンドン大学のワールブルク研究所の同僚や友人には絶えず深甚なる恩恵に浴している。所長のE・H・ゴンブリッチは私の仕事に素晴らしい関心を抱いてくれ、彼の考えにはどれだけ刺戟を受けたかわからない」と述べ、彼女の注目を浴びている業績が、明らかに、「ロンドンに移ったワールブルク」の中から出て来たことを示している。もちろん、『芸術と幻影』（一九六〇）の著書で知られる所長のゴンブリッチが、現在最も刺戟的な美術史家の一人であることは、改めて説明する必要もないだろう。

このワールブルク研究所は美術史家アビ・ワールブルクの蒐集した厖大な文献を中心に創設されたものであるが、ワールブルクその人についてゲイは、「金持ちで学問が好きで、非常に感じ易く、ときどき精神に異常を来たすアビ・ワールブルク」（到津訳）と説明する。ただし「学問が好きで」というのは「本物の学者であり」と訳した方が誤解を避けるのに都合がよいようである。ワールブルクがいかなる学者であったか、ワールブルク研究所がいかなる性質を持った研究所であったかということを知るために、この点はぜひ展望に収めておかなければならない。『文化史を求めて』（一九六九）という、記念講演の冒頭の部分で、E・H・ゴンブリッチは「私は〝ワールブルク〟文化学文庫として創立された研究所の所長をしております。この文庫の創立者のアビ・ワールブルクはカール・ランプレヒトの弟子でありました。御存知のように、ランプレヒトは文化心理学の代表選手で、政治史だけにしか関心を示さない諸々の専門的歴史学者と、生涯を通じて絶え間なく闘い抜いた人であります。ワールブルクもランプレヒトも、ヤーコプ・ブルクハルトの巨像を恭敬の眼差しで仰ぎみておりました」とワールブルクについて語る。

ところでワールブルクの研究のスタイルを伝えるくだりでは、訳文の伝えるニュアンスは原著の叙述との間のズレを感じさせる。例えば「ワールブルクは、西欧文明のなかにギリシャ・ローマの古代が生き残っているという考えにつかれていた。このテーマは、永い間、学者たちの関心の的になっていたが、その研究の重大性と区分化を示した者はワールブルクその人であった。ギリシャ・ローマの古典を正確に研究し、それがルネサンスに与えた影響を正確につかむことは、学者の仕事というより、生死にかかわる問題であるように、彼には思われた」という訳文を読んだだけでは、ワールブルクの学風の何がユニークなのかさっぱりわからないかもしれない。「あったり前のことじゃないか」と人は想うだけだという恐れがないでもない。ルネサンスは古典古代の復活だというのは小学生でも知っている常識に属するし、それゆえ西欧の教育ではギリシャ・ラテン語が重視されてきたじゃないか、そういった古典古代の文学と西欧のかかわりについてなら、ギルバート・ハイエットの『西洋文学における古典の伝統』（柳沼重剛訳、筑摩書房）を繙いてみれば、いくらでも例を得ることができるではないかということになる。

しかし、ワールブルクの関心が美術史を中心とした「精神史」にあったという事実を知れば、上記の記述はかなり異なった様相を帯びてくるはずである。訳文のニュアンスのいちいちを取り上げても仕方がないのであるが、「このテーマは……」以降の部分は、「この主題は長い間学者の関心を惹きつけていたが、ワールブルク以外の学者は、それがそれほど手続きの上で基本的に重要なものであると考えなかったし、またワールブルクほど明晰な問題意識でこの主題を取り上げなかった」という風に置き換えることができるし、「明晰な問題意識」ということになると、以下は「古典的精神（クラシシズム）の正確な輪郭と、それがルネサンスに与えた当の影響そのものは、無味乾燥な学者仕事であるどころか……」とすることができる。なぜか。それは「正確な輪郭《プレサイズ・シェープ》」とは、まさに、パノフスキーがイコン学という言葉で一般化した「イコン」のことにほかならないと思われるからである。そうとるなら、ワールブルクの「精神史」に対する寄与は決定的なものになる。いわば、「かたち」の中に「意味＝精神」を読みとり、「かたち」を通しての古代のルネサンスにおける「再生」を分析するという方法は、まさしく、われわれに親しいものになりかけている。パノフスキー、ゴンブリッチ、さらにエミール・マールやアンリ・フォーション、エリー・フォール等の方法の先駆をなすものであることが明らかだからである。私が当てずっぽうを言っているわけではないという例を一つ示そう。

例えばボッティチェリの「春」（プリマヴェラ）の図像学《イコノロジー》的研究は、由良君美氏の次のような要約によっても知られるように、きわめて具体的な意味論的レベルに達している。

「〈楽園〉と、スペリデスに具現される〈幸福の島〉の神話とに、聖書の善悪の観念が加わると〈失楽〉のモチーフが介入するわけで、〈蛇〉と〈樹〉に〈禁断の木の実〉の意味が〈生命のシンボル〉と二重映しにこめられるところに、西欧型ユートピア幻想の内実と象徴パターンが次第に成立してゆくわけである。これらの観念連合のなかに、ゴンブリッチの分析するようなネオ・プラトニズムが浸透して図像を構成すると、ボッティチェリの『春』に代表されるような、ルネッサンスの楽園のイメージが花ひらく。事実ヴィントは、『春』の図像学的分析によって、そこに〈侵入〉→〈転換〉→〈回帰〉のネオ・プラトニズムのパターンを解釈する。つまり『春』の画面では、不可視なものが軟風の心となって可感界に侵入し、三人の美女の舞いに変換し、ついで彼岸を指しながら左に顔をそむける姿勢のヘルメスへと自己還帰してゆくのだ、と」（由良君美「想像力とユートピア」『伝統と現代』一九六九年十月号、五八頁）。

ところで、ワイマールの知性の最もすぐれた一人であるE・R・クルティウスはその『ヨーロッパ文学とラテン中世』（一九四八）の中で、「A・ワールブルクが示したように、ボッティチェリの『ヴィーナスの誕生』や『春』は、ボッティチェリの同時代の詩や人文学者を通して彼が馴れ親しんだ、古典古代の作者たちと関係づけることによってはじめて、図像学《イコノロジー》的に解釈することが可能になるのである」（英訳、七七頁）と述べて、短いながらもワールブルクの決定的な寄与を明らかにしている。結局、ワールブルクの方法は、単にテーマ的に、あるいは図式的に作品を説明するのでなく、つねに細部を構成する要素の仔細な検討の上に樹てられる。クルティウスが上掲書の中で二度も繰り返して言及するワールブルクの言葉は、「神は細部（ディテール）に宿りたまう」というものである。

こうしてみると、カンのよく働く人なら、何やらワールブルクというのは視覚言語の研究に途を拓いた人であり、図像を単語とする空間芸術の意味論的研究の先駆的な立場に立つ人であるということになる、という点に気がつくはずである。まさにそうなのであって、われわれが現象としてしか受けとめていないマックルーハンの視覚言語の理論も、実は、E・H・ゴンブリッチやE・パノフスキーを通して、ワールブルクにつらなる研究の伝統の上で展開されているにすぎないとも言えるのである。もちろん、十九世紀には、古典古代が象徴論的な意味でルネサンスを通してわれわれに語りかけることを方法上の出発点としていた人として、クロイツァーや神話学者のヨーハン・バッハオーフェンのような人もいた。しかし、図像学の問題をはっきり焦点に据えたのはワールブルクであるといって間違いなさそうである。パノフスキーの『視覚芸術における意味』（一九五五）という論集を読めば、パノフスキーがいかにワールブルクの基礎的な作業に負うところが大であるかが容易に理解されるはずである。ということは、絵画分析および絵画空間の位相のとり方の分析を通しての「精神史」ばかりでなく、クリスチャン・メッツなどの映画の意味分析の理論家たちによって開拓されつつある分野も、導きの糸を手繰って行けば、一度はワールブルクに触れるはずである。

私がワールブルクおよびその文庫の意義について、原著者が尻ごみするかもしれないほど、神話作者的な意欲をこめてここで説こうとするもう一つの理由は、『シンボル形式の哲学』のE・カッシーラーとの出遭いのせいもある。人類学者のはしくれとしての私などには、カッシーラーがいかにしてあの厖大な人類学のデータを集積することができたのであろうかということは、長い間の疑問でもあったのだ。これはだれしもが経験することであるが、自分の専門領域をひとたび越えたところでふつう手に入らない本を見付けだすのがいかに困難であるかということに関係がある。カッシーラーがその越境行為を手続きの上ではいとも容易に行なっているという点が不思議でならなかった。この間のいきさつは、当時（第一次大戦後）ワールブルク文庫の管理に当っていた、これもすぐれた美術史家であったフリッツ・ザクスルの回想を手がかりとしたゲイの次のような紹介で明らかになる。

カッシーラーは一九二〇年のあるとき、ワールブルク文庫を見に行った。訳文によると、「私はカッシーラーを案内した。彼は愛想のいい訪問客で、哲学に関する書物を占星学と魔術と民族学に関する書物の次に並べ、美術の部門を文学と宗教と哲学の部門と組み合わせているワールブルクの狙いを説明すると、彼は注意深く聞いていた。ワールブルクにとって、哲学の研究は、いわゆる原始人の精神研究と不可分のものであり、この二つはともに宗教・文学・美術における空想の研究から切り離すことのできないものであった。これらの考えは、本棚に書物を正統的でないやり方で並べていることによく現われていた」

（五二頁）。訳文の中の「民族学」は「民俗学」（フォークロア）、「空想」は「心像」（イメジャリー）としたい。この訳文からも理解できるように、ワールブルクは精神の研究を西欧という文化的コンテキストから解き放って、比較文化史的視点において再構築する、または、イコンの中にある意味性を探りあてるモデルとして非西欧世界特に未開社会の神話＝象徴をモデルとするという、例えば現代フランスの最もブリリアントな美術史家ピエール・フランカステルが採っている方法（P・フランカステル、大島清次訳『絵画と社会』岩崎美術社）を明確に意識していたと言ってよいのである。ただまさに同じ方法を、哲学の中に持ちこもうとしていたのがカッシーラーであったのだ。したがって「哲学に関する書物を占星術と魔術と民俗学に関する書物の次に並べ」というザクスルの記述が無視できないのは、それがアリストテレス的形而上学に対する、西欧の思想史のもう一つの底流であるプラトン哲学、それも新プラトニズムと錬金術の伝統の発掘をワールブルクが目ざしていたということをはっきりと示しているからである。

ユングの錬金術研究や、最近日本にも紹介されたパオロ・ロッシ（前田達郎訳『魔術から科学へ』サイマル出版会）やフランセス・イェイツの研究によって再び新鮮な輝きを帯びはじめている新プラトニズムの象徴的思考の形式は、西欧の知性の伝統の中で最も弾力性に富む、最も上質の部分であったことが明らかになってきている。それは、カッシーラーが哲学研究の中で試みたもの、例えば『ジョヴァンニ・ピコ・デッラ・ミランドーラ』の研究や『ルネサンス哲学における個と宇宙』、そして『啓蒙主義の哲学』からさらに『シンボル形式の哲学』に至る壮大な展望の中で構築しようとしたものなのである。ついでながら、前述の『啓蒙主義——一つの解釈——近代異教の起源』という題の研究においてピーター・ゲイが試みるのも、この伝統における啓蒙主義の再評価なのである。ゲイはその中で、次のように自分の研究とカッシーラーの打ち樹てた学問の伝統の関係を明らかにしている。

「この研究において私は最も多くのものを、哲学史および知性史の分野におけるカッシーラーの研究に負っている。彼の批判的思考と神話的思考という中心的区分は、同時に私の解釈の姿勢の根底にあるものでもあった。カッシーラーの仕事の多くのものはこの区分に肉付けしたものである。彼はそれを『シンボル形式の哲学』、特に第二巻『神話的思考』において体系的に叙述した。『言語と神話』においてカッシーラーは彼の所論を圧縮して述べたのであるが、後に、世界が全体主義の脅威にさらされた時期に、彼は神話的思考のわれわれの時代における復活とその起源にまで遡る研究を『国家——その神話』において試みた。シンボル（象徴）形式に関する彼の研究論文でたぶん最も重要なのは「精神科学の体系における象徴形式の概念」（『ワールブルク研究所報』一九二一—一九二二）、および「哲学の体系における象徴の問題とその位置づけ」（『美学および一般芸術学誌』第二十一巻）であろう。古代ギリシャに始まる西欧の歴史のすべての時代に相わたるカッシーラーの知性の歴史に関する記述は、刺戟に富みかつ深遠である。それらの記述においてカッシーラーは、一つの時期の多様性を、その内包する諸矛盾を越えて、その時期の知的な核にまで迫ろうと試み、それらの試みは概して成功していると言える。全体をひっくるめて、その試みは私が〝批判の富〟と呼んだものの目も眩むような物語になっている」（ピーター・ゲイ、同書、四二三―四二四頁）。

このようなカッシーラーとワールブルク文庫の出遭いが劇的なものでないわけがない。そこでわれわれは訳文と決定的に訣別せざるを得なくなる。ザクスルが文庫の趣旨を説明するところで、「カッシーラーはすぐにのみ込んだ。しかし、彼は辞去しようとする時になって、彼に特有の丁重なはっきりした態度でこう言った。『この文庫は、危機にひんしている。この状態を完全に救うためには、私がここに数年間閉じこもらなければならないだろう』」（到津訳）となっている。何ということだ！　この本の最も感動的な部分で、訳者は致命的な誤訳を犯しているのだ。「これは（誘惑に満ちていて）危険な蔵書です。私にはこのような蔵書には、初めから近づかないか、さもなければ長い年月にわたって呪縛されるかのどちらかの途しかないように思われます」――これが原文に忠実な訳である。これはザクスルが続いて述べる次の言葉、「ここで呈示されている哲学上の問題意識は私のそれに非常に近い、しかしそれにしてもワールブルクが集積した具体的な歴史的資料はまさに圧巻と言えますね」（拙訳）といった言葉との続き具合から言っても明らかであるが、ゲイが引用していないザクスルの次の言葉が、さらにはっきりと示している。「カッシーラーの最初の訪問のときに『シンボル形式の哲学』の構想はちょうど彼の心の中で次第に形を整えはじめていたのだ。だから、彼の会うことのなかった人間が文章でならともかく、注意深い知的感度の高い人間なら一目で了解できるような綿密に構成された蔵書整理の方式のうちに自分と同じ問題領域をカバーしていたのを知るのは、まさに深い衝撃であった。それが、最初の訪問のとき、カッシーラーが、彼につきつけられた選択がこの研究所の存在を知らなかったことにするか、その呪縛に完全に身を委ねるかのいずれかしかないと、とっさに悟ったことなのであった」。こうした背景で「危険だ」というカッシーラーの言葉をもう一度考えてみると、それは二十世紀学問史の中で最も緊迫感に満ちた瞬間の、一つのドラマの言葉であるとすら言えるのである。

ピーター・ゲイも「しかし、このように拒絶したからといって、文庫そのものを拒否したわけではなかった。それは自分の進めている仕事が、その本棚の中にあることを知っている厖大な資料で次々に確認されることを避けようとするカッシーラー独特のやり方であった」とこのあたりの呼吸を伝えようとしている。危機に瀕したのは文庫ではなくて、自分がまったく独自な立場で打ち出したと思った哲学上の方法が、今まで無関係だった人間の集めた本の種類、その配列の方法によって一挙に示されたカッシーラーの方だったのである。「当時、カッシーラーは『シンボル形式の哲学』の第一巻を書いているところで、その内容は、ワールブルクの哲学の考え方とは完全に独立したものであったが、それでも両者の考えは完全に一致していた」（ゲイ）ということになるのである。

　このドラマは次のように進行する。「カッシーラーは永く抵抗しなかった。彼はワールブルクの研究所に戻り、相変らず同研究所でいちばん儲けの多い著者になった」（到津訳）。つまり、再びここで、訳者は崇高なドラマを一挙に台無しにする道化の役を完全に演じ切っているのだ。拙訳で示せば、「結局彼はワールブルク研究所に再び姿を現わすことになる。そしてこの研究所に関係する人の中で最も多産な業績を挙げつづけたのだった」というのが、第一幕の幕切れの言葉ということになるのである。

　第二幕において、われわれは、ザクスルの回想においてピーター・ゲイの紹介していない部分に触れなければならない（以下フリッツ・ザクスル「エルンスト・カッシーラー」P・A・シルプ編『エルンスト・カッシーラーの哲学』一九四九、所収）。場所はワールブルク文庫内、彼は人類学および歴史的資料を次々に読み漁る。ワールブルクはカッシーラーの必要とする資料そのものを用意しておいたのだ。ザクスル曰く、「そればかりでなく、現代からふりかえってみると、ワールブルクが、カッシーラーが探究を始める三十年も前から、カッシーラーの抱いたのと同じ問題意識でそのコレクションを行なっていたというのは驚くべきことである」。一八九〇年代にワールブルクはフリードリッヒ・テオドール・ヴィシャーの示唆により、芸術における象徴的表現の研究にとりかかっていた。ニュー・メキシコのズニ族インディアンの儀礼と芸術の研究を通して、彼は、芸術における象徴的表現の研究は宗教、呪術、言語および科学の研究から切り離してはならないことを学び知っていた、とザクスルは言う。

ワールブルクはインディアンの調査に赴いてはいないはずであるから、彼のズニ族の研究は、当然、F・H・カッシングの調査報告にもとづくものであろうと推理してカッシングの報告の刊行された年をみると、まさしく「ズニの物神」（一八八三）と「ズニ創造諸神話の概要」（一八九六）を発見することができるのだ（四五頁注記参照）。するとここに驚くべき同時代的符合を見出すことができる。カッシングについては、十九世紀末に彼がインディアンの間に住みついて調査をはじめるにいたったいきさつは、たしかコンスタンス・ルーアクの『アメリカ文学とユーモア――国民性の研究』（原島善衛訳、北星堂書店）に生き生きと描かれていたと思うが、今は手許にないのでたしかめることはできない。しかしながらズニ族の宇宙観・神話に関するカッシングの報告は、デュルケームおよびモースの、近代人類学説史上画期的な研究であり、ヤコブソンの構造言語学とともに、レヴィ＝ストロースの構造人類学に対して先駆的で決定的な影響を及ぼした『分類の原初的諸形態について――集合的諸表象の研究にたいする寄与』（山内貴美夫訳『人類と論理――分類の原初的諸形態』せりか書房）の最も根幹をなす資料源なのである（同書、七九―一〇〇頁参照）。したがってカッシングのズニ調査の精神は、一方ではワールブルクを通してカッシーラーに生き、この研究所を通してイコン学＝象徴学として、ワールブルク研究所を利用した研究者に生き、他方ではデュルケーム、モースからライデン民族学派を経て構造人類学に達し、現在の学問の規定的要素として生きているばかりでなく、いまや多くの分野においては、双方の潮流が再び出遭っているとも言えるのだ。

　こうしてみると、ワイマールのワールブルク文庫が二十世紀の人間科学の歴史の中でいかに大きな意味を持ったかは、いくら強調しても、誇張になることはないはずである。ともあれ、カッシーラーはハンブルク大学で哲学の教鞭を執るかたわら、研究所の最も熱心な利用者として、そして同時に助言者としてコミットしはじめ、二年後の一九二二年にワールブルク研究の最初の本格的出版物として『神話的思考の概念的諸形態』を刊行した。それは、ザクスルによれば、ワールブルクが手をつけはじめた問題、すなわち近代的な未開の思考、例えば占星術におけるように、本来の未開社会の文化の中に未開の思考の諸範疇を確立しようという試みであった。

　この段階でも、カッシーラーはいまだにワールブルクには会っていなかった。ただ、重要なことは、この二人の「間接的な」出遭い《エンカウンター》が、決して次元の低い競争意識に展開しなかったという恵まれた人間的、歴史的、偶然的、学問的環境を意に留めておくことである。

　すなわち、この頃、といっても一九一八年に、ワールブルクはドイツの敗戦とともに病の冒すところとなり、三年後の一九二一年には「心身ともに疲れ果てて」スイスの療養所に入っていた。ワイマール文化の産み出した文学の最高の結晶作用がトーマス・マンの『魔の山』であることと思い較べて、興味のあるところである。そこで、この二人の関係をザクスルは次のように整理する。「ワールブルクというのは、どちらかというと想像力に富んだ感情の起伏の激しいタイプの人であり、彼自身の意識の中では、具体的な歴史体験に裏打ちされた歴史的想像力が、絶えず熱烈な哲学的抽象化への意志と拮抗していた。それにしても彼はその最もすぐれた才能が体系化において発揮される大学者《マスター》が使うに適した道具を拵え上げたのだ。この大学者《マスター》は、まさにこの頃、彼がそれを使って彼自身の体系を築き上げることができるような、手応えのある資料を求めていたのだ。カッシーラーはまさに彼が求めていたものを、まだ存命中ではあるが、再び彼のために開かないように思われた扉の彼方の闇に生存している人の書庫の中に、彼が必要とする資料がすっかり整えられているのを発見したのであった」。これが第二幕の結びである。

第三幕。一九二三年。『シンボル形式の哲学』の第一巻を上梓した年の一日、カッシーラーは初めて、スイスの療養先にワールブルクを訪れることになる。ワールブルクは、この日のため、数週間、いや数カ月、いそいそと身の廻りを整えて心待ちにして待っていた。カッシーラーは「満腔の同情と、精神の病いに犯された人に対して抱く理解と畏敬の念を抱きつつ」、ワールブルクの療養先に赴いたのであった。長い療養の期間中、精神の暗闇の中を手さぐりでワールブルクは、ケプラーについて想念を掻き立てていた。ワールブルクは一切の書物から遠ざけられていたが、近代の合理的世界観は、ケプラーが宇宙観の理念型としての円環の伝統的優越性を打ち破ったときに立ち現われたという結論に達しかかっていた。ノートを取る習慣を全然持っていなかったが、量り知れぬ記憶の力を持ち合せていたカッシーラーは、ただちにワールブルクを援けるべく、ケプラーの著作の中で、この考えに適する章および文章を一つずつ挙げはじめた。「あの暗黒の歳月の中で、それはワールブルクに差し込んだ最初の光明であった」。カッシーラーのおかげで、彼がそれらの日々を出口無しの原野にさまよっていたのではなく、少なくとも彼の学問的思考能力だけはまともであったということをワールブルクは知ることができたのである。ザクスルは記す。「カッシーラーの記憶はつねに奇跡的であった。しかし、その記憶も、あの日にもたらした治癒の力ほど奇跡的であったことはないであろう」と。

　このあたりまでくると、座付き作者たるもの「とてもかなわない」と降りたくなるが、少しふみとどまって、この二人の対話の意義を考えてみると、マージョリー・ホープ・ニコルソンのあの斬新な見解に満ちた『円環の破壊』（一九五〇）のテーマがこの二人の間で展開されていたことになり、やっぱり本当の話というものは話がうまくできすぎているということがあるものだと思い知らされて、自ら紹介の労をとった話ながら、思わずうなってしまうのである。後日譚。この後、ワールブルクの容態は急速に快方に向い、正常な生活に復帰し一九二九年、ワイマール共和国の息の根が止められるに先立つこと数年、こ

の世を去った。言うまでもなく、友人を代表して追悼の辞を述べたのはカッシーラーであ
った。
「青騎士」の仲間、バウハウス等、ワイマール文化はただちに国際的に広い繋りで結ばれた数々のグループを産み出したが、カッシーラーとワールブルクおよびその研究所との結びつきに関するこのエピソードは、どこからみても、非のうちどころのないワイマールの学問および精神の最良の部分を示していると言えるだろう。

かなりのスペースを費して、カッシーラーとワールブルクの出遭いを述べた今、エルヴィン・パノフスキーとワールブルク研究所について触れなければ、ワールブルクの最良の部分の半分が語り残されたといううらみが残るだろう。パノフスキーは、たとえば『図像学研究《イコノロジー》』の仏訳の序文を書いたベルナール・ティセードルが「今世紀最大の美術史家」と規定しているにもかかわらず、論文一つ（土岐恒二訳「われ、また、アルカディアにありき――プッサンと哀歌の伝統」篠田一士編『伝統と現代』《現代人の思想》14、平凡社）を除いては、わが国ではやっとこれから翻訳が行なわれようとしている程度の紹介ぶりであるが、一九三三年にアルノルト・ツヴァイクが、徹底したシオニストの立場からナチスのユダヤ人政策を弾劾した『ドイツでユダヤ人であることとの決算書』において、マックス・フリードレンダーとともにパノフスキーについて熱をこめて語っている。
「だが若い世代に属する最も傑出した美術史の権威であるエルヴィン・パノフスキーは、

ユダヤ人であるという理由のためにベルリンに招聘されることはなかった。したがって彼はハンブルクにとどまることになった。

ここでザクスルの管理するアビ・ワールブルクの有名な文庫が、パノフスキーの卓越した発見にまたとない便宜を供与することになったのだ。デューラーの『メランコリア』の研究において、彼はデューラーの時代の占星術の思考様式と、ドイツの人文主義と、当の版画の間に存在する知的な連関を発見したのである。これは、人類が困難に直面した時絶えず解決の緒口を求めた占星術、その時代においても奇妙な〝科学〟であったものの圧倒的な影響を明らかにしたのである。このようなわけで、突如として、デューラーの『メランコリア』は単なる一枚の絵以上のものになってしまった。というのは、それが、それまで知られていなかった魂の奥底に通ずる扉を開いたからである」（英訳、一九三四、一九四頁）。

事実ピーター・ゲイもE・ノルデンやP・シュラム、P・レーマンらの研究と並べてエルヴィン・パノフスキーの『イデア』や『デューラーの版画〈メランコリア〉第一部』や『岐路に立つヘラクレス』は、すべてワールブルク研究所から生れたもので、現在ではすでにそれぞれの分野での古典になっていると述べている。パノフスキー自身はその『図像学《イコノロジー》研究』の序文で「序章は一九三二年に私が発表した論文と、F・ザクスル博士と共同で翌年発表した中世芸術における古典神話の研究とを総合したものである。……私が展開しようとした方法は私とザクスル博士がともに故A・ワールブルク博士から学んだものので、二人の間の長年にわたる個人的協力においても使いこなそうと努力したものなのである」と述べて、彼の研究に対するワールブルクとザクスルの決定的な寄与を明らかにしている。このような背景の理解の上に立ってよむと、序文といえどもなかなか馬鹿にできないことがあるということがわかるであろう。

ところで、パノフスキーにとって研究所は、カッシーラーの場合と幾分異なったものであった。カッシーラーが完成した学者として研究所にコミットしたとしたら、パノフスキーは完成途上の学者としてコミットしたということになるらしい。ベルナール・ティセードルはこの点について「カッシーラーはパノフスキーにこの〝かたち〟の意味を一つの文化の象徴として解釈することを教えた。一方、フリッツ・ザクスルとの長い間にわたる共働作業によって一そう確かなものになったアビ・ワールブルクの教えは、パノフスキーに超越論的立場から社会＝歴史的な次元へ再移動するようにしむけた。それらを前提として、プラトンからルネサンスとバロック時代に至る理想型の原理の変遷について、中世芸術における古典古代の神話の一貫した残存および再解釈、象徴形式としてのパースペクティブ、様式史の反映としての人間のプロポーションの理論の歴史に関する問いかけなどが出て来たのである」（E・パノフスキー『図像学研究』仏訳、八頁）とパノフスキーの理論的寄与のうちでワールブルクから出て来た部分を並べたてている。

二十世紀後半における人間科学の知的起源を探り当てるという期待もこめて、私は時には必要以上に熱っぽく、ゲイの記述に事よせてワールブルク研究所について語りすぎたかもしれない。しかし同時に決して逸することができないのは、必ずしもワイマール時代に学問的形式を遂げたわけではないが、二十世紀の学問の批判的源泉でありつづけ、ユダヤ人であるために同時代ドイツにおいて不当に無視されたフッサールであり（ヴァン・ブレダ、立松弘孝訳「フッサールの遺稿救出とフッサール文庫の創設」『現象学研究会会報』4、一九七〇、参照）、現在騒がれているフランス新批評の目ざすところをある意味では先取りしてしまっていたE・R・クルティウスである。ゲイもクルティウスには終始、最高の讃辞を惜しまない。ちなみにクルティウスの著作年代を見ると、『バルザック論』（一九二三）、『現代フランスの文学開拓者』（一九一九）、『現代ヨーロッパにおけるフランス精神』（一九二五）、『ジェイムス・ジョイスとそのユリシーズ』（一九二九）と、その第一期の主要著作のほとんどがワイマール時代に書かれている。ところで、彼の第二期の研究成果を集約し、ある意味では二十世紀文学の中世起源を示唆しかねない大著『ヨーロッパ文学とラテン中世』は二人の先達に捧げられているが、そのうちの一人の名はアビ・ワールブルク（一八六六―一九二九）である。

　私は冒頭の部分で、多岐にわたる文化の諸現象と思想を統一的な展望のもとに収め、同時代現象の中に、それらがイコンとして統合される有様を描く、ヒューズの方法の由って来たるところを長い間疑問として来たと言ったが、その疑問は、ゲイとヒューズの方法上の親近性を認め、更に両者が共にワイマール・ドイツの有力な法律家・政治学者にして、後にフランクフルト社会研究所のメンバーであり、ユダヤ知識人として研究所と共にアメリカに亡命した一人であるフランツ・ノイマンの弟子であることを知ることによって、或る程度解けて来るのである。丸山政治学との親近性の故か、ノイマンはその著書が二冊邦訳されているから「今日では、アメリカの社会学や歴史学や政治学の研究者たちは、フランツ・ノイマンが誰か、おぼろにしか知らない」（スチュアート・ヒューズ、荒川幾男訳「フランツ・ノイマン――マルクス主義とリベラル・デモクラシーの間」『みすず』一九七〇年一月号、六頁）というスチュアート・ヒューズの嘆きと逆にわが国では比較的よく知られているはずである。ヒューズは更に彼自身に宛てられたフリッツ・スターンの書簡中の「かれ（ノイマン）はまた、わたしが（ベルリン）自由大学で実際に眼にしたように、ヨーロッパの大学でも目の覚めるような衝撃を与えていたといえる。かれの学識は偉大で多彩なものであったが、それだけではなかった。みんなを搏《う》ったのは、かれが一身に知的生活の活力とドラマを体現していたことだと、わたしは思う……」という言葉を紹介している。

　ノイマンは戦時中に、戦略情報局に勤めるかたわら、若い研究者を自分の廻りに集めてインフォーマルなサークルを作った。この第一期のサークルの中にスチュアート・ヒューズを含むアメリカ生れの若い（のちにアメリカの指導的なヨーロッパ史研究者になった）

四人の研究者が集った。ピーター・ゲイはフリッツ・スターンと共にノイマンがコロンビアで教鞭をとるようになってから加わったが、彼らは共にドイツからの移民の息子であった。それ故、訳者あとがきに「ヒトラー・ドイツから亡命したユダヤのすぐれた知識人の一人である」と記しているのは、結果からいって間違いないのかも知れないが、ゲイの知的形成を知るための手がかりにならない。何故ならば、ゲイは一九二三年に生れているから、一九三三年前後にアメリカに渡ったとして、十歳前後の少年として、移民の子として、渡っているにすぎないのである。更に『啓蒙主義』のカヴァーによれば学部はデンヴァー大学で、博士課程をコロンビアで修めており、一九四七年に政治学の時間講師としてコロンビアで教え始めている。それ故、彼の知的形成は全くアメリカの大学の環境の中で成し遂げられたといってよかろう。したがってゲイがノイマンと接したのは、彼が博士課程を修めている頃ということになろう。

　その後のゲイの知的環境はヒューズによりながらすでに引いた通りである。「この（ゲイとスターンを加えての）六人のなかで、ただひとりゲイだけがノイマンの直接の弟子であった——そして、修正主義的社会民主主義者エドゥアルト・ベルンシュタインを共感の語調（初期のノイマンならほとんど我慢できなかったようなふうに）で扱ったドクター論文を書いたあとで、ゲイがその関心領域を政治学から歴史学に転じたということは、ノイマンの戦後の力点の変換を徴候的に示していた」（同、一八頁）。しかしその歴史学はあくまでも史料に埋没して出口を知らない、または何故にその対象が選ばれたかが研究に目を通して少しも明らかにならないというたぐいの歴史学でなく、史料の山に埋れることなく、対象が選ばれた知的前提が明確であり、柔軟な思考と開かれた視野で対象とする時代をその肌ざわりと共に再現する力を持ったものなのである。

むしろ、私などには、ゲイはこのような点で、アメリカの歴史学の中では、その伝統の最も魅力ある部分を形成したカール・ベッカーにつらなるのではないかと想わせるのである。ベッカーについてはゲイは、「十八世紀の天上都市」という啓蒙主義研究の批判論文を書くことによって、むしろ批判的継承者であることを示しているが、歴史家としての感受性ではまさにその系譜に連なると言えよう（ベッカーの歴史学についてはJ・ケアンズ、高木誠訳「カール・ベッカー」『アメリカーナ』一九五五年十一月号及び、P・ザゴリン、池田清訳「カール・ベッカーと歴史学」、L・ガーショイ「ザゴリンのベッカー解釈」同、一九五七年十月号参照）。

しかしそれはともかくとして、ゲイの直接の師はあくまでもノイマンである。ヒューズはノイマンの弟子たちが「社会史」よりも「思想史」に焦点を合わせたことを強調し、この立場は彼らがノイマンから受け継いで発展させたものであるとし、「それ自体の内容で歴史の主役と考えられるような大思想の数々を抽象的な形で取扱う旧来の『思想史』に対して、ノイマンの継承者たちは、かれらのうちのひとりがいうところの『思想の社会史』

を書いたのであり、それは数々の大思想を、その創造者たちがそのなかでそれに形を与えた歴史的環境の全コンテクストのなかにおいてみるものであった」と語る。このヒューズのいう歴史的環境を「文化」に重点を置いて考えてみると、ヒューズ自身の方法の由って来たるところ、ゲイの『ワイマール文化』の如き知的刺戟に富んだ研究がそれ自体どのような知的環境から生み出されたかは最早明らかであろう。

注記（今福龍太／本書岩波現代文庫版校閲者による）

＊山口の本書執筆時点で、ワールブルクが一八九五年から九六年にかけての七カ月ほどの間に行ったアメリカ南西部のインディアン居住地帯への観察旅行については広く知られてはいなかった。その旅の経験をもとに書かれた一九二三年の講演『蛇儀礼』（三島憲一訳、岩波文庫、二〇〇八）の原テクストが日の目を見てドイツで出版されたのは一九八八年のことである。そこに付されたウルリヒ・ラウルフの解説には、ズニ族研究者カッシングとワールブルクとのアメリカでの交流や、インディアンの象徴思考をめぐるワールブルクの議論とカッシラーの思想との刺激的な相互関係についても触れられており、山口が描きだす精神史的な繫がりの傍証ともなっている。

ユダヤ人の知的熱情

1　ユダヤ人の知的環境

シュテファン・ツヴァイクの『昨日の世界』は、フロイトとホフマンスタールに象徴されるような、ある意味では「ワイマール文化」の精神的故郷ともいうべき落日のオーストリア＝ハンガリー帝国の首都ウィーンへの挽歌ともみられる回想録である。この中でツヴァイクは、マルクスのいう「金が神である」ユダヤ人神話を意識しつつ、蓄財へのエネルギーが知的エネルギーに転化するという、ユダヤ人においてみられ、われわれのまわりにあまり見当らない学問環境について述べている。「ユダヤ人にあっては富への追求が、家庭内部の二代、せいぜい三代で終ってしまい、まさに最も強大な代において、父祖の銀行、工場、でき上った居心地のよい商売を引き継ぐことを悦ばない弟たちを生むのである。ロスチャイルド卿が鳥類学者となり、ワールブルクが芸術史家、カッシーラーが哲学者、サスーンが詩人となったことは、偶然ではない」（原田義人訳、慶友社、上巻、一六頁）とツヴァイクが述べるとき、われわれはワイマール文化の精髄ともいうべき部分がユダヤ人の知的熱情を媒介とせずには開花しえなかったことに想い至るのである。こういうデコード（暗号解読）の愉しみと興奮が、本の世界には秘められているのである。

同胞の読めない（と本人たちだけが思っている）外国語の新着書棚のセールスのような文章を書いて、同胞を威嚇しながら利ざやを稼ぐだけが本とのつき合い方でないはずであり、多くの場合創造的な思考というのはそういった「年金生活者」的文筆業者（相も変らず外国文学紹介屋を兼ねる大学教師に多い）とは無縁なのである。もちろん一見イキな恰好をしなければ商売がなり立たないポン引き的「紹介者」と決定的に異なる、チャペックやクルティウスのごとき、新しい文学の発掘者と創造的知性が二重写しになる場合もないではない。だが、多くの場合、紹介屋の文章は「新しさ」を装えば装うほど、「読み捨て」られる速度は増し、その多くは十年の歳月にすら耐えることはできないといっても、だれにも失礼にならないであろう。とくに文学作品で売っているのかオマケで売っているのかわからない最近の乱立気味の文学雑誌における紹介屋さんたちの役割をみていると、まだしも単純な情報伝達の機能に徹した匿名の「風のたより」（『文芸』）のようなスーパー・マーケット的コラムの方が、売り子がうるさくちらつかないという点だけでも一抹の清涼感を抱かせるのは、何といっても時勢のしからしむるところであろうか。われわれもそろそろ「新しさ」の祭祀《カルト》を離脱し、そこに投資される莫大なエネルギーを、真に歳月の侵蝕作用に耐える知的生産に転化しなければならない時期にさしかかってきているのではないか。「土着ボケ」の黒ミサと文化的ポン引きを司祭とする「新しさ」の祭祀をいかに同時に止揚していくかこそが、二十世紀後半のこの国の知的生産に携わる者の課題にちがいない。

そのためにもわれわれは、「本」に投下されたユダヤ人の知的生産性を、万人に開かれた見せかけの技術の問題としてでなく、潜在的な知的エネルギーを、その開花を可能ならしめた「状況」との真の実存的なかかわりにおいて「読み解か」なければならないのである。もっとも解読作業はついには、神話の持つエネルギーを再現することができないというのも、苦い真実ではあるかもしれないが、今日の神話学が「知的嫉妬」の所産であることも否定できない事実である。

最近刊行されたものの中で、ユダヤ的〈状況〉と知的生産に関するわれわれの解読作業の直接の手がかりになるものは、G・スタイナー、由良君美他訳『言語と沈黙（上）』（せりか書房）の中の「闇からの言語」に収録されている「空洞の奇蹟」、「ギュンター・グラスに関する覚え書き」、「K」、「シェーンベルクの『モーゼとアロン』」、「ある意味での生きのこり」およびその「補遺」などの標題をもつエッセイ群、邦高忠二編『亡命とユダヤ人』（《現代世界文学の発見》4、学芸書林）、アイザック・ドイッチャー、鈴木一郎訳『非ユダヤ的ユダヤ人』（岩波新書）の三冊の本である。

ワイマール文化において、学問的に開花したものは、決して偶然的なものでも孤立したものでもなかった。同じ根――ある意味では東欧のユダヤ人のゲットーに蓄積された知的エネルギー――から、ほとんど時を同じくして噴出したものが、ほかならぬ、ロシア革命初期の詩学・言語学・芸術理論の短命の輝きであった。

2　構造とかたち

二十世紀の思想と学問の歴史に対する最も野蛮で破壊的な政治の介入の一つが、三〇年代のソヴィエト・ロシアにおけるフォルマリズムの扼殺であったことは、構造分析の精神史的前提を発掘しようとする際にただちに明らかになることである。ワールブルクやパノフスキーのイコン分析のほとんど同時代的現象として、フォルマリズムの歴史を考えることはごく自然のなりゆきである。構造分析とフォルマリズムの親近性については、「構造とかたち――ウラジミール・プロップの研究についての考察」（『応用経済研究所報』九十九号、パリ）と題する論文において、レヴィ＝ストロースが明確に述べている。レヴィ＝ストロースは構造主義とフォルマリズムの方法的相違に注意をうながしながらも、「しかしながらロマーン・ヤコブソンは、ロシア・フォルマリズムの歴史的役割と、そこに内在する重要さとを見失ったことはなかった。構造主義の系譜を明らかにするとき、彼はつねにロシア・フォルマリズムに格別の地位を与えてきた。〔私のように〕一九四〇年以降にヤコブソンの言葉に耳を傾けてきた者たちは、間接的に、ロシア・フォルマリズムのはるかなる影響の痕跡をとどめている」（同書、四頁）と述べる。この一文からも察せられるように、構造分析とフォルマリズムとのあいだに内的に緊密な関係が存在することは、フォルマリズムと構造分析の双方にまたがるまさに中心的存在の一人、ここに引用された、ローマン・ヤコブソンの名が象徴的に示しているとおりである。ここで、われわれが、少々気にとめてよいのは、レヴィ＝ストロースもヤコブソンも、ともにユダヤ系であるということである。

私には何もユダヤ狩りのお先棒をかつごうという気はないが、「ロシア・フォルマリズム」の中心的存在がユダヤ人によって占められていたということに深い興味を覚えるのを隠すわけにはいかない。二十世紀ロシアの「知的ルネサンス」としての形式主義《フォルマリズム》的アプローチは、ペテルブルク大学にはじまったのであった。「形式主義的アプローチはペテルブルクの大学のヴェンゲロフ教授が一九〇八年に始めたプーシキン演習の学生たち（そのなかにエイヘンバウム、トマシェフスキイ、トイニャノフがいた）から起こった」（M・バフチン、新谷訳『ドストエフスキイ論』冬樹社、四〇一頁）と新谷敬三郎氏は指摘している。またヴェンゲロフ自身の言葉によれば「二、三年前はじめて、私は、私のセミナーに、文体・リズム・韻律・形容辞《エピセット》の研究、モチーフの分類、詩人たちの詩法の間の対応関係、詩の外的なかたちの研究に、驚くべき熱意を示す、有能な若者たちが立ち現われてきているのに、気がついた」（ヴィクトール・エールリヒ『ロシア・フォルマリズム』第三版、ハーグ、一九六九、五八頁）というのが、その端緒の雰囲気であった。

ところで、このセミョーン・ヴェンゲロフ（一八五五―一九二〇）もユダヤ人であった。彼の母のパウリーナがドイツ語で著わした『祖母の想い出』は十九世紀中期のロシアのユダヤ人の生活を知るための古典とされている。彼自身は文学史家として、ロシア文学の文献学的資料の蒐集につとめ、六巻からなる『ロシア作家および学者の文献批判、文献学的事典』、『ロシア作家の語彙字源』などを著わすかたわら、後に、「文学、文献学研究所」の資料室の基礎史料になった二百万枚からなる文献カード索引を作成した（G・アロンソン「ロシアの文学・政治界におけるユダヤ人」、J・フルムキン、G・アロンソン、A・ゴールデンワイザー編『ロシア・ユダヤ人（一八六〇―一九一七）』一九六六、二八七―二八八頁）。誤解をさけるために言っておきたいことであるが、ヴェンゲロフと学生の関係において、彼は、サシミのツマというわけではない。とほうもない博学と分類への情熱が彼をして、フォルマリズムの親たることを可能にしたものなのだ。ウジェーヌ・イヨネスコも言っている、「革命を行なうのは、夢想家か思索家か博識の人である。そういう人たちが世界を変えようと試みるのだ」と。

フォルマリズムそのものについての具体的な記述はとりあえず、川端香男里「ロシア・

フォルマリズム再検討」（『中央公論』一九七〇年四月号）にゆずるとして、ロシア・フォルマリストの中心的存在としては、ロマーン・ヤコブソンの他に、最近もローレンス・スターンの方法のパロディによる自伝『センチメンタル・ジャーニー』の英訳（一九六九）が刊行された『散文の理論』（水野忠夫訳、せりか書房）のヴィクトール・シクロフスキー、およびボリス・エイヘンバウムがおり、彼らがいずれもユダヤ人であったという事実（フルムキン他編、前掲書、二九〇―二九一頁）をまず指摘しておこう。もちろん、非ユダヤ人が数多くこの運動に参加していたことはいうまでもないし、私も「ユダヤ人であることの神秘性」を説く義理も筋合いも持ち合せない。しかし事実は事実である。

そしてシュテファン・ツヴァイクの指摘するユダヤ人の二、三代目において大学者が現われるという事実は、ワイマール文化とフォルマリズムにおけるロシアの知的ルネサンスが「同時代」現象として生起し得たことを説明するとともに、なにゆえスターリン体制に入ってから体制の憎悪の象徴としてフォルマリストが徹底的に弾圧されなければならなかったかを、それ自体において説明している。この点を考えるとき、アイザック・ドイッチャーの「非ユダヤ的ユダヤ人」という概念はきわめて有効なものとなるのである。

ドイッチャーは、村の境界を越えていったアケル（ユダヤ教の異端者）についての〈物語〉を紹介しながら、ドイッチャー自身の直系の精神的な祖師としてスピノザ、ハイネ、マルクス、ローザ・ルクセンブルク、トロツキー、フロイトを挙げつつ次のように述べる。

「かれらはすべてユダヤ人社会の境界をのり越えていった。かれらはすべてユダヤ人社会があまりにも狭量で、古くさく、圧制的なものを宿していると感じた。かれらは一様に、ユダヤ的なるものを越えて理想とその実現を求めた。かれらの中には近代思想の最も偉大なるものが圧縮されている。……かれらがかくも人の思想を動かしたのは、かれらがとくに〈ユダヤ的天才〉だったからであろうか。私はある民族にその民族のみの天分が宿っているなどということは信じない。それにもかかわらず、ある点ではかれらは非常にユダヤ的であると思う。かれらの中にはユダヤ人の生活とユダヤ人的知性の本質的なるものが宿っている。『前提からすれば』かれらは例外である。なぜなら、この人々はすべてユダヤ人でありながら、異なる文明、宗教、民族文化等の境界線上に生れ育っている。またかれらは各時代の転期の境界線上に立っているからである。かれらの思想がその成熟をみたのは非常に異質的な文化がたがいに影響しあい養いあう地域においてであった。かれらはそれぞれの国で、その周辺や片隅に空間を求めてそこに生活していた。みな社会の中にあると同時に、よそ者であった。みんな社会に属していながらその社会にはうけいれられていない。かれらに……広い新しい地平にその精神を飛躍せしめ、またはるかの未来にまで考えをすすめることを可能ならしめたのはまさにこの点であった」（ドイッチャー、前掲書、三六頁、傍点山口）。

　この一節だけでも十分後世に残りうるエッセイ集『非ユダヤ的ユダヤ人』の中で、ドイッチャーはまさにユダヤ人の「非ユダヤ化」の中において成立した普遍的知性を、その本源的〈状況〉において言いあてている。このことはまた、アルノルト・シェーンベルクについてテオドール・アドルノが次のごとく言いあらわしていることでもあるのだ。

「彼自身を他所者の殻が、完全に内輪に属してはいない、完全に西ヨーロッパ文明に適応してはいない者の殻がつつんでいた。今日に至るまで内外で彼にそそがれる憎悪は、そのことと多少関係があるにちがいない。……突破口を切り開く仕事はまた、それを果たす人が伝統に埋没し切っていないことを前提とする。あらかじめ実質的に与えられたものと馴化されていないものとの出会いが、シェーンベルクの運命の時だった」（川村二郎訳「ウィーン」『伝統と現代』《現代人の思想》14、平凡社、三〇六―三〇七頁、傍点山口）。

　芸術的に馴化《じゅんか》されることなく、後半生を亡命に過したシェーンベルクが、決して政治的にも馴化されることがなかったことを示すモニュメントは、晩年の作品「ワルソーからの生残り」である。この作品は、ポーランドにおけるナチスのガス室でユダヤ人たちが虐殺される情景を、一人の被害者がおのれの体験を語るという形で、シェーンベルク自身が作ったテキストを基に作曲された。そのクライマックスにおいて、ユダヤ人たちが思わずユダヤ教の聖歌を一斉に歌い始める部分は、直接・間接に体験に媒介されることの少しもないいま流行の群百の終末論的駄弁を一瞬に消し去る静的迫力に満ちている。救いがないという〈状況〉の中に救いへの衝動を描くという境位は、まさしく同時にまたカフカを物語的世界に繋ぎとめていたものなのである。そして、「シャガールのキリスト像はキリスト教の救いの概念を欠いている。その姿は聖なる形をとっているにもかかわらず、そのキリストは決して神ではない。それは何千という苦しみを味わい、永遠にこの世の業火に焼かれ、しかも……滅びることのない一人の人間なのである」とドイッチャーが紹介するマイヤーの言葉は（「マルク・シャガールとユダヤ的発想」ドイッチャー、前掲書、二〇八頁、傍点山口）、「境界人」としてのユダヤ的知性が、このような自らの選択を越えた〈状況〉を絶えずおのれのものにする（馴化する）試みの所産にほかならないという事実を的確に示すものである。

　このようにみてくると、ここに、スターリニストの憎悪を一身に受けて、夫人もろとも抹殺されたユダヤ人の演出家メイエルホリドの像が浮び上ってくる。トレヴァー・ナンの率いる「王立シェイクスピア劇団」や、コンメーディア・デラルテの「アルレッキーノ」芝居でヨーロッパの演劇界を攪乱しさった、「ミラノ小劇場劇団（ピッコロ・テアトロ・ディ・ミラノ）」の舞台に対する圧倒的な影響のゆえに、彼を扼殺することによってロシア革命がその反革命性を一挙にさらけだしてしまったというきめつけを許しかねないこの感性の解放の革命家。今になってみると、心理べったりの方法のしからしむるうすよごれた情感喚起のみにたよる演出に代って、俳優をバランスのとれたサイン言語の中に置き換える彼の演劇的表出の再定義の試みは、「同時代のモスクワ言語学集団の新しいスタイルの厳格さに対応する」（匿名「爆発した芝居小屋」『T・L・S』一九七〇年一月八日号）ものであったのだ。

このメイエルホリドと彼の直系の弟子にして映画言語の創造者すなわち「モンタージュ」の映画理論の産婆役を見事に演じ切ったセルゲイ・エイゼンシュタインとは、さまざまのきずなによって結ばれていた。もちろんここで、フォルマリズム――構造言語学――ビオメハニカ――モンタージュが、基本的に同じ知的感受性の異なったジャンルにおける表現であることを改めて確認する必要はないであろう。「メイエルホリドとエイゼンシュタインは共通するところが多かった――機智と移り気、実験への強い関心、そして諷刺の相互理解。エイゼンシュタインの中に、メイエルホリドは若き弟子を見つけ、演劇の知識を彼に注ぎこんだ」（マリー・シートン、佐々木基一・小林牧訳『エイゼンシュタイン　上　一八九八―一九三二』美術出版社、四六頁）のである。

エイゼンシュタインは、ラトヴィアのリガ市でユダヤ教をすてたユダヤ人を父に、ドイツ系のコロンの家族出の女性を母として生れている。メイエルホリドはエイゼンシュタインと逆に、「ユダヤ系ルーテル派教徒の家に生まれた。父はシレージェン地方出身、母はリガ生まれのドイツ人」（同書、二六六頁、訳注）という出自から考えると、ユダヤ人とドイツ人の混血であり、母親がともにリガ出身である点では、エイゼンシュタインと出自の形態はきわめてよく似ているということになる。それで思い出したのだが、ウィーンに育ったポーランド出身の〈国外ドイツ人〉を父にもつ「ドイツ生まれのソヴィエト市民」であるがゆえに、長年海外演奏旅行を禁じられていたピアニスト、スヴャトスラフ・リヒテルにみられるように、ドイツ系のロシア人の革命後の知的な立場は、それ自体が興味ある問題になりそうである。気をつけてみると、『ロシア民話の形態学的分析』の著者にして、レヴィ＝ストロースの神話分析の直接の先駆者ウラジミール・プロップも、ドイツ系ロシア人として、一八九五年三月十五日ペテルブルク生れということになっている。プロップもレニングラードのS・A・ヴェンゲロフ教授のセミナーに参加した一人であった（同書イタリア語訳、エイナウディ、一九六六、序文）。

こうしてみると、「境界線上」の人間に、ドイツ系ロシア人も加えられるということは、とくにドイッチャー同様「ユダヤ的天才」の論を立てようとしているわけでもない私には、有利な例証である（メイエルホリドがユダヤ系であることに関しては、メイエルホリド死後最初に西欧において彼の演劇論集を編集したニーナ・グーフィンケル女史が異議を唱えている〔ニーナ・グーフィンケル『フセヴォロド・メイエルホリド――演劇的演劇』パリ、一九六三、一一頁〕。しかし、ドイツ系ロシア人のメイエルホリドが、革命前ロシアの多くのユダヤ人少年の場合と同様、正教に改宗し、姓を変えた〔メイエルゴリド→メイエルホリド〕こと自体、彼が意識において〝境界人〟であったことの例証である）。

いささかしつこいといわれるのを覚悟の上で、フォルマリズムのほとんど気づかれない側面を紹介しておこう。ゲルハルト・ツァハリアスの『バレエ――形式と象徴』（渡辺鴻訳、美術出版社）は、「形像的世界《イマーゴ・ムンディ》」の媒体としてのバレエの象徴分析の基礎をサイン言語としてのバレエの基本的要素とユングの深層心理学の神話分析の方法によってすえた驚くべき研究であるが（ツァハリアス自身は「ダンスの現象学の序説である」と述べている）、彼はその研究の基礎的な部分を、全面的にアキム・ヴォリンスキーの『歓喜の書』に負っていると述べている。ここでヴォリンスキーのバレエの理論をくわしく紹介するわけにはいかないが、一言にしていえば、それはバレエのイコノロジーであって、ほとんど絵画史におけるエルヴィン・パノフスキーの研究にそれは対応するということになり、「同時代」現象の事実としての重みを、ここでもわれわれは感じるのである。ヴォリンスキーについては、ツァハリアス自身もほとんど知らないと見えて、ただ単に「バレエの象徴性について、もっともつっこんだ見解を示したのは、ロシアのダンス研究家A・ヴォリンスキーである」と紹介し、「ロシア語の原典は見当らない。これは一九三〇年代にジョセフ・レヴィタンが彼の雑誌〈デア・タンツ〉（ベルリン）に一章ずつ訳してシリーズにしたものである」（同書原注、一九九頁）と述べている。ここにもスターリン化による文化破壊の爪跡がのこされている。

　ところで前掲『ロシア・ユダヤ人』の述べるところによると、アキム・ヴォリンスキー（一八六三―一九二六）は、初期にはスピノザの研究、『ロシア詩における聖書』などの研究書を著わし、中期には熱狂的なパレスチナ主義者になり『パレスチナ』という詞華集を著わし、晩年には『ロシア文学における批評』『〝観念論〟のための闘い』『カラマーゾフの世界』(道本清一郎訳、安芸書房)『偉大なる憤怒の書』(埴谷雄高訳、みすず書房)『レオナルド・ダ・ヴィンチ』などの研究書を著わしたことになっている(同書、二八八頁)。

　このような、知のユダヤ的形態の、ワイマール・ドイツにおける同時代的こだまについて語るならば、最もよき意味での(のちにナチスに魂を売ったハンス・ヨーストの対称点にある)表現主義、『ハムレット——あるいはながき夜は終りて』(早崎守俊訳、筑摩書房)によって日本にもはじめて紹介された、アルフレート・デープリンを挙げることができよう。都市文学の粋『ベルリン・アレキサンダー広場』によって表現主義文学の記念碑をうちたてたデープリンの方法を、ベンヤミンは『文学の危機』において、次のように知的感受性の歴史の中に位置づけている。「この書の文体の原理となっているものは編集《モンタージュ》なのだ。小市民的な新聞だね、醜聞、事故、一九二八年のセンセーショナルな事件、民謡、新聞雑誌広告がこの書物のなかに無数にまいこんでくる。この編集《モンタージュ》が、構成的にも文体的にも、従来の〝小説〟を破壊し、あらたな、非常に叙事的なもろもろの可能性をひらく。とりわけ、外形的な面においてそうだ。……映画はその最良の瞬間において、ぼくたちを編集《モンタージュ》に馴れさせようという素振りを示した。そして、この書物において編集《モンタージュ》がはじめて、叙事文学にとって有用なものとなった」(高木久雄・佐藤康彦訳、《ヴァルター・ベンヤミン著作

集》7、晶文社、一六九―一七〇頁、傍点山口)。

ベンヤミンの分析は、デープリンの方法がエイゼンシュタインのそれにほとんど重なるものであることをはっきり示している。この両者を理論的に仲継ぎする研究としてシクロフスキーの『文学と映画』を挙げることができよう。この、短文ではあるがモニュメンタルな著作は、昭和五年、私の生れる一年前にわが国で訳出された(八住利雄訳、原始社)にもかかわらず、わが国で、だれかこの訳業を生かした人がいるであろうか。施餓鬼の行為として翻訳するだけが能でないと私がしつこく繰り返すのはこの点なのであり、今日、「本の神話」のデコードが必要になるのは、ただただこの愚を繰り返さないためなのである。

ここで、ベンヤミンの分析するデープリンの表現主義の散文形式――すなわち物語る精神――が、ある意味で、モンタージュ的商行為としての百貨店形式と「かたち」において対応するといえば人は嘲笑するであろうか。私は道化の立場に自らを置くべくこういう唐突な発言をしているわけではない。まだまだそれほどの力が私に備わっているというほど自惚れてはいない。

百貨店のシステムがユダヤ人の商行為において発生しているという事実は、無選択な西欧文化の導入に「近代化」の努力を積み重ねてきたお人よしの日本人にはあまり知られていないようである。そういえば、われわれもよく、西欧では個人のショップが百貨店を圧倒しているときくし、また、イギリスの最も大衆的な百貨店の名が「マーカス＝スペンサー」というのも意味ありげである。個人ショップのシステムは、売り手と客の間に一定の人間関係（精神的繋がり）を前提とし、売り手は商品の内容とおのれのアイデンティティの間に何らかの関係を確立しているから、そうやたらなものを売らないという暗黙の前提の上になり立っている。してみるとこれは、基本的には農村のマーケットの商行為の延長の上になり立っていると考えてよいのかもしれない。

私が大西洋に面したノルマンディーの港町ディエップの近郊に、友人の人類学者ダニエル・ド・コッペと滞在していたとき、ダニエル・ド・コッペは、ディエップの中心街にある教会の前の広場の市について、つい最近まで、卵とか、野菜とかいったものは先祖代々売り手と買い手との間の関係がほとんど固定している場合が多かったということを説明するかたわら、次のような例を語ってくれた。彼のある友人が、父が死んで、その遺言により毎年彼が父と訪れていた別荘のある村に埋葬した。次の年から彼が避暑のために滞在すると、どこの店にいっても、値段が前の年より低い。ある店のおやじにどうしてかと聞いたところ、「きまってるじゃねえか。オメエさんのおやじさんは、われわれの土の中に眠っているからよ」というのが答であった。ここから、シャルル・モーラスふうの「血と土」の神話の原動力を導き出すのはさして難事ではないが、それは当面われわれの課題ではない。このような商いの感覚に対して、ユダヤ人の商行為にあっては、扱うものの内容としての種類が問題なのではない。ゾンバルトは百貨店のユダヤ起源について次のごとく述べる。

「何時の場合もユダヤ人は質屋――その店には全く色々な種類の品物が寄せ集められている――として第一番であった。そして商品――それは全く違った部門に属し、また全く違った使用目的に用いられる――のこの甚だしい対照のうちに、正に近代百貨店の性格的徴標の一つが横たわっているのである。事業指導者の自分の活動内容に対する完全なる無関係性――彼の活動はそのために全く完全に純商業的となることができるのである――はそのことによって百貨店所持者の性質を造成した。そしてその性質は〔工業に於けるユダヤ人の特有の地位から既に出てきた如く〕ユダヤ的本質に即した現象なのである」（ヴェルナー・ゾンバルト、長野敏一訳『ユダヤ人と資本主義』国際日本協会、二五八―二五九頁、傍点山口）。

この指摘は、ユダヤ人が対象に対して心理的感情抽入作業を停止して、対象を記号《サイン》に転化し、サインを、それを構成する要素間の関係において一元的に捉える思惟に長じているという点と微妙に対応して興味深いではないか。こういう言い方をすると、神秘化をはかる立言としてついていけないと人はいうかもしれないが、事物との馴れ合いからおのれを剥離する構造論的分析の論理学と、同じくウィーンのユダヤ人の財産家の出で、自分が継承した遺産のすべてをリルケに渡してしまったルートヴィヒ・ヴィトゲンシュタインの、言葉との馴れ合いから自らを剥離することに対する熱情、シェーンベルクにおける原理的なものとしての「ユダヤ的なものに根ざす抽象物の好愛」（アルフレート・アインシュタイン、浅井真男他訳『音楽と文化』白水社、八一頁）の中には、同じ水脈から流出した反省的思惟が脈うっているのかもしれない。

　スターリン体制の確立に伴って、フォルマリズムがいちはやく弾圧の対象になったことは、だれもが知るところである。しかし、なぜという問題は、意外に掘り下げられていない。これは「フォルマリズム」という方法的なカテゴリーが、「トロツキスト」と同様、「形式主義者」という魔女のレッテルに転化した過程を疑問なく受け入れた人間に、例外なく降る業火の火種になりかねない問題である。トロツキー、形式主義者、ユダヤ人が、革命後の魔女狩りのスケープ・ゴートになったことを理解しようとすれば、これらの三者の含む、あらゆる意味での時の風化作用に耐ええない環境「内容」との馴れ合いの拒否が、革命の官僚化への脅威となり、スターリニストの政治的ヒステリーを誘発するに十分のものであったことを心にとめておくだけにしよう。その例証としては、トロツキーの「詩におけるフォルマリズム派とマルクシズム」（内村剛介訳『文学と革命1』《トロツキー選集》11、現代思潮社）に目を通すだけで十分である。この中でトロツキーは、シクロフスキーに焦点をあてながら、フォルマリストの方法批判を試みているのだが、怖ろしいことに、彼はおのれが批判する当の相手をほとんど百パーセント理解しているのである。これは、トロツキーが批判の対象の「なぜ？」という必然性を無理なく理解し、受容していたことを意味する。世界を固定しようとする試みが現われようとするとき叫ばれるスローガンは「革命の過程において分派は粛清されねばならない」という俗流センチメンタリズムであり、そのときの犠牲が、安部公房氏のいう「都市」の象徴としてのユダヤ人(「内なる辺境」『中央公論』一九六八年十一、十二月号)であるということは、犠牲者はほとんど本能的に知っていたはずである。

ロシア・フォルマリズムが抑圧される過程をここで詳述する必要はあるまい。「『民話の形態学』は一九二八年に現われた。だがこのときすでに、フォルマリストたちは危機のさなかにおかれていた。それゆえこの本は、ロシア語以外の言葉に訳出されることはなかったし、この成果は国際的な場で討議される機会を持たなかった」(スヴァターワ・ピルコーワ=ヤコブソン、V・プロップ『民話の形態学』英語版序文、一九五八)のである。レヴィ=ストロースは「だが、ロシアのフォルマリスト学派のメッセージが見失われることはなかった。ヨーロッパそのものにおいては、まず、プラハ言語学サークルが、そのメッセージを集めて広めた。一九四〇年頃以後は、ロマーン・ヤコブソンの個人的影響と教化によって、それはアメリカ合衆国に伝わっていったのである」(レヴィ=ストロース、前掲論文、五一頁)とその間のいきさつを伝えている。

革命初期ロシアとワイマール文化の知的達成で、このように、幸運にも大西洋を渡った

（ヤコブソンとパノフスキーに象徴される）ものは、五〇年代以降の最も豊かな知的遺産となった。ロシアにおいて、新しい装いをまとった集団殺戮《ポグロム》がフォルマリズムの弾圧であったとすれば、ワイマール共和国の崩壊後、ユダヤ的知性に対して立ち現われたポグロムはアウシュヴィッツと亡命の強制であった。その結果、『放浪のユダヤ人』の著者ヨーゼフ・ロートを襲った運命は、ユダヤ的〈状況〉を生みつづけ、ユダヤ人と〈環境〉との馴れ合いの可能性をたえず断ち切って、知のユダヤ的達成を導きだしたものなのである。

3　知の存在形式としての亡命

亡命という生存のための形式は、日本近代の知識人に最も縁遠いものの一つであるように思われる。片山潜、野坂参三、鹿《か》地《じ》亘《わたる》といったいく人かの社会主義の運動家の名をわれわれは想い浮べることができないわけではない。しかし、それは多かれ少なかれ選択の結果を含むものであり、一九三三年にドイツ・オーストリアのユダヤ人を襲った、宿命ともいうべき死の陥穽または死刑宣告としての亡命形式が、日本の知識人の運命を襲い、存立の根拠を根こそぎ奪ったことはない。そのようなユダヤ人の事態こそ、崩壊一歩手前のオーストリア＝ハンガリー帝国の形姿を愛惜の念をこめて描き切った挽歌、つまり世界の解体についての散文詩にほかならぬ『ラデツキー行進曲』（柏原兵三訳、《世界文学全集》第五七巻、筑摩書房）の作者ヨーゼフ・ロートをして『放浪のユダヤ人』を書かしめたものなのである。

今世紀の西欧は、三つの大きな亡命体験に知識人を捲き込んだ。ロシア革命、ナチスによるユダヤ人の追放、第二次大戦後の社会主義圏から（または「へ」）の亡命である。このうち、第一のロシア革命成立による白系ロシア人の亡命者のベルリンにおける雰囲気は、「亡命文学」の嚆矢であり、また喪失した魂のよりしろとしての故郷への鎮魂の曲ともいうべきウラジミール・ナボコフの作品『賜物』の中で描かれている（大津栄一郎訳、白水社）。この第一次大戦後のベルリンのロシア人街については、イリヤ・エーレンブルグが、「あのころ、ベルリンに何人のロシア人がいたか知らないが、おそらくかなりの数だったように思われる——どこへ行っても、ロシア語が耳に入ってきたから。ロシア料理店が何十軒と店を開いていた。バラライカ、ズルナ（コーカサス地方の管楽器）、ジプシー、プリン（ホットケーキふうの揚げ物）、シャシリーク（羊肉の串焼）などなんでもあり、そしてもちろん、ロシア人につきものの熱っぽさがあった。ちょっとした作品を上演する劇場もあった」（木村浩訳『わが回想——人間・歳月・生活』第三部、朝日新聞社、二〇頁）と語るように、それに続くものに較べるとはるかにゆとりのある「環境」ともいうべきものであった。むしろ、日本各地で語り伝えられる、大正末期から昭和にかけて、満州から日本に流れてきた「白系露人」に関する話の方が悲痛な響きを帯びていたかもしれない。

だが、ロシア革命による流出に較べると、ナチス政権の成立によるユダヤ人の離散《ディアスポラ》の方ははるかに徹底して人間の抹殺運動であり、ユダヤ人を捲き込んだ深刻さと残酷さにおいて、その前後のものとは比較にならない。もちろん亡命を強いられる者の一人一人の置かれた立場からいえば、このような比較は成り立たないのかもしれない。その前後の状態の描写はいかようにも可能である。たとえばフロイトに加えられた精神的残虐行為としての迫害は、その対象になった人間の学問的に量りしれない貢献を考慮に入れると、ほとんど今日、想像を絶するものですらある。アーネスト・ジョーンズ（ライオネル・トリリング編）の『フロイトの生涯』（竹友安彦・藤井治彦訳、紀伊国屋書店）に収録されているフロイトの手紙は、この間の事情を息づまるほどの緊張した筆づかいで伝えている。

「ヒトラー体制がオーストリアをも支配するかどうかは確かではありません。たしかに、その可能性はありますが、ドイツにおけるほどの野蛮な粗暴さにはなるまいと、皆、考えています。私に対する個人的な危険はありません。そして、われわれユダヤ人が圧迫を受ける生活を、極度に不愉快なものとして描く時には、スイスであれイギリスであれ、海外に定住する時の亡命者の生活がどんなに不快なものになるかを忘れないで下さい。私の意見では、逃亡するのが正しいのは、直接、生命に危害が及んだ時だけです。……今日以後、ドイツ系ユダヤ人は国外に出ることを許されぬようになるでしょう。ジンメルはチューリッヒに逃げたそうです」（同書、四八八頁）。

これは、フロイトがまだ比較的楽観的であり得たときのものである。一九三八年三月十一日に起ったナチのオーストリア侵入は、フロイトの立場を根本から覆してしまった。ウィーン少年合唱団の成立のいきさつを映画化した『菩提樹』には、たしかナチ侵入とともに、一夜にして、すべての人間関係が裏返しになる様子が生き生きと捉えられていたと思うが、その日のフロイトをジョーンズは次のように伝える。「もっと深刻であったのは、アンナ・フロイトがゲシュタポに逮捕され、一日じゅう引きとめられたおそろしい日のことである。この日は間違いなく、フロイトの生涯中、もっとも暗澹たる一日であった。世界中でもっとも貴重な存在、しかも彼があれほどまでに頼りにしている者が、そのころ、ごく普通に行なわれたように、拷問を受け、強制収容所に送られる危険の中にあると考えるのは、ほとんど耐えられぬことであった。フロイトは、自分の気持をまぎらすため、うろうろと歩き、たてつづけに葉巻を喫い続けて、まる一日をすごした」（同書、五〇九―五一〇頁）。

六月四日、フロイトは七十九年の間住みなれたウィーンを永久に離れるべく、国外に去って、フランス経由でイギリスを亡命先とする。フロイトの場合は、当時すでに世界的に知られた大学者であり、弟子で、ギリシャおよびデンマーク王女であったマリー・ボナパルト夫人が面倒をみたので、肉体的被害はまだ最小限にとどめることができた。例えば、「通貨の価値がまったくなくなってゆく、完全なインフレーションのみじめな体験をしてきたので、フロイトは賢明にも将来の災難に備えてある額の金貨を貯わえていた。マリー・ボナパルトはそれを安全に国外にもち出すことができなかったので、ウィーンのギリシャ大使館に頼んで、急使をもって、それをギリシャ王に送ってもらい、ギリシャ王は、後に、それをロンドンのギリシャ大使館に送った」（同書、五一二頁）という具合である。しかし、大学紛争の「あおり」を多少受けるとしても、どうということもない多数の学者、または街の哥兄《あにい》さんを煽動して結構オマンマを食っているチンピラ評論家が、今日この国でむさぼっている安逸に較べるとき、それらの文筆亡者のメシのネタのまたネタの提供者たちのその「血」のゆえの受難劇《パッション》の深さは、さらに量り知れぬものになるといって過言ではなかろう。

亡命という恐るべき体験の欠落（それをすすんで求めるべきものであると主張するつもりはないにしても）は、日本近代の歴史体験に正・負こもごも微妙な影をなげかけずにいないはずである。このことは、入国ヴィザや出国ヴィザ、再入国ヴィザ、さらに外国人登録などの手続の処理におのれのアイデンティティがかかっており、どの一つが欠けても、宙吊りの状態に陥るといった簡単な体験も知らず、「国境を越える」ことを簡単に夢見てしまう風俗的精神の持主に、はたして事実の問題として、「国家の否定」なぞできるのかという疑問に連なっている。つまり、おのれのアイデンティティの保証がぬくぬくとなされて、実はその保証の中にあらゆる形の国家との馴合いが成り立っていることに気がついているのかいないのか、ユダヤ人の亡命体験に照し合せて私の深く疑問とするところなのである。突如として、日本語で文章を書けない、おのれの知名度は雲散霧消し、しかも定職につくことができないという状態が、明日やってきたらどうしますかね、いいだももさん（かりに親しみを込めて口八丁・手八丁の人を身近なところから選ぶとすればの話だが）。それが、有名・無名の人間を問わず、心の準備のあるなしを問わず（こういう問題に、心の準備の持ちようはないはずである）、あらゆるユダヤ人に一九三三年から四〇年にかけて襲いかかった「宿命」なのであった。シュテファン・ツヴァイクの作品を好む人もそうでない人も、ツヴァイクの述べる亡命というまだらな真空状態の意味を感じとることができるはずである。

「オーストリアの崩壊は、私の個人的生活にひとつの変化をもたらした。私はその変化を最初は全く重要でない、単に形式的なものと見なしたのであった。私はそれによって私のオーストリア旅券を失い、イギリスの当局からの白の代用書類、無国籍者旅券を乞わねばならなかった。どの国に対しても義務を負わず、それゆえあらゆる国に対しもっと無差別に属しているというような無国籍の状態であったならば、それはどんなにすばらしいか、ほんとうに私の内面の感じかたにかなったことであろうが、とコスモポリタン的な夢想のうちに、私はしばしば心ひそかに想い描いたものであった。しかし、われわれの地上的空想がどんなに手の届かぬものであるかということ、最も重要な感じというものこそ、自分自身で苦しみ抜いて始めて理解するものだということ、をも私は今や認めなければならなかった。……控え部屋の請願者ベンチにかなり待たされてからイギリスの役所の部屋に入ることを許された瞬間になって始めて、私の旅券を外国人証明書に換えることが何を意味するか、をはっきりと理解したのであった。……私はもはや移民となり、〈避難者〉となったのである。私はけっして不名誉ではないが、いっそ低い範疇に貶められたわけである。そのうえこの白い一片の書類のうえに外国の査証を受けるためには、爾今特別に懇請しなければならなくなった。なぜならば、あらゆる国において、私が突然仲間入りをしたような『種類』の人間に対して猜疑を抱いていたからである。……

……到る処において人は外国人を閉め出した。以前ならば専ら犯罪人に対してだけ見られたようなあらゆる侮辱が、今は旅行の前や最中にあらゆる旅行者に加えられるようになった。……証明書類、健康証明書・予防注射完了証明書・警察の行状証明書・紹介状を提示せねばならぬし、招待状や親戚の住所を示さなければならず、素行や財政上の保証を提出しなければならず、さまざまな法式を完全にみたして、三重、四重の文書に署名をしなければならない。そしてもしこれらの紙片の累積のうち唯のひとつでも欠けていると、もう駄目なのである」(S・ツヴァイク、前掲書下、二四頁)。

例えば、当時のフランスはどうであったか。アーネスト・ジョーンズがフロイトを国外に連れ出そうと考えたとき、まず気づいたこととしてあげるのは「フランスはともかくある程度の自由をもって、外国人の入国を認める唯一の国であった。しかし、それには、入国者がフランスで生活費を稼がないという条件が付いていた。もしお望みならば、フランスで餓死なさるのは歓迎しますというわけである」（ジョーンズ、前掲書、五〇七頁）という判断であった。そして同じように、トーマス・マンと前後してナチス・ドイツを捨て、後半生を亡命者として送ったクラウス・マンは次のように述べる。「一ばん厄介だったのは、パスの問題だろう。……二十世紀ではパスなしでは生きられない。いかにも、現代の免罪符だ。パスの有難味は拒否されて、はじめて身にしむ。哀れなペーター・シュレミールは身うごきならぬのだ。渡航パス、滞在証明書、身分証明書、入出国許可書など、今だに口をついてスラスラでてくる。これがドイツ亡命者の会話や思考のなかで、どんな大きな役割を演じていたことか」（クラウス・マン、土方学洋訳『黒い涙』ダヴィッド社、一二八頁。小栗浩他訳『転回点』晶文社）。

　このような紙片のいく枚かに、おのれのアイデンティティのすべてがかかり、しかも帰るべき故郷を持たない文字どおりの亡国の民の運命が、いかに酷薄なものであるかについて、一九三二年五月、フランス共和国大統領ポール・ドゥーメルを白昼射殺した、ラビンスカヤというコサック村生れの白系亡命者パーヴェル・ゴルグーロフという男の裁判に、『イズヴェスチヤ』の通信員として立ちあったエーレンブルグの感想が雄弁に語っている。「あの時の恐ろしい光景は忘れられない。夜、埃をかぶったシャンデリアの薄暗い光を受けて、青ざめた死人のような被告の顔――なにもかもつくり物じみてみえた。裁判官が判決を言い渡した。ゴルグーロフはとび上がり、急いでギロチンの刃の下に頭をさしのべようとでもするように、首からカラーをもぎとると叫んだ――〈フランスは私に居住証明書の交付を拒んだ！〉

　私は人気ない夜の通りを歩きながら、この男の運命を考えていた。もちろん、ゴルグーロフの姿を見て、同情の念をそそられるはずはなかった――酷悪な生活を送り、野蛮でナンセンスな罪を犯した人間だ。しかし、私はかつて彼も平凡なロシアの子供で、埃っぽい暑い通りでゴロトキ（子供の遊びの一種）をして遊んでいたことを考えていた。死を前にして、彼が、亡命者の毎日毎日の愁訴の種である〈居住証明書〉ということばしか思い出さなかったのは恐ろしいことだ！」（エーレンブルグ、前掲書、第三部、三九五―三九六頁、傍点山口）。

　この死の淵にひきずりこまれたのが、デーブリンであり、『ソビエート紀行』（道本清一郎訳、クラルテ社）および谷譲次訳の『猶太人ジュス』（中央公論社）以来久方ぶりに、『ゴヤ』（坂崎乙郎訳、美術出版社）によって日本に再び紹介されたリオン・フォイヒトワンガーであり、『追い廻され、つばきを吐きかけられ――ユダヤ人であることの決算書』の著者で、戦後東独に定着し、一番つまらない時代のルカーチの英雄になった（G・ルカーチ、真下信一他訳「一九一四年から一九一八年までの帝国主義戦争についてのアルノルト・ツヴァイクの連作小説」『運命の転回第2――病める芸術』平凡社、参照）アルノルト・ツヴァイク、そしてヨーゼフ・ロートらをはじめとする、無数の〈書物の民〉であったのだ。

　そのような日々の中に、ほとんど生埋めの形で空洞をかかえて投げすてられたロートの姿を、クラウス・マンは次のように描く。

「……だが奇怪なのはロートの論法だけではない。談論風発しながら、ロートは強度のアルコールをびっくりするほど呑みほした。ぼくの記憶するところでは、そのアルコール飲料は、どす黒いドロドロの液体だった。それを小さなグラスについですするロート氏の面影は、さながら中世の悪魔だった。ロートは、パリ、ウィーン、アムステルダムの諸都市のカフェーで、それぞれサークルをもっていたが、どこでも彼がその中心となった。

……今にして思えば、詩人ロートは賛美者にかこまれながら、死の道をたどったのである。じじつ、衆人環視のただなかで、例のアルコールをなめながら、自殺しはてた」（クラウス・マン、前掲書、一三〇頁）。

　しかしロートの実情は、クラウス・マンの描いたようなリラダン的な演技とはかなり縁遠かったらしい。たしかにそれは、亡命――死をつなぐ彼の生の一側面ではあったけれど。エーレンブルグの伝えるところでは、はじめ、彼は『フランクフルター・ツァイトゥング』の通信員として、若くて美しい妻を帯同してパリに来ていたのだ。しかし、まもなく、『フランクフルター・ツァイトゥング』に左翼を装うナチスの通信員がやって来て、彼は失業する。ロートには金がなかった。彼の妻は精神病になる。彼は「ホテルの真向いのカフェーに坐って、コーヒーを飲み、口もきかず……」、たまさか口を開くとハプスブルク家の中からメシアが到来すると説き始める。ロートはトゥルノン通り（パリ、第六区）の古い旅館ファヨオで暮していた。旅館がとり払われることになった。が、階上のちっぽけな部屋にはまだロートが住んでいた。その後、彼は同じ通りの小さな宿に引き移った。一九三七年、市民戦争のスペインに通信員としてあったエーレンブルグが、パリに数日の予定でやって来る。トゥルノン通りのあるカフェーにロートが坐っていた。

「彼が私の名をよんだ。彼はひどい格好をしており、苦しい生活をしていることが感じられたが、いつものように応対はたいそういんぎんで、ネクタイはきちんと蝶に結んであった。彼の前には小皿の山ができており、話ぶりはしっかりしていたが、手はうちふるえていた。マドリッドはいかがですかと私にたずね、私の話に注意深く耳を傾け、それからこういった――『いまはだれも彼もがうらやましいですよ。あなただって、自分がなにをしなければならないかを知っていらっしゃるじゃありませんか。ところが、私にはもうなにもわからないのです。血、臆病、裏切りがあまりに多すぎて……』彼はもう一杯、酒を注文した。私は急いでいたが、彼は私を離そうとしなかった。……彼はもう一杯、酒を注文した。それから私たちは別れた。それきり私は彼に会わなかった。

エルンスト・トラーが自殺した。プラハの通りをドイツ軍が行進していた。ヨーゼフ・

ロートは病嵩じて、いきつけのカフェーから病院へ運ばれた。彼は四十五歳だったが、もはや生きる力がなかった」（『わが回想』第三部、三〇六―三一〇頁）。

一九三九年五月二日、彼はパリの施療院で死ぬ。死の二年前書き上げていた「放浪のユダヤ人」の補遺の原稿は行方不明である。葬儀ではシュテファン・ツヴァイクが弔辞を読んだ（《世界文学全集》第五七巻、筑摩書房、五二〇頁年譜）。そのツヴァイクは、ロートの死におくれること三年、一九四二年二月、ブラジルのペトロポリスで自殺する。「彼は絶望におそわれた。ナチスはドイツ語を非人間的なたわごとに化してしまうだろうと、確信した。ドイツ語の著述に生涯を捧げる人間にとっては、もはやなんの幸運もないと知って、彼は自殺を遂げたのである」（ジョージ・スタイナー「空洞の奇蹟」、前掲書、二一八頁）。また、よく知られるようにベンヤミンは、一九四〇年フランスの降伏によって迫った危険を逃れるために、ピレネー山中で痩軀に鞭打って国境を越えたとき、ゲシュタポにひき渡すという恐喝をうけて、毒をあおり自らの命を絶つ。

そこで「あしたは国境を越えて死にものぐるいの逃避行に出なければならないかもしれない、その墓場は掘りかえされて、ごみすて場になるかもしれないような男にとって、国家なんてわけのわからない避難港でしかない」（前掲書、三二七頁）というスタイナーの言葉は、ユダヤ史の全時間にわたって反響するばかりか、われわれに口先《リップ・サービス》だけのそれでない決断を迫る。

「国家主義は現代の毒である。それはヨーロッパを破滅の淵に追いやってしまった。それはアジアとアフリカのあたらしい国家をレミングのように駆りたてている。おれはガーナ人だ、ニカラグア人だ、マルタ人だと宣明することによって、だれもが、わずらわしさのふりかかるのをまぬかれているのだ。……イスラエルの国家は、ひとつのみかたをすれば、かなしい奇跡である。……武装した民族国家というものは、ありがたくない遺物であり、人があふれている世紀では理にかなわぬことである。それに、そんなものは、ユダヤ人の精神のなかにある、もっとも革新的で、もっとも人間的な要素にも反するものである」（同書、三二八頁、三三一頁）という形で現われるスタイナーのユダヤ的知性を自覚した発言は、「非ユダヤ的ユダヤ人」を標榜するドイッチャーのそれと、三度くらいをへだてた振幅において、音程のピタリと合うアンサンブルを組むことがある。とくに、それは、スタイナーが「ユダヤ人はその投錨地を場所にではなく時間のなかに、歴史を個人の背景としてとらえているという高度に発達した意識の中にもっているのである」（三二五頁）というごとく、ついには地上の何ものにも帰属しないという境界線上の知性として発言するときである。

　ドイッチャーの一冊は、スタイナーの「ある意味での生きのこり」の一篇の中に収斂されるかもしれない。ドイッチャーの証言には――彼のキャリアーがしからしむるものだが――、ワイマール文化の中で開花したユダヤ的知性は、ローザ・ルクセンブルク以外は欠落している。そのローザは、一九一七年はじめ、ウロンケの要塞監獄から、マティルデ・ウルムにあてた手紙の中で、「ユダヤ人特有の苦悩などというもので、いったい、あなたは何をお考えなのです？　わたくしにとっては、プツマヨのゴム植民地のあわれな犠牲、その体をヨーロッパ人が球遊びにつかうというアフリカの黒人だって、ちがいはありません。……わたしのこころには、ユダヤ人用のための特別地域などはありません。雲と鳥とひと涙のあるところ、世界中どこでもわたしにはわが家のおもいです」（フレット・エルスナー、杉山忠平訳『ローザ・ルクセンブルク――その業績と生涯』理論社、一七頁、傍点山口。北郷隆五訳『ローザ・ルクセンブルクの手紙』青木文庫版では省略されている）と記した。ローザはアウシュヴィッツに行った最初の人間のひとりなのである。彼女の脱国家と重なる脱ユダヤ人の階級的立場は、マルクスの古典的定式の上に立つものであるが、それでもまだこの世のものなる人間に対する全幅の信頼の上に発せられている。

　ドイッチャーの立場が、ローザ・ルクセンブルクと『真実を求めて』（みすず書房）におけるレオポルド・インフェルトの中間にあるとすれば、ジョージ・スタイナーの発言は、カール・クラウスに対する彼の位置からも察せられるように、ドイッチャーのついに触れることのなかった文化のワイマール体験をおのれのものとした、ヴァルター・ベンヤミンと同じ「知性圏」を呼吸する人間が、アウシュヴィッツの「ある意味での生きのこり」として発する選び抜かれた言葉と叡智の集積なのだ。それは自らのこころの中の「ユダヤ人のための特別地域」を抹殺した瞬間が、ナチスの「こころ」(というものがかりにあったとして)の「ユダヤのための特別地域」の誕生に転化した、すなわち自らが歴史の逆転劇の転回点の軸になったローザが知らないで死んだ苦渋に満ちた立場である。ベンヤミンがゲルショム・ショーレムの導きにより、カバラの神秘思想に赴くか、アドルノと手を携えて創造的マルクス主義の途をともに進むかの二者択一の途に迷い通したという、難行にも似た思想的な動揺は、それが開かれた知的感受性による統一点を見失わなかったという点も含めて、スタイナーによって継承されているように思われる。

そして、中世以来のポグロムの記憶を幾重にも重ねたこの国家廃絶の論は、マルクスからトロツキー、ローザ、そしてドイッチャーという革命の呪われた正統性を湧出させてきた。すなわちスタイナーの表現によれば、「エドゥアルト・ベルンシュタインからトロツキーにいたるまで、イサーク・バーベリからパステルナークにいたるまで、ユダヤ人の個性が共産主義とロシア革命にかかわっているしかたには、皮肉な様式がある。ほとんど例外なく、それは反対意見や異端におわっている」(同書、三一八頁)のだ。

4　受難と知的熱情

ところで、異端という言葉は、このところ使っても使われても、いささか滑稽なニュアンスを帯びはじめている。化石化した讃辞の中に押しこめられ、生存中も死後も秘かに敵意に満ちた感情をひき起してきたのが、シェーンベルクである。そういった意味で、シェーンベルクは、ユダヤ的な真の意味での革命家であった。奇妙に背表紙に名前が印刷されずに（シリーズの一冊として出されたために）訳出されたルネ・レーボヴィッツの『シェーンベルク』（船山隆訳、白水社）は、音楽的思考を媒介とした永久革命の芸術家シェーンベルクの像を、心憎いまでの的確な判断のもとに伝えている。ヴェーベルンがシェーンベルクの音楽劇『期待』についていっているように、「あらゆる瞬間に、なにか新しいことが起り、表現が全部変化していく」ものとして、彼は世界を捉えていた。ということは、とりもなおさず「新しい世界や独創的な解決や前代未聞の音響などを、たえず漠然と予見し、さらに、この種の体験を自覚するたびに、そのなかに浸ってその体験を生き、そこからあらゆる可能性をひきだすと同時に、すぐそれを放棄してしまう」（一二九頁）、一瞬たりとも「まどろむこと」のない幻視者でもあったのだ。

　シェーンベルクは、すでに同時代的にワシリー・カンディンスキーの事実上の同盟者として立ち現われていたばかりでなく、あらゆる意味で二十世紀の予言者であり、ちょっぴり革新大半保守のわかりやすさのゆえに、かえってシェーンベルクより新しいと誤解されたストラヴィンスキーと対立する意味で、まったく途方もなく新しい芸術家であったのである。つまり〈筋書き〉を欠いているという意味で、彼の生き方自体が、きわめて二十世紀的だった。

「しかし、彼の生涯は奇妙なことに《物語》とは無縁なのであり、少なくともとくに目だつような外面的な出来事はなにも起らなかった。あたかもシェーンベルクが表面的な創作活動のかげに自分の《伝記》を隠そうとしていたかのように、何事もなくその生涯はすぎていったのである」（レーボヴィッツ、同書、二四五頁）。興趣つきないことに、このシェーンベルクの生涯の〈筋書き〉の欠如は、彼の作品『幸福な手』において、実現されているのだ。この「音楽つきのドラマ」の筋は、幸福と正しい生き方を求める〈男〉が女に捨てられるという能のそれよりもっとそっけないものである。レーボヴィッツによれば、この作品においてこそ「仕種《しぐさ》や筋やその他伝統的な劇作品の構成要素はすべて《内在化》されて」、筋立てが音楽と対等の資格を帯び、あるいは、音楽の中に筋が内在化されているのである。そしてこの事実は、彼の生涯における筋立ての欠如と不思議にも対応するのである。それゆえ、何ごとかが彼の作品の中に起ったとき、それが、決定的な広がりを帯びると同様、彼の生活に何ごとかが起ったとき、それは決定的な時の刻印を帯びて、彼の全生涯を覆いつくし、全宇宙にこだまし、その反響が彼の作品の中に、前後関係にかかわりなく、普遍的な体験に昇華されてひびきわたるのである。

一九三三年にすべてのユダヤ人を日常世界においてたたきのめした例の筋の起伏が、シェーンベルクの唯一の筋立ての上での波であった。「ヨゼフ・ルーファーはその著書のなかで、一つの文書を掲載しているが、その無味乾燥な簡単な文書には、ベルリン芸術アカデミーの教授シェーンベルクを罷免する旨のことが書いてある。それはシェーンベルクのヨーロッパ生活の最後をも意味していた」（同書、一八五頁）。

アメリカにのがれたシェーンベルクは、バルトークがそうであったように、すくなくとも物質的には恵まれない日々を送りながら生涯を終えた。また弟子のアルバン・ベルクもナチの権力者による誹謗に直接に起因する、逼塞した状況の中で世を去った。

シェーンベルクといえば調性の揚棄とか、十二音とか常套句集の頻度数の最も高い言葉が結びつけられる。しかし、事実、彼において、何が起ったのであろうか。それを、われわれがレーボヴィッツと共通の「ことば」で言い現わせば、「規格化された現実をすべて否定すること」（一一六頁）であったのである。これこそ、政治の世界でトロツキーが追究し、芸術作品の分析の中でロシア・フォルマリストたちが追究し、ビオメハニカ－モンタージュの手法において、メイエルホリドが、エイゼンシュタインが、さらには表現主義者たちが自らに課した課題であったのだ。たえず新しい「地平」をきりひらき、感性を拡大することによってしか、世界に統一を与える方法がないということを知っていた人間、固定した現実を拒否し、現実を固定するものたちに不断の戦いを挑んだ「革命家」たちが自らに課したものなのである。それは、一方では中途半端な知識によって現実と密通しながら、「現代的であると思われたいために不協和音をよせ集め」（シェーンベルク）る多くの自称「行動者」と、決定的に一線を画する永久運動なのだ。われわれのまわりにある多くのものは「自分よりもはるかに無知な人たちを自分のほうにひきずりこんで、ただ《一旗あげる》ことが大切だとすれば、それでたしかに《成功》することは可能である」（二四頁）という表現にいとも簡単にとり込まれる現象にすぎないのだ。

たとえ、ユダヤ人がユダヤ性を解放運動の中に止揚しようとしても、ユダヤ的知がもつ、〈固定した現実〉を突き破って、彼方への離脱への道を拓り開くことに対する敵意、ポグロムの可能性への（意識するとしないとにかかわらず）ほとんど文化的遺伝ともいうべき潜在的不安は、私が何度か繰り返して述べたように、皮相な日常の、簡単に常套句に乗る現実との、心理的もたれ合いを断ち切らせたものであるという〈状況〉は、たとえ生活に筋書きが欠落しているようにみえたとしても、シェーンベルクにおいても少しも変らなかったはずである。「自分のことを同時代人の大多数によって罵られ、……意味といきいきとした可能性をもった新しい世界へ亡命者として進んでゆく」（スタイナー、前掲書、二八七頁）途を避けるのに、彼は知的感度が高すぎたのだ。であるからといって、それはユダヤ人が、彼らの環境を愛さなかったことを少しも意味しない。そのことは、最近ドルストの政治演劇によって不当な忘却の彼方から立ち還ってきた、革命の素人にして玄人の詩人、エルンスト・トラーが一九三三年に書いた回想の中の次の言葉に、ほとんど集約的に表現されている。

「私はこの国を愛していないだろうか？　地中海沿岸のけんらん豪華な風景にとり囲まれて、私はドイツ北部の貧弱な砂の松林に忘れ去られたように静かな湖に郷愁を感じなかっただろうか？　子供のころ、ゲーテやヘルダーリンの詩に魅了されなかっただろうか？……ドイツ語――それは私のことばではないだろうか、私はこのことばで考えたり感じたりするのではないだろうか、私の存在の一部ではないだろうか……」（エーレンブルグ『わが回想』第三部、三五五頁）。

ウィーンの宮座たる国立歌劇場の氏子総代たちに白眼視され、例えば『モーゼとアロン』において「敵にとっては異質でユダヤ的な存在を主張していた」（スタイナー）とはいえ、シェーンベルクは、一見音楽的感受性において対極にあると見られるユダヤ人のヴァイオリニスト、フリッツ・クライスラーと、彼が生れ呼吸したウィーンとの結びつきにおいてはほとんど変らない鞏固《きょうこ》な感情で結びついていたのである。それは「劇的、ないしは詩的な性格を持った意図の許す範囲では、どこでも、生粋のウィーンなまりの音楽を、無調と十二音技法のヴォキャブラリーで語った」（レーボヴィッツ）アルバン・ベルクにおいても同じであった。

しかしながら、これらの点のすべてを考慮に入れながらも、おのれの作品の中において、起伏の少ない〈筋書き〉の中で、ユダヤ人の運命を刻みつけようとしたという意味において、シェーンベルクは、マルクスでもなく、ローザでもなく、ペーター・ヴァイスが一九六〇年代末の時点において描く『亡命のトロツキー』（岩淵達治訳、白水社）でもなく、まさに「生き残り」なのである。彼はもともとユダヤ教徒であったが、一度カトリックに改宗した。これはフッサールが、ベルクソンが、マックス・シェラーが、シモーヌ・ヴェーユがたどった行程であった。しかし、一九三三年パリで、彼はユダヤ教にふたたび〈改宗〉した。「こうしてシェーンベルクは、徹底的な迫害の犠牲になりはじめた人びとに、連帯の意志を表明しようとした」（レーボヴィッツ、前掲書、二四七頁）のであった。

世界を真に愛するがゆえに、「心理学は一番後まわし」（カフカ）にして、世界を時間の腐蝕作用に耐える鍛えぬかれた「かたち」においてとらえるという知の技術とは、レーボヴィッツが、フッサールの言葉をかりてシェーンベルクの試みが、〈事物それ自体〉へと導いていく道であると陳述するとき、二十世紀においても、三千年前に彼らが置かれたと同じ〈状況〉を通して、ユダヤ的な知の「かたち」がわれわれに手渡そうとしている最大の贈物なのである。

チャップリンは、ユダヤ人ともいわれ、自伝の中でアイルランド系の靴職人の息子ともいっている。だがグルーチョ・マルクスの書簡の中に、次のごとき一節が残っている。

「昨夜デーブ・チェーズン・レストランでチャップリンと夕食を共にしましたが、彼はいつになく上機嫌でした。いろいろと話した中で、彼は、自分はユダヤ人ではないのだが、ユダヤであったらよかったのにと思うと語っていました。彼は自分でスコットランド人と、イギリス人とジプシーの血を引いていると言っていましたが、要するにはっきりしないらしいのです」(『グルーチョ書簡集』一九四〇年九月五日付アーサー・シークマンへの手紙、ニューヨーク、一九六七)。

モーツァルトと「第三世界」

Je souhaiterais qu'il y eût d'autres mondes,
pour y pouvoir étendre mes conquêtes amoureuses.
Molière, *Don Juan*, acte 1 scène II

〝おれの征服欲を満足させるためには
もっと別の世界が欲しいくらいだ〟
モリエール『ドン・ジュアン』第一幕第二場

1 モーツァルトの世紀

野兎アギェは怠け者であったから、その時、大樹の洞穴の中で惰眠をむさぼっていた。町では、怪獣の大群が押しよせて、町の人間も動物も一人残らず呑み込んでしまっていたのである。夕方になって眼が醒めた野兎は、町が破壊され、人は一人残らず姿を消して、ただ怪獣が町を徘徊しているのを知った。……これはいかんというわけで、野兎は創造神チドンの援けをかりるべく旅に出る。さまざまの危難に遭遇したのちに、野兎はチドンに会うことができた。門番の犬が仕掛けたテストに合格していたので、チドンは野兎に災厄を克服して町を救うべく三つの〝世界の卵〟を与える。これを持って野兎は町へ帰る。二つは、帰る途上使ってしまった。最後の一つは、怪獣との決戦にあたって、投げつけて怪獣を退治した。怪獣の腹の中から町の人、動物が出て来た。町の要人たちは、野兎に王になってくれるよう要請した。野兎は何も言わず、卵の殻の中に入ってしまった。人々はドラムを奏して請願した。少時あって、野兎は町の境界外から姿を現わした。人々は奏楽をもって野兎を迎え最初の王になってもらった（山口昌男『アフリカの神話的世界』岩波新書、一〇三―一〇四頁）。

この昔話は、私が一九六四年北ナイジェリアのジュクン族での調査中に採集したものである。このときの話者群はジュクン王の二十三人のうちの主な六人の妻。話をききながら、私の脳裏をかすめたのは、この野兎という奴は、モーツァルトのオペラのヒーローみたいな奴だなということであった。この話などは、歌まじりで、聴衆はたちまちコーラスに変じるから、さしずめ歌芝居《ジングシュピール》であり、話としても、『魔笛』のごときヒーローの探求の旅に関する物語である。ジュクン族の昔話で、野兎は中心的なヒーローである。あるときは、横暴な野獣を奇略によって打ち負かし、きりきり舞いをさせるフィガロであり、ときには、王の下僕として森へ行き、主人のいない人家の台所に入って食物をたらふく食べて、物音におどろいて逃げ出し、実は森の霊であった強力な精霊を、結果においては町へ連れて来て守護霊にするといったパパゲーノ的側面を示す。かと思えば、手あたり次第にトリックによって盗みを働き、ときには王の脱糞禁止令に反抗して、ばれてひどい目にあうといったドン・ジュアン的側面も示す。さらにこんな話もある。昔、女性は自由に性器をとり外すことができた。あるとき、天から降りて来た美女が河岸に性器をとりはずして水浴びをしていたら、王の召使の野兎がそれを隠匿して、王の妻にならなければ返してやらないといった。ところ変れば品変る羽衣伝説で、ここで野兎はレポレロの役を演ずるといった具合である。この種のトリックスター説話が、アフリカの昔話、神話の根幹的な部分を形成しており、アメリカ黒人に語り伝えられた、いたずら者であるが反権力の想像力の実体化であるリーマス爺やの兎が、このようなアフリカの民俗的想像力に根を持っていることについては、かつて考察の対象としたことがある（「道化の民俗学（六）――アフリカ文化と道化（下）」『文学』一九六九年六月号。『道化の民俗学』第三章、新潮社、岩波現代文庫）。

　ところで、このところ、二百年祭のベートーヴェンに関する売らんかなの出版が目だっている。同時にモーツァルトに関する本の訳出、出版も目だってきているのは、誤った「モデル」によるベートーヴェン的「糞まじめ」主義――実は想像力の欠如を誤魔化し、意識の根元を眠らせ、自らが公言する敵と日常生活以外の意識において内通していることを認めまいとする、最も安直かつ成功を収めやすい方法——が、政治、思想、芸術とくに文学の領域を汚染しているだけに、まことに悦ばしいことと言わなければならない。なかでも愉快なのは、英国の女流作家のブリジッド・ブローフィの『劇作家モーツァルト——モーツァルトならびにそのオペラと時代に関する新しい一考察』（石井宏・高橋英郎訳、東京創元新社）であろう。われわれの前の時代は、例えば、P・J・ジューヴの『モーツァルトのドン・ジュアン』（高橋英郎訳、白水社）、日本においては小林秀雄、河上徹太郎といった、文学的モーツァルトも所有していた。だが、いかにすぐれた知性、感性によって育まれたとはいえ、劇的想像力抜きのこれらのモーツァルトは、われわれのモーツァルトになるとは思われない。われわれは、われわれの時代のモーツァルトを所有しなければならない。モーツァルトはそれに価する。われわれの時代のモーツァルトを所有し、モーツァルトを詩・小説的世界から奪回するために、われわれはジャズとクラシック、政治と文化、西欧と未開、といったケチな二元論を捨ててかかる必要がある。

ブローフィの愉快なのは、彼女のモーツァルト論が楽聖ベートーヴェンに対する瀆聖行為《サクリレッジ》で始まっているところにある。「十九世紀の風潮であり、かつは一九二七年にJ・W・N・サリヴァンの有名な本が出てその頂点に達した〝ベートーヴェン崇拝〟が、今や盲目的になって来たことに言及すべき時であろう」（一二頁）という言葉で彼女の反ベートーヴェン神話の核である「真面目に頑張った！」という点を突くのである。「ベートーヴェンが天才となるべく、おびただしい肉体労働をしたことはわれわれを泣かせる。もしそれが天才の資格ならば、いかなる意味でも彼は天才である。しかしわれわれは巨人神話的芸術家に一方的に与《くみ》するのあまり、この種の方法で制作する天才は、そうでない天才よりもすぐれた天才であると思ってはならない。それは、お産の苦しみがひどいほど、すぐれた、健康な赤ん坊が生れる、とか、かつて無痛分娩反対論者がよく主張したように、そのほうが赤ん坊に対して母親の愛情がより深くなる、といった類の愚説である」。そして「いかなる点からみても、ベートーヴェン崇拝（ベートーヴェン鑑賞とはちがって）の根柢にあるものは、知性の過少評価である。……正面攻撃は、少なくともその実行者が、多大の苦痛をおかしているかのごとくみえる。そのため、われわれが無思考のまま相当な時間を過ごしている道徳の魔術の世界では、苦痛に対して、より多くの価値を与えるのだ――その世界では、苦い薬だけが病気に効くと信じているのと同じように」（一六頁）と、ベートーヴェン崇拝が反知性主義に傾きやすい、あるいは本来反知性主義に発していると指摘しつつ、十九世紀的残滓粉砕のための神話批評をまずブローフィは試みるのだ。

　これに対して、モーツァルトはゲリラの戦略家として描かれる。「モーツァルトは大胆不敵な作戦でわれわれの息の根を止める戦略家である。彼は、われわれが、それと気づいた時には意外なルートから現われて面前にあり、城を占領してしまっている」といった変幻自在なトリックスター（策士）として描かれる。ベートーヴェンを理解するためのモデルはすっかり使い古されて、それは大気を汚染する臭気を発している。にもかかわらず、ベートーヴェン神話を原型として、政治的に、文学的に、思想的に自己形成を遂げようとする輩は跡をたたない。もちろん間違っていたのはモデルである神話の方であって、ベートーヴェンの方ではない。ベートーヴェンはちょっと演技がオーヴァーだっただけなのだ。その隠れたベートーヴェンはむしろ初期の管楽合奏や晩年の四重奏曲の方から立ち現われる。だが、ブローフィの次のような対比には、私はほとんど全面的に賛成するのである。「ベートーヴェンは宇宙を創造しない。彼の壮大で感動的なオペラ《フィデリオ》は失敗作である（たとえ不滅の失敗作だとしても）。その理由は、それが一人の登場人物をも活写することができず、その中で登場人物たちが生活し、かみあって行く宇宙を取り出すことができなかったから。モーツァルトの主要オペラは、どれをとっても、シェークスピアの主要な劇が創造した宇宙のように、生きた、そして自足的な自らの宇宙なのである。それは、人生の延長として、人間の想像力の生命活動として作られた芸術である」。モーツァルトの宇宙《コスモス》では、芸術は芸術家の目にうつる外観的実世界《リアリティ》を模しているのではなく、実世界そのものの自足性を模しているというブローフィ的モーツァルトの視点は、この「モーツァルトを認めた世紀である」二十世紀初頭において、どのようにして、姿を現わしたのであろうか。われわれの時代のモーツァルトを所有するためには、そこから問を発してからなければならない。劇作家モーツァルトをその自伝的要素と十八世紀世界との交錯において描こうとするブローフィのこの本は、数多くの点で示唆的であるが、第一章に提出した諸点を自らのものとするための決定的な極め手を欠いているように思われる。

2　二十世紀オペラのアルケオロジー

数多くのモーツァルト像が、十九世紀から二十世紀にかけて提出された。その主なものは、今日、吉田秀和・高橋英郎編の『モーツァルト頌』（白水社）にたどることができる。しかし、二十世紀のためのモーツァルトを発見した人間はだれであろうか。例えば、ブローフィも言うごとく、グスタフ・マーラーなどはすぐ脳裏に去来する。ピアニストのエトヴィン・フィッシャーは「モーツァルト的精神をまっ先にわれわれの世代に告げ知らせてくれたのは誰であったかといえば、それはリヒャルト・シュトラウスとフェルッチョ・ブゾーニである」（吉田・高橋、同書、四四三頁）と述べている。もちろん、『薔薇の騎士』と『女はみんなこうしたもの《コシ・ファン・トゥッテ》』とをつないでみると、リヒャルト・シュトラウスとモーツァルトはある程度つながるような気がする。リヒャルト・シュトラウスもそれを意識していたことは知られている。リブレット作者として彼に協力を惜しまなかったホフマンスタールと彼の関係をリヒャルト・シュトラウスは、モーツァルトの『魔笛』の台本作者のシッカネーダーやユダヤ人ダ・ポンテとモーツァルトとの関係にも譬えるのを好んだ。だがライナー・ヴーテノーの表現によれば、「むしろホフマンスタールには、その血の中にも、意識の中にも、少しばかりモーツァルトといったところがある。とすれば、そういう言葉遣いで自分からモーツァルトの顰《ひそみ》に倣おうとすることを好んだシュトラウスの方が、かえって一人のシッカネーダーに見えてくるのだ」と、「とりかえられた役割——シュトラウスとホフマンスタール」と題するリヒャルト・シュトラウス生誕一〇〇年記念論文（高橋英夫訳『音楽芸術』一九六四年六月号、八頁）の中で述べているが、シュトラウスの生全体とモーツァルトのそれのあいだに並行するものはあまりないといっても不躾けにならないだろう。

一方フェルッチョ・ブゾーニの方はどうであろうか。ブゾーニはわれわれに時間的には決して遠い人間ではないが、音楽的にはきわめて遠い人間になっているのではないだろうか。私としたところで、ブゾーニといえば、長い間、せいぜいギーゼキングかだれかの演奏会の曲目中に加えられたバッハのオルガン曲のピアノ編曲者の名前として、それもほとんど印象としてはリストのエピゴーネンに過ぎないという親しみのない存在であったし、今日レコードの目録の中にもブゾーニのそれは数曲の小品をみるにすぎない。商業的にも早く見捨てられた存在である。それにもかかわらずエトヴィン・フィッシャーやシゲティ（『弦によせて』音楽之友社）のごとくブゾーニをわれわれに媒介する音楽家はいないわけではない。不思議な存在である。

　では、ブゾーニは、どういう理由でモーツァルト的と言えるのだろうか。ブゾーニについては、シュトゥッケンシュミットの『現代音楽の創造者たち』（吉田秀和訳、新潮社）が最もヴィヴィッドで的確な判断を与えてくれる。とはいえ、ブゾーニについての本というのは、いくらか探してみたけれど、素人の目に入るような形ではE・J・デントの伝記を除いては、殆んど入手不可能らしい。シュトゥッケンシュミットはこの本の中で二十人の二十世紀作曲家をとりあげているが、専門外の人間を思考に誘うという意味では、ブゾーニ、ヤナーチェク、バルトーク、デ・ファリャといった周辺に位する作曲家に関する記述が圧倒的に面白い。芸術に関する本で、読み手の姿勢如何で、読み手が自由に組織できる情報を提供しながら（事実の羅列とは根本的に異なる）しかも自らが知的に切り拓いた世界を提示した本はきわめて少なくなった。シュトゥッケンシュミットのこの本などは、そのような範疇に入る数少ない「概説書」である。

　ブゾーニとは何者か？　シュトゥッケンシュミットによってブゾーニの「生世界」を垣間見てみよう。まず、彼はトスカナに生れたイタリア人であった。しかし彼の生涯は脱国籍化に捧げられた。オーストリア人を母に持ち生涯の大半の歳月を外国、特にオーストリアとドイツで過した。いわば、彼はその生涯の歳月の大半を「脱国籍化」のために捧げたといえるようなキャリアの持ち主だったのである。これはモーツァルトがオーストリアに生れたにもかかわらず、ウィーンで世俗的成功をおさめることができず、その生涯の最良の月日を幼少期におけるイタリアや後のチェコで迎えたというあり方と逆の方向で対応するものであった。シュトゥッケンシュミットは「彼こそは――彼を比類のない存在たらしめた、ほかの多くの特徴とならんで――、本能と信念と、古今東西にわたる文化感覚とからして、世界市民の一員だった」と述べている。ブゾーニのこの側面については、アルフレート・アインシュタインも『音楽と文化』（浅井真男他訳、白水社）の中の「音楽家としてのブゾーニしか知らない者は、ブゾーニを知っているとはいえない（しかし音楽家としてのブゾーニを知っている者がはたしているだろうか?）」という書き出しで始まる「ブゾーニの手紙」と題する文章の中で、「……イタリアでは私を見知っている者は一人もいない。――人びとは私を見なれない動物ででもあるかのように眺める。悲しい隔たりが私とイタリア人とのあいだにある」というブゾーニの手紙の言葉を伝えている。

いわばブゾーニは、彼の前にも、そして特にそのすぐ後においてユダヤ的知性が帯びざるを得なかった「境界性」を自らに課していたのである。したがって彼の知的な全体像も、「彼の精神的芸術的活動のすがたそのものも、作曲家・詩人・審美家・ピアニスト・教師・それからファウストの文献蒐集で世界にその名をしられたことにもみられるような博覧多識の愛書家といった、さまざまの傾向をあわせもっていた」というところから推しはかられるように、十九世紀から二十世紀にかけての中欧の「知のユダヤ形態」とでも称してよいような――すなわちワイマール文化特にドイツ表現主義がその形態に触れてはじめて開花しえたと言いうるような――「知」のあり方を具現していたと言えそうである。そのことは「彼とゆたかな思想の交換をかわしたひとびとのなかでは、ヤーコブ・ヴァッサーマン、アルノルト・シェーンベルク……」とシュトゥッケンシュミットが挙げる二人がすでに、二十世紀的知の発見者としてのユダヤ人なのである。

このブゾーニがどのような知的共同体に属していたかということは、「どんな音楽家よりも徹底的に音楽の過去のすべてから背をむけた作曲家、急進的な新美学の創造者、音楽における新しい空間感情の予言者」であったエドガー・ヴァレーズについての章の、ヴァレーズの二十世紀初頭のベルリンにおける姿の記述の中にうかがわれる。

「ヴァレーズはフランス、いや、それ以上のパリッ子である。……一九〇八年、当時二十二歳の青年は、ベルリンに移住した。……ヴァレーズは一九一四年の初めまでベルリンにすみ、当時、彼の合唱団のプログラムにヨーハン・セバスチャン・バッハに至るまでのふるいポリフォニー音楽を上演し、たとえばホフマンスタールの《イェーダーマン》の上演の折など、マックス・ラインハルトの演出に協力した。このころヴァレーズは、彼と同じく、《新しいものをのぞんでやまぬ（Novarum rerum cupidus）》永遠の探究者フェルッチョ・ブゾーニと交友をむすんだ。同じころ、彼は、詩人フーゴー・フォン・ホフマンスタールとあったが、彼の戯曲《エディプスとスフィンクス》について、ルドルフ・カスナーにむかって、これはたまたま、存在していないひとつの音楽にかかれたようなもので、その音楽は自分ではワグナー風のものと考えられるといった」という記述は、数多くの「出会い」の交錯する中にブゾーニが位置していたこと、そして、プロイセン的野暮ったさから脱皮し、ワイマールの真に普遍的な知の開花の途上にあったベルリンの最もよき側面がこの中に活写されている。

ついでながら、ホフマンスタールはしばらくの間『チャンドス卿の手紙』でわずかに、何か奥深く秘宝をのぞかせた過去の作家というふうに、わが国のメタボリズムの信奉者たる外国文学紹介者によっても過去に押しやられようとしたが、にもかかわらずドイツではヘルマン・ブロッホの透徹した批評（『ホフマンスタールとその時代』菊盛英夫訳、筑摩書房）や、リヒャルト・アレヴィンの研究などによって、アメリカではユング系の文学研究者の関心を通して再び輝きを放ちつつあるユダヤ系の詩人であることは今更述べるまでもなかろう。

ホフマンスタールはある意味では、ゲーテの新プラトン主義に対する関心と、祝祭空間に対する感覚とを回復すべく、二十世紀に与えられた詩人であるといってよい。彼にとって世界の最も輝ける光源の一つがヴェネツィアであった。彼の新プラトン主義については、E・R・クルティウスの『ヨーロッパ文学批評』（松浦憲作他訳、紀伊国屋書店）の中の「ゲオルゲ、ホフマンスタール、カルデロン」の章に、きわめて透徹した視点が示されている。

ホフマンスタールにとってヴェネツィアとは、すなわち「ビザンティンの息吹き、東洋の輝き、オーストリアの遺産、すべてが融合して名状し難い魅惑をなしており、彼のすばらしい作品のいくつかがここから生まれた」とクルティウスが表現するような、「さまざまの歴史的要素の最も奇妙な混合」であったのだ。それはイタリア生れのブゾーニが「ファウスト」の世界に埋没し世界的な文献蒐集をなしとげるのときわめて近い感覚なのである。このようなホフマンスタールが構築しようとし、ヴァレーズがラインハルトとともに協力した『イェーデルマン』の目ざした祝祭的世界を、いっそうよく理解するために、そのような世界の文法を提供する新プラトン主義的な魔術について、クルティウスの説明に耳を傾けるのは無駄ではあるまい。

「ホフマンスタールが魔術について語るとき、私達は、人類とともに存在した意味深く重要なものとして今日私達にふたたび近くなった、世界体験の原初的な形式をそのなかに認めなければならない。原始人の魔術的な世界像が、科学的な因果律の概念の世界像に全く劣るところのない内的な法則性と秩序をもっていることを、私達は今日知っている。魔術的な世界像は、民俗学の物置きにあった珍品などではなくて、精神性の高い段階、いや最高の段階においてもいくらでも実現されうる可能性なのである」。このようにクルティウスが言うとき、彼が『バルザック論』（野上巌訳、河出書房）において、アルベール・ベガンにはるかに先駆けて解き明かしたバルザックの万有一元論的宇宙に対する確固たる視点が、ホフマンスタールの世界にも注がれているのを感ずるのはひとり私のみではあるまい。日常的な思考では、われわれは、原因結果の限られた連鎖のみに優先権を与える。その結果、精神を媒介として対応しあうさまざまな「かたち」の連鎖は見失われがちである。「それに反して魔術的な世界像のなかでは、すべてがすべてと関連している。いかなる部分的な出来事も、世界全体との相互関係のうちにある。……人間存在をその世界全体との関連において描こうとする文学の形式は、劇でしかありえない」とクルティウスは言う。

そこで出て来るのが、祝祭劇である。祝祭は、すぐれて、世界を構成する諸事物が、効用性において繋ぎとめられた日常世界の秩序から解き放たれて、自由に時間・空間を移動して、「本来的」に対応し合う場を提供するのである。一人の人間において想像力という内的宇宙において実現されるものが、外的世界では演劇的な場に凝縮される。つづけてクルティウスに依拠すれば「ホフマンスタールの創造的な衝動は常に芝居にむけられていた。芝居 Theatre にであって、劇 Drama にではない。……芝居は人類の原体験である。それは礼拝の行事から生まれ、呪術的宗教的な背景をもっている。物真似・儀式・舞踏・音楽がそのなかで一つに融け合っている。身ぶり、いや動く身体の言葉一般が言語と同様に芝居にとっては本質的である。古くなっていく文化の後期の啓蒙の時期になってはじめてそのものとの統一が破壊される。……元来は人生の祝祭での描写だったものが、硬直した文学形式となる。しかしすべての偉大な時は劇と芝居をふたたび一つに集める。……詩と芝居をふたたび結びつけることがホフマンスタールの遠大な目的であった」（六四頁）。このような、「生」全体を統一的に回復するために、ホフマンスタールは祝祭空間の構築を必要としていたのであった。

　このような課題は、二十世紀初頭の真にオリジナリティに富んだ知性が自らに課したものであった。例えば、トーマス・マンにしても例外ではなかったのだ。その証拠にトーマス・マンは「フロイトと未来」と題するフロイトの八十回生誕記念講演の中で次のように語っている。「祝祭は、時間の超克であり、一つの模範行為であり、明確な原型に従って行われるところの荘厳な行為であります。祝祭において起ることは、初めて起るのではなくて、儀式的に、先例にしたがって起るのであります。過去のものが現在となり、再び帰って参ります。丁度数々の祝祭が一定の時間を置いて再び戻ってくるように。またその祝祭の諸段階や時刻が、一番初めの出来事の時間通りの順序になっているように、古代においては、あらゆる祝祭は、本質的にいって、一つの演劇的な事件、仮面劇、司祭たちによって執り行われた神々の歴史の、目に見える演出であったのであります」（ジョーンズ『フロイトの思想』河出書房新社、二三頁）。

　実ははじめに挙げたジュクン族の昔話は、とりたてて神話というものを語らないジュクン族にあっては、王権の祝祭空間と対応する神話のごときものであるのだ。すなわち、野獣の襲撃による町の破壊は、王の死による秩序の崩壊、兎の呪力の探求の旅は、即位式にあたって王が町の外の叢林の中に隔離される儀式過程と対応し、山を越え河を渡るプロセスは儀式の中の長老による試練に対応し、呪力の授与はキングメーカーによる王権の象徴の授与に対応し、野獣との闘いは新王とそのライバル王子たちとの模擬戦を示し、兎が宇宙の象徴である卵に入るというのは、新王が前王の第一夫人と儀礼的に結婚し儀式的に近親相姦を犯し、反文化的な力と接触することによって、荒々しい力を身に帯びるという過程と対応する。そして話全体としては、死と再生の『魔笛』にも回帰的に現われるモチーフのパターンの上に成りたっている。王権の祝祭としての王の即位式は、こうして昔話の中に型として圧縮された、世界の蘇りに関する原体験を回復しようとするのである。

そこで、ヴァレーズが協力した祝祭劇『イェーデルマン』に戻ることになるのだが、「イェーデルマン」とは中世イギリスの悪魔懲罰劇《モラリティー・プレー》の中で最も人気のあった「エヴリマン」の翻案である。そんなわけで江分利満氏の遥かに古い祖先ということになる。このザルツブルクの寺院広場で上演された祝祭劇『イェーデルマン』で起ったことは、全体の中心人物は名無権兵衛《エヴリマン》氏、生きていた時は現世のことにしばりつけられ、今や死して神の裁きの庭に立たされている男の話。ホフマンスタールの言葉で言えば「象徴的なもの、悲劇的なもの、陽気なところ、音楽も自明のことであった。最初は街の周辺から、ついで近くの村々から、さらに遠くから流れこんできた農民達にとって全体が見馴れたものであった。また芝居があると彼らは言った。それでいいのだ」という、民俗的世界では自明のものである祝祭的時間との繋りの回復であった。そしてそのような全体性の中で回復されるのが、「古くからの遊戯本能」（クルティウス、六四頁）である。

ここでモーツァルトの『ドン・ジョヴァンニ』が「オペラ・ブッファ」（陽気なオペラ）ではなく「オペラ・ジョコーソ」（遊戯のオペラ）と名づけられていたことを想起する必要があろう。もちろんダ・ポンテもモーツァルトも、そのような言葉を用意してはいなかったが、『ドン・ジョヴァンニ』において前提とされていたのは、このような祝祭空間の提示だったことは否定できないし、また、そのような「大オペラ空間」こそ、リヒャルト・シュトラウスにリブレット作者としてホフマンスタールが協力したとき、彼の目指していたものなのだ。「ホフマンスタールは儀式と典礼について、こう語っている。《それは、全体として受け取れば、すべての祝祭の祝祭である。またそれは、到るところで音楽を要請しているからすべてのオペラのオペラである》と」（ライナー・ヴーテノー、前掲論文、一〇頁）。『薔薇の騎士』の背景に立っているのがモーツァルトであるとするならば、「《影なき女》の台本のあいだから、ちらちらと輝いてみえるのが、またしても《魔笛》であり、《ファウスト第二部》の種々の祝祭である」（ヴーテノー、前掲論文、三九頁）ということになるのである。この祝祭空間―芝居―オペラ空間の連鎖は、ホフマンスタールの最もすぐれた研究者アレヴィンをして「バロック空間」「アルレッキーノ」の研究に向わしめたものなのであった。いずれにせよホフマンスタールとラインハルト、それにリヒャルト・シュトラウスを中心として、軌道にのりはじめたザルツブルクのモーツァルト音楽祭において、一九二〇年に上演されたのが『イェーデルマン』であり、このコンビとモーツァルトの結びつきは、行事的な意味では決定的なものであった。

一方、ブゾーニはいかがであろうか。現在ではほとんど忘れさられているが、ブゾーニは、いくつかのオペラを作曲している。彼がモーツァルトに心酔した幻想物語作者・画家にして作曲家E・T・アマデウス・ホフマンに心酔していたという事実は、ファウスト幻想曲を書いたリストと二重写しにしてみたところで、人を驚かせることに変りない。彼の目指したところは、ホフマンの幻想的世界を、ほとんど音楽上の表現主義に僅かに先行するような形で描き出そうとするところにあったらしい。「超自然または反自然のオペラが、そのオペラだけに適合する現象と感性の領域として強化され、ひいては、ひとつの仮象の世界をつくりだすというようなことになる必要があろう。その仮象の世界は、魔法の鏡として、または笑いの鏡として、人生を反映するもの、意識して現実の世界のみいだされぬものを与えようとするものである」というのはブゾーニのオペラ観であるが、彼は一九一二年に完成した『嫁選び』と題する幻想的な抒情を基調とした作品で、これを実現した。

話は一八二〇年代のベルリンのロマンティックな幽霊の物語で、ふたりの恋人をめぐって、人間の顔が狐の顔になったり、輪切りの大根が金貨になるといった、まさにルイス・ブニュエルの『黄金時代』を想わせる、ベルリンの分解と幻想的再統合を図った作品であった。オペラ・セリーにしては陽気にすぎ、ブッファにしてはまじめすぎ、伝統主義にとっては十分保守的ではなく不安定で、近代派にとっては形の上であまりに古典的すぎるというので、ほとんど評価されなかったが、シュトゥッケンシュミットは、「この作品は再発見される価値がある」という。これは、文学史においてもままあることで、創作の、時には作者ですら意識しなかった意図が、根柢的に世界にかかわっておりながら、十分な様式を発見できず、スタイルの混淆の装いを纏って出される。そのために、陳腐と誤解されてほとんど支持者をうることができない。ちょうど戦後のリアリズム万能の時代にホフマンやホフマンスタールが色あせてしまったのと、それは対応する。ブゾーニのこの作品などは、映画の表現主義ときわめて近接した立場にあったのだ。広場と部屋と箱という空間を日常生活から遊離させて、これらの空間にひそむ活力を引き出した『カリガリ博士』の空前の成功に比較してみるとき、時代がブゾーニに逆らった偶然の作用の酷薄さをそこに見ないわけにはいかない。

　しかし何といってもブゾーニの感覚の斬新さを垣間見せるのが、彼のコンメーディア・デラルテの伝統への帰依である。二十世紀初頭の演劇的思考の中で最も興味ある現象は、コンメーディア・デラルテの再発見であり、この再発見はカルロ・ゴッツィとゴルドーニの名前と必然的に結びついている。コンメーディア・デラルテの伝統とは、演劇を日常心理と屁理屈と顔面の筋肉の寄せ集めとは見ずに、目と五感のアクロバット体操としての見世物芝居のあらゆる様式を、「身ぶり」言語を中心として完成させたところにある。したがって、物理的《ユークリッド》時間、空間から離脱して、日常の世界をとり込んで、吸収し、解体し、再構築するための飛翔力はこの伝統において、かえってはるかに大きかったといわねばならない。

コンメーディアは十六世紀末のイタリアに興って、道化の〈アルレッキーノ〉を中心に全ヨーロッパの芝居小屋を一時席捲した。しかし、もともと民俗的想像力が出所だっただけに、十七世紀の古典様式、十八世紀末の「写実」にはかてず、カルロ・ゴッツィを最後に、芝居の直接的伝統においては消滅した。ゴッツィとゴルドーニは当時ライバルであって、ゴルドーニは、その演劇形成を旅回りのコンメーディア劇団において行ない、『二人の主持ちのアルレッキーノ』にみられるごとく卓越したコンメーディア作者であったにもかかわらず、勃興期の西欧市民社会の自己表現の様式であった小説・演劇における写実《ヴェリズモ》にとらわれ、フランスを舞台に見事に転身に成功した。一方、ゴッツィは、ドタバタ的身振り、滑稽即興、仮面、怪奇、夢幻といった「古くさい」様式の虜であったため、時代から置きざりにされ、没落したコンメーディアと運命をともにした。彼はモーツァルトと同時代の人間であった。モーツァルトのイタリアはまさにこの転換の時代にあったのである。オペラの伝統でも、この時期のオペラ・ブッファという形式は、そのまま、横断面においては、バロックの演劇空間とコンメーディアの遊戯性とむすびついていたのである。

そこで、変装というアイデンティティのはぐらかしは、ほとんど記憶の彼方に達する民俗的想像力の源泉に人を導くモチーフであるが、十六世紀から十八世紀にかけて例えばシェイクスピアの『十二夜』或いは『セビリアの理髪師』の公爵の変装、モーツァルトの『フィガロの結婚』や『コシ・ファン・トゥッテ』『ドン・ジョヴァンニ』など、『二人の主持ちのアルレッキーノ』においてばかりでなく、フランス・バロック演劇様式における最も基本的な作劇技術の中にこのモチーフがあったことは、ジャン・ルーセが『フランス・バロック期の文学』（伊東廣太他訳、筑摩書房）の第一部「変身から変装」において見事に発掘している。ボーマルシェ＝パイジェッロのオペラ『セビリアの理髪師』において、フィガロは、陽気な「いたずら者」「従僕」という点においてアルレッキーノを反映し、音楽教師ドン・バジーリオは原作においても、この夏来日したローマ小歌劇団の演出においてもコンメーディアの医師《イル・ドットーレ》を、医師バルトロは、実はパンタローネの型をふんでいることが明らかである。勿論既に述べたようにロジーナはコロンビーヌ型である。

ゴッツィの作品としては今日、ミラノ小劇場《ピッコロ・テアトロ・ディ・ミラノ》がそのレパートリーに加えている『大ガラス《イル・コルボ》』、『トゥランドット姫』、プロコフィエフの作品で知られる『三つのオレンジへの恋』の他に、『蛇女』、『鹿の王様』、グロテスク喜劇『ラ・ゾベイデ』、『好運な乞食』、『妖精の王ツェイム』、『トルコの怪物』、哲学的寓話と題された『魔法の鳥』といった作品が知られている。フィリップ・ヴァン・チーゲムの『イタリア演劇史』（戸口幸策他訳、文庫クセジュ、白水社）は、ゴッツィの芝居の基本的性格を次のように説明している。

「〈夢幻劇〉で彼は、魔法による思いがけない事件を多く設定し、コンメーディア・デラルテの伝統的な登場人物の諸典型を軽蔑することなく、見世物的な演出に役だつような怪物を起用する。要するに彼は、ルネサンス時代の偉大な催し物の民族的な伝統を復興することを考えていたのである。ゴッツィの作品の中に、合理主義の束縛から解放された詩、空想的なお伽話しの一つの不思議な世界、見世物的な幻惑の下に隠された象徴を見出すことができたのは、外国人であり、とくに国外における近代ないし現代の作家たちである」（同書、五二頁）。ここでゴッツィの芝居の筋書のいくつかについて述べるとよいのだが、そのような悠長なことはここで許されそうにない。ただ、この国においてもゴッツィが異端文学屋さんの物欲し気な手を経ないで、われわれの演劇的シーンに当り前の演目になるのを見るための捨て石として、アラーダイス・ニコルの次のような言葉を紹介しておこう。「これらの劇においては、あらゆる種類の対比が、探り索《もと》められている。童話風の雰囲気と日常生活的現実、深刻癖と陽気な性質、想像上のものと現実諷刺、平俗な散文形式と繊細な韻文、ごつごつしたトスカナ方言とヴェニスやナポリの音楽的な方言、就中《なかんずく》、明らかに純粋の娯楽をねらった場景と、はっきりと哲学的省察に基づくといえる場景の対比である」（『世界演劇史』ロンドン、一九四九、三八一頁）。つまり、ゴッツィのねらったものは、今日われわれが見失って、再び見出そうと試みている真に演劇的な想像力に基づく弁証法なのだ。心理的もたれあい、日常生活的整合性、そのような思考に根ざす「まじめ」性を拒否し、「内容」より「かたち」を重視し、「効用性」に対するに「遊び」をもってする可塑性の高い舞台空間としてのコンメーディア・デラルテの様式だったのである。

二十世紀においてこのゴッツィを復興させようと試みた「外国人であり、とくに国外における近代ないし現代の」作曲家の一人がイタリア人にして外国人であったフェルッチョ・ブゾーニであったというのは啓示的な事実である。ブゾーニが舞台音楽を書いた『トゥランドット姫』は、〈幻想風〉な異郷としての中国を舞台とし、「処女の心理とインテレクチュアリズムと残酷性とが極めて近代的にむすびついた性格をもったものがたり」（シュトゥッケンシュミット）で、プッチーニの音楽によっても、オペラ好きの耳には親しいものの一つである。しかし、プッチーニの関心はあくまで『蝶々夫人』のごとき心理主義的ヴェリズモ（写実性）と東洋趣味のグランド・オペラ的混淆であったことは人の知るところである。ブゾーニの舞台音楽によって、ベルリンのドイツ劇場でこれを上演したのがマックス・ラインハルトであった。シュトゥッケンシュミットはこの曲について「エクゾティックな要素、シナ風の五音音階と打楽器の効果が意識的・効果的に、駆使されており、群集的陶酔・芸術的阿片とでもいうべき煙幕をさけながら、非常に微妙できわだった幻想味と劇的雰囲気をかもす、特異なひびきをひびかせている」と述べている。グスタフ・マーラーやブルーノ・ワルターと同様、E・T・A・ホフマンの熱狂的ファンでもあり、のちにヴィリエ・ド・リラダンの『ひめごと』による幻想的な劇を計画したブゾーニの『トゥランドット姫』がどのようなものであるかは、想像にかたくないように私には思われる。モーツァルトが同時代人として、コンメーディア・デラルテの伝統の最良の部分に示した反応を、ブゾーニは、少なくともその「趣味」において体現しているのである。

　これは、ブゾーニの他の作品、すなわち劇的狂詩曲に『アルレッキーノ』を選んでいることからも確かめることができる。この悪魔的で、いたずら者で、つねに傍役を選び、主人公によって代言される世界を覆すことをその仕事とし、不可能なものを結びつけ、日常世界を犯し、日常世界を破砕し、断片をつなぎ、新しい世界を垣間見せ、純粋遊戯の衝動によって世界に生気を与え、フィガロ、レポレロ、ドン・ジョヴァンニ、ケルビーノ、パパゲーノを混ぜ合わせて創造されたドタバタ劇の主人公を、ブゾーニが音楽的焦点に据えたことは、今日からふりかえってみると驚嘆に価する事実である。

　アルレッキーノについては、『イタリア喜劇』（ニューヨーク、一九六六）の著者デュシャルトルが、「微妙で、愚かしく、〝つねに空中に漂う〟アルレッキーノは、幻想の奇異な人格化であるらしい。彼はときにはデリケートで、ときには粗々しく、騒々しい、と思うと次の瞬間には憂愁をたたえており、ときには狂気の奔流の中に身を躍らせるといった風に、想像力の全階調を一身に内包している。彼は根っから肉体的であり、身振りによって、アクセントがつけられとんぼ返りで間が入れられ、哲学的思弁と不協和音で豊かにされた新しい詩型の、彼自身も気がつかず、人に認められることもない創造者だったのだ」（一三三―一三四頁）と描写している。この表現は、そのまま『ドン・ジョヴァンニ』にそのまったき姿を現わしたモーツァルトの描写としても使えるのではないか。

いわば、コンメーディアとアルレッキーノに対する感受性を喪失した十九世紀が、モーツァルトを単にチャーミングな作曲家と見たのはまだしもよい方だったのかもしれない。ある意味では、コンメーディアに対する感受性を回復しなければ、われわれは、われわれの時代のモーツァルトを回復することはできないのかもしれない。ミラノ小劇場のソレッリの演ずるアルレッキーノは、たえず体を小きざみに動かしている。世界霊《アニムス・ムンディ》でもある「エロス」の化身であるアルレッキーノは、一時も休止することは許されない。そしてその時間の刻み方も、日常世界に埋没した人間のそれではあり得ない。どこから来たかも明らかでなく、いつ何時でも日常世界から飛び出せるような想像力の筋肉を、たえず鍛練しておかなければならないとでも言うかのように身体を動かしている。そしてこれこそ、スタンダールがモーツァルトについて注目したキネシックス（身振り表現）の特徴の一つだったのである。

彼には、普通なら馬鹿者の徴候とされるような一種の奇癖があった。つまり、「彼はいつも体を動かしていた。たえず手を弄んだり、足で床を踏み鳴らしたりした。そうは言っても、彼の日常行動には異常なところは少しもなかった」（スタンダール、高橋英郎・冨永明夫訳『モーツァルト』東京創元新社、七九頁）。またついでながら「芸術家としては、ほんの幼い頃から最高度の進歩をとげていたこの同じ人が、人生の他のすべての点においては常に子供のままであった。彼は決して自分を制することができなかった。家事の処理、金銭のほどよい使用、節制、種々の享楽から当たり障りのないものを選ぶ分別などは、彼には無縁の美徳であった。その時どきの快楽が常に彼を夢中にさせるのだった」（同、七九—八〇頁）という、よく知られるモーツァルトの子供じみたプロポーションの欠如の意味するものは、モーツァルトの同時代人ジャン＝フランソワ・マルモンテルの、次のようなアルレッキーノ頌が側面的に説明している。

「彼（アルレッキーノ）の性格は無知・ナイーヴさ、機智・頓馬、そして優雅さの混成分だ。彼は道楽者であって、しかもときたま知性のひらめきを示す育ちすぎた子供だ。彼の失敗や不ざまな姿態には、多くの場合気晴らし的な魅力がある。彼の行動は仔猫のごとく柔軟で敏捷な優麗さのうちに展開される。彼は一見粗野であるが、そのために、その演技はいっそう愉快なものになる。彼は忠実な召使の役を演じる。彼はまたいつも恋のとりこになっている。だが自分の失敗や主人の横槍のせいで、うまくいかないことが多い。彼は子供のように簡単に、悲しんだり、喜び戯れたりする。彼の悲しみは、喜びと同様にいつも喜劇的である」（デュシャルトル『イタリア喜劇』一三二頁に引用）。

もちろん、モーツァルトの手紙に親しんだ人、生涯のエピソードに通じている人なら、このアルレッキーノに関する記述の中にモーツァルトの姿を二重写しに見ることに、少しの困難も感じないであろうし、モーツァルトのオペラの人物の中の遊戯的《ジョコーソ》な形象を次々に見るにちがいない。そういった意味で、モーツァルトという現象は、その天来の資質が世界霊的《アニムス・ムンディ》な何ものかに触れて、コンメーディア的な様式を媒介として立ち現われて来た世界に対する感受性、あるいは根源的な想像力とでもいったものに関係しているのかもしれない（アルレッキーノについては私の「道化の民俗学」（一）―（四）、『文学』一九六九年一―四月号〔岩波現代文庫版第一・二章〕を参照のこと）。

　してみると、ブゾーニがアルレッキーノをとりあげたことそのものの中に、「モーツァルト的精神をまっ先にわれわれの世代に告げ知らせた」という事実がくみこまれているのだということがこれで明らかになったはずである。シュトゥッケンシュミットは言う。

「《アルレッキーノ》をもって、ブゾーニは、政治家、軍人、あざむかれたモラリストたちの現実の世界に、笑いの鏡をさしだす。これは、コンメーディア・デラルテであると同時に、メロドラマであり、陽気であると同時に鋭い皮肉な劇作品として古典的近代性と近代的古典性のマニフェストになっている」（一七頁）と。

「同時代的」符合というのは恐ろしいものである。革命前後のロシア演劇についての最も精彩を放った研究をアンジェロ・マリア・リペッリーノは『仕掛と生気《イル・トルッコ・エ・ラニマ》』と名づけた（一九六五）。この中で、彼は数多くの紙数をさき、革命前後のロシア演劇――世界演劇史の最も輝かしい一ページである——において、ニコライ・エヴレイノフやヴァフタンゴフによって、メイエルホリドによって、いかに、コンメーディア・デラルテのアルレッキーノを中心とした仕掛《トルッコ》と生気《アニマ》に満ちた世界が、舞台を通して、革命によって切り開かれた、新しく、爽かで、自由な空間を、スターリンおよびその官僚どもがこの空間を扼殺するまで満たしていたかを詳細に述べている。彼らはブゾーニとともに、ゴッツィを復興させた最もブリリアントな「外国人」だったのである。ヴァフタンゴフ劇場におけるアルレッキーノを中心とする遊戯空間の蘇りについては、J・イェラーギンの『芸術家馴らし』（遠藤慎吾訳、早川書房）が感動的に述べている。この書は、名誉恢復のリストの第一に挙げられるべき本であろう。不幸にして、当時は反ソ宣伝文書として扱われたこの本には、コンメーディア・デラルテの祝祭性をヴァフタンゴフがみごとに抽出した様子が感動的に語られている。「観客は、常に、自分が今劇場の中にいるのであって、日常の生活とは切り離された世界に在るのだということに気づいていなければならない。芝居は陽気で、楽しいものでなければならない。劇場は思い切って派手な色彩で飾るべきだ。金糸で縫取りした真赤な制服の案内人が、観客を、席まで案内するのだ。音楽は、強く、賑かにすべきだ。芝居の昂奮の絶頂においても、観客には、これが現実のことではなく、芝居であって、だからこれをあまり深刻に取ってはいけない、ということを思い出させるようにしなければならない。何故といって、芝居は飽くまでも現実の生活とは違うのだから」というブレヒト顔まけのことを、ヴァフタンゴフはいっている。「こうした、ヴァフタンゴフの芸術の原則が最も完全な形で具体化されたのが、カルロ・ゴッツィ原作の喜劇『トゥランドット姫』である。彼は、この、十八世紀にヴェニスで書かれた古いイタリア喜劇から、近代演劇史上最も優れた作品の一つを創り出したのであった」（三三―三四頁）とイェラーギンが述べているのは本当である。いわば、革命直後のロシア演劇は、そこからかつてモーツァルトが出現し、現にブゾーニを通して真に二十世紀のものである「生気《アニマ》」としての知に対する感受性が立ち現われた条件を、自らのものとしていたのである。

　このコンメーディア・デラルテ的世界はセルゲイ・エイゼンシュタインをも魅了し去った。「一九二六年に、エイゼンシュタインはイタリア・ルネサンスの研究に真剣にとりくみだした。……こうして、エイゼンシュタインはイタリアの即興喜劇《コンメーディア・デラルテ》を知るようになり、彼の行くヴォードヴィル劇場の喜劇役者の様式の中にも、彼はその技術が入っているのを発見したと考えた」（マリー・シートン、佐々木基一・小林牧訳『エイゼンシュタイン　上』、美術出版社、一二七頁）。この情報に満ちたエイゼンシュタインの伝記の中で、シートンは繰り返し、エイゼンシュタインがいかに豊かなインスピレーションをコンメーディア・デラルテの中から得たかという点について述べている。

　興味あることは、エイゼンシュタインをグリフィスとともに直接の師とするシネマテーク出身のジャン＝リュック・ゴダールが、同時にコンメーディア・デラルテに魅せられた一人であるという点だ。『東風』の中で、ストレーレルの「ピッコロ・テアトロ」に示す敬意はその表われである。『中国女』の演劇青年ギョームの原型「ヴィルヘルム・マイスター」の演劇的使命は、若年のゲーテのローマの謝肉祭にコンメーディア・デラルテ的世界を発見することに向っている。ゲーテがモーツァルトに持った親近感は、モーツァルトがゲルマン世界にもたらしたコンメーディア・デラルテ的世界にあったことに疑いはない（エミール・シュタイガー、芦津丈夫訳「ゲーテとモーツァルト」『音楽と文学』白水社）。つねに道化（アルレッキーノ）の日常生活的現実解体能力に賭けた映画を製作するゴダールが、ジャズとモーツァルトを並行して使うのは興味のあるところである。『勝手にしやがれ』のピアノ協奏曲。『ウィーク・エンド』における農家の庭の場面では、特別出演の〈アクション・ミュージック〉のミシェル・クルノーにぶっきらぼうにニ長調のピアノ・ソナタ（一七番・K576）を弾かせて、「真の現代的音楽は、逆に単純にモーツァルトの和音に基づいているのである。ダリオ・モレノとかビートルズとかローリング・ストーンとかいった連中の音楽もモーツァルトの和音に基づいている」といった風に、ちょっと聴くと、ふざけているのかまじめなのかわからない調子で喋らせる。しかしゴダールがここで試みたのは、クラシックとジャズまたはモダンという二元論の否定なのであり、少なくとも、モーツァルトはその二元性の否定の媒体たりうるというイメージの提示である。

　ブゾーニは晩年ますますモーツァルトに傾いたと述べつつ、シュトゥッケンシュミットは、「遠い昔の、わすれられた芸術の世界を、現世によびおこすことによって、彼は、かつて、ひとつの世代をこえてとおくはたらきかけ、これからも現代をこえて、さらにはたらきかけるであろう刺戟を与えたのであった」（前掲書、二〇頁）と述べる。この遠い昔の忘れられた芸術は、ブゾーニのアルレッキーノ――モーツァルトのオペラ世界の人物――コンメーディア・デラルテのアルレッキーノを通して、〝第三世界〟の神話的トリックスター、例えばジュクン族の野兎とすらも呼応し合うのである。

3　音楽的思考

さて、私のみるところで、この数十年の間に素人としてモーツァルトについて最もすぐれた考察を提示したのは、アルフレート・シュッツである。シュッツはフッサールの許にあって、現象学運動の中でもとくにフッサールのいう「生の世界」を、すなわち社会科学の成果を媒介として「日常世界」に対して最も透徹した現象学的考察を試みた学者である。ユダヤ系ドイツ人であったため、例に洩れずヒトラー・ナチスにドイツを逐われ、アメリカに渡り、同様にアメリカに逃れていたレヴィ＝ストロースやヴィルヘルム・ライヒなどが加わっていたニュー・スクール・フォー・ソーシャル・リサーチに後半生を託した哲学者である。このシュッツの『著作集』第二巻（ハーグ、一九六四）に「モーツァルトと哲学者たち」という文章が収められている。この文章の第一・二部では、哲学者モーゼス・メンデルスゾーン、啓蒙主義の哲学者たち、ディルタイ、ヘルマン・コーエン、ヘーゲル、そして『あれかこれか』のキェルケゴール等の哲学者が、劇作家であるとともに哲学者であったモーツァルトに示した共感の振幅について語られる。

彼のモーツァルトのオペラに対する立場は、ブゾーニまたはわれわれのそれにきわめて近い。つまり、写実性《ヴェリズモ》から可能な限り遠く離れた音楽的構築とみる。長い間、『ドン・ジョヴァンニ』や『フィガロ』を除くモーツァルトのオペラについてその劇的構成の不安定、ドラマトゥルギーの破綻を云々するのがモーツァルト批評の定石であった。しかし、シュッツは、モーツァルトはけっして、登場人物の一人一人が世俗的な目的を追究しつつ役として舞台のうえで成長・展開し、喜劇または悲劇的宿命にとりこまれる「個人的役柄・ユニークな性格」を作ろうとしていたわけでないということを確認すべきだという。

シュッツはモーツァルトの劇的な意図を理解したければ、『フィデリオ』におけるベートーヴェンを、またワグナーを忘れなければならないという。彼が強調するのは、モーツァルトのオペラは、何よりもまず、ホイジンガの用いた純粋な意味の遊戯《プレイ》——その喜劇的そして悲劇的側面を含めての、生の全体性の遊戯的提示——なのだという。この点で、シュッツは、ケルビーノから、パパゲーノを経てドン・ジョヴァンニに至る「直接的エロス」の神話的形象の展開も跡づけようとするキェルケゴールにきわめて近いといえるかもしれない。この直接的エロスは、人間の根源的生への衝動の近くに息づいていて、死《タナトス》への衝動に対して、生を発揚させる諸力の源泉ともいうべきものである。神話的世界の根柢には必ずこのエロス的形象が、そのあらゆる戯れの形姿を示しながら息づいているのだ。われわれがモーツァルトのオペラ空間を通して〝第三世界〟への突破口を開鑿できると信じるのは、そのような神話空間における反映を通してなのである。

　直接的エロスの戯れは単純な身振りから発することもできる。エドモン・ラダールは「要するに、身振りがどのような条件づけをもうけなくなればただちに、自発的な諸表現・無償の諸形式があらわれるのであろう。根源的生命のあふれでるところ、そうした表現・形式はかならずともなうものであり、自己と（真の、根源的な――引用者）自己とが近接しているゆえに、それらはすばらしく魅惑的なのである」（多田道太郎訳「社交性の表現としての物真似」『ディオゲネス』日本版第一号、河出書房新社）と発生的形態においてあそびを捉えている。「こうした活動が眼前に展開されることを意識が許しさえすれば、あそびの諸活動は姿をあらわす」とラダールがいえば、われわれは、モーツァルトのオペラの諸形象において、「こうした活動」が眼前に展開することを意識に許すのがレチタティーヴォであり、アリアである、ということができよう。いわばこれらはモーツァルトのオペラ空間においては、マイムにおける「身振り」のようなもので、人物は、それらの「身振りとしてのアリア、レチタティーヴォ」が舞台空間に撒き散らされるための媒体であるともいえるのである。根源的生命は、適切な「かたち」を通して、「適切な時」に現出させられたときに、その活力を十二分に発揮することができる。また「事実、あそびにおいて意識はその能力をいきいきと働かせ、味わい、また能力を意味もなく働かせることで、みずからの自由を発見する」とラダールがいうとき、モーツァルトのオペラの人物は、意識の日常生活の中では働かない部分も喚び起し、想像力の全階調をひびかせるための媒体、憑代《よりしろ》であるといっても過言ではないように思われる。

　このような「遊戯空間」は、祝祭の世界において集団の世界に導入される。ホフマンスタールが観じたごとく、オペラ空間とはそういった祝祭の場に他ならないのだし、モーツァルトのオペラの空間を一言で言い表わすとすれば、それは「遊戯性に満ち満ちた祝祭空間」ということになる。『ドン・ジョヴァンニ』において、たとえば序曲のニ長調のモルト・アレグロに切り換った後におけるように、オーケストラが意識的に木管楽器を表面に押し出す場では、つねにオーケストラ的背景としての祝祭音楽の音響空間が醱し出されるのである。私がとりわけオットー・クレンペラーの『ドン・ジョヴァンニ』を好むのは、まったく、彼の表現主義的な指揮法が、こういった祝祭空間の創出に適合しているからである。ラダールの表現によれば、祝祭は「遊戯が個人にとってそうであるように、ふかい自己表現の機会を与える」。ハイデッガーの指摘したごとく「開かれたものの侵入」によって根源的生、聖なるものがそこには姿を現わす。『ドン・ジョヴァンニ』においてわれわれが参加するのは、そのような生《エロス》が本源的な直接性において開示される空間なのである。

ソクラテスは『饗宴《シンポジオン》』の中で、アリストファネスとアガトンに、喜劇の天才は悲劇の天才であり、悲劇の天才は喜劇の天才であるということを認めさせているとして描かれる。もちろん、喜劇・悲劇の区別は、日常世界の運命観から導き出されたもので、「聖」なるもののスクリーンを一たび越えると、これらの区別はまったくご破算になる。スクリーンを越える方法はいくらでもある。凡庸な作劇法は、このスクリーンの彼方を垣間見させることはない。真の劇的才能はスクリーンを取り払うところまで行く。ウジェーヌ・イヨネスコは悲劇のテンポを早めれば喜劇になり、喜劇のテンポを緩めると悲劇になるという（大久保輝臣訳『ノート・反ノート』白水社、二七二頁）。すると、両者の対立を止揚した劇形式は悲喜劇《トラジコメディ》であるということになる。

シュッツはモーツァルトこそは、ソクラテス的な意味での天才的「劇作家」であったという。交響曲の様式の作品におけるさまざまの楽章同様に、モーツァルトの遊戯劇《ドラマ・ジョコーソ》は、ソクラテスの要求を満たしているという。交響曲といわずに、ふつう、彼の最も暗い内的宇宙を垣間見させたといわれるニ短調のピアノ協奏曲（K466）の第三楽章ですら、モーツァルトはピアノとオーケストラを戯れさせるのである。また教会ソナタハ長調（K336）のオルガンの「神遊び」的主題の展開はいかがであろうか。こうした、「悲」と「喜」、またはその逆の「相反するものの合一《コインシデンティア・オポジトルム》」の例をとりだしたらきりがない。また、一々こけおどし的に例示しないで、気安く喋れるという素人の特権をあっさり抛棄することもあるまいというわけで、以後、例は挙げない。

ここで、シュッツは、モーツァルトの音による作劇術《ドラマトゥルギー》についてきわめて重要な見解を示している。すなわち劇作家としてのモーツァルトは、悲劇的または喜劇的情感を「個人」の運命（筋）において示すのではなく、多岐的で、しばしば矛盾していさえする〈状況〉の継起において示すのだという。「モーツァルトが音楽的な〝かたち〟を使って構築するのは、個人の性格なのでなく〈状況〉なのである」。それゆえ、『リゴレット』や『道化師』の深刻な運命を描く時につきまとう筋の一貫性と緊迫感は、ほとんどモーツァルトのものではないのである。モーツァルトにあっては、状況は、一人一人を「ほんとうらしく」示すために設定されるものでなくて、劇に参加する「もの」の典型的な態度を統合するために圧縮された場にすぎない。そのようにして、モーツァルトのオペラでは「個体化の呪縛は破られ、《存在の母たち》への道、事物の一番奥の核心に至る道が開かれる」（ニーチェ、秋山英夫訳『悲劇の誕生』岩波文庫、一四八頁）のである。

したがって、それぞれの場ではおのおのの「かたち」をはめこむことが必要なのである。いわば、シュッツは登場人物の日常的アイデンティティというやつを否定しているのである。そこで、彼は、例えば『ドン・ジョヴァンニ』におけるスザンナの特定のアリアが、ツェルリーナやドラベッラやパミーナのものであっても構わない、なぜならば、彼女らは一皮むくと、皆姉妹みたいなものだからという。パミーナを除くと、私も、この視点にはまったく賛成である。ただ、シュッツと必ずしも同じ理由であるかどうかという点についての保証はない。この、〝姉妹である〟という観察は、だれでもが抱く感想に重なるものである。しかし、なぜであるかという点についての説明が、これまで十分になされているとは思えない。この点を少し明らかにするためにツェルリーナを例にとってみよう。

ツェルリーナについては、テオドール・アドルノのよく知られたエッセイがある（「ツェルリーナへのオマージュ」川村二郎他訳『楽興の時』白水社）。「ツェルリーナの姿のうちには、ロココと革命のリズムが停滞している。彼女はもはや羊飼いの娘ではないが、まだ女性市民《シトワイエンヌ》ではない。両者の中間の歴史的瞬間に彼女は属しており、封建社会の圧制にそこなわれることもなく、市民社会の野蛮からも守られている人間性が、ほんのつかのま、彼女においてかがやき出るのである」（同、四七頁）と規定されるツェルリーナは、とはいえ、コンメーディアに根をもつ形式《かたち》であるともいえるのである。たしかにツェルリーナは「なんの悪気もなしに、自分を打ってくれと恋人にうながしながら不実の償いをする娘、そして百姓の無骨さを洗練された都雅《とが》へと変容させてしまう娘――彼女は、都会と農村との差別が止揚されるユートピア的な状態を、はやばやと先取りしている」という歴史的環境の中から姿を現わしているとはいえ、彼女の役柄を構成する、魅惑的で、可憐で、しかもコケットで、冷酷でもある優雅さは、ほとんどそのままコンメーディア・デラルテの娘役コロンビーヌの型である。いわばコロンビーヌは、法や慣習の中におさまりきらぬ永遠のいたずら娘という性格の上になり立っている。したがってその係累は、コンメーディアと併行していたペルゴレージの『奥様女中』とかパイジェッロの『セビリアの理髪師』のロジーナなど、当時のオペラ・ブッファにも容易に見出されるのである。

当時最もすぐれた、そしてゴルドーニとともに最後のコンメーディア・デラルテ作者であったカルロ・ゴッツィの台本で、後にプッチーニやブゾーニがオペラに仕立てた『トゥランドット姫』の中国の冷酷な皇女も、コロンビーヌ的性格を十分に備えているといえる。いわば、男役ばかりでなく女役にも、少なくともオペラの音響空間にヒーローまたはヒロインとして生々とはめこまれうるためには、日常生活の空間をはみ出していることが必要条件とされるものであろう。「オペラの世界に住むのにもっとも適した人物は、単に情熱的であるのみならず、片意地なまでにそうであって、自分の運命が恐ろしく悲劇的であり、あるいはばかげてこっけいであっても、その運命に固執するような人である」（W・H・オーデン、中桐雅夫訳「オペラの世界」『第二の世界』晶文社、一二三頁）。したがってコロンビーヌ→ツェルリーナ的な役柄は、舞台環境のいかんによって喜劇的ヒロインにも悲劇のヒロインにもなり得る二重性を秘めているのである。

アルフレート・アインシュタインは、ツェルリーナについて言及しているわけではないが、『フィガロ』におけるツェルリーナともいうべきスザンナに、コロンビーヌの反映を見ている。「スザンナのなかにはいぜんとして少しばかりのコロンビーヌがひそんでおり、フィガロのなかにはいぜんとして少しばかりのアルレッキーノがひそんでおり、ドン・バルトロとマルチェリーナは純粋にブッファの人物である、という観察は正しい」（浅井真男訳『モーツァルト――その人間と作品』白水社、五八五頁）と述べるとき、コンメーディアの世界はダ・ポンテおよびモーツァルトの劇的世界と直結していることが示されている。もちろんこの時代は、演劇的にはカルロ・ゴッツィの「物語的世界」が、ゴルドーニの「リアリズム」（造りごとではない演劇）にとってかわられようとしていた転換期であったし、新しい人物造型の可能性がどしどしと舞台に侵入しはじめた時代であった。

　それゆえ、われわれはアドルノとともにツェルリーナの中に、時代が、オペラ的世界に固有の空間を占めていく姿を認めることもできようが、別の言い方を試みれば、原型的なものを開花させるために時代が働きかけた、とすることができなくもないのだ。すなわち原型的なものとは、原エロスとして、神話的思考の中でつねにトリックスター的な形象として潜んでいるものである。そういった形象が生きるための空間をコンメーディア・デラルテは主としてドタバタの身振り表現を通じてつねに提供したのであり、すぐれて女性的なコロンビーヌにその表現形態を見出したのである。それは、『ドン・ジョヴァンニ』の他の女性、すなわちドンナ・アンナやドンナ・エルヴィラのごとく、ベートーヴェンやヴェルディ的なオペラ・セリーの空間にも生きうる女性像と決定的に異なったコンメーディアを経て、モーツァルトのオペラ空間で完璧の域に達しなければならなかった〈コケットリー〉の化身だったのである。

そこでわれわれはハンス・フォン・ビューローの次の言葉をもって、ツェルリーナを一つの基軸として『ドン・ジョヴァンニ』の世界に開かれた扉の一つを押すことができるのである。「音楽の演奏には、一種の正しい《コケットリー》のやり方があり、これはほかならぬモーツァルトの場合に《少量の塩を混えて》ぴったりあてはまる。というより、これはそう弾かなければならないのである。ドイツ的堅苦しいつかみ方では弁髪風のトリヴィアルなものばかり目立ってしまう恐れのある、まさにそういった旋律が書かれている個所には、実にたくさんの愛すべき精妙なものがあるのであって、それを正当に扱おうとしたら、どうしてもこのコケットリー的奏法が必要になる」(吉田・高橋編『モーツァルト頌』二一六頁)。

ツェルリーナの場合、このコケットリー唱法は、第一幕第四場の「打って、打って、いとしいマゼット、あなたの可愛いツェルリーナを」に集約的に現われよう。クレンペラー指揮の盤のミレッラ・フレーニは、いく分金属的な響きを、巧みに肉感性とコケットリーに配分して唱っている。それは、オーケストラの響き、特に低いチェロのオブリガートとの対比において比類のないコントラストを成り立たせている。ｓｉ、ｓｉ、ｓｉ、ｓｉ、のｉのごとく、われわれ日本人の「イ」では発音できない肉感的な母音に最大の擬声音的効果を発揮させているのもまたみごとな唱法である（残念ながら行儀がよすぎて、いく分技巧が表面化したシュヴァルツコップ（ＦＣＸ一三八）よりも、私はこちらをとりたい）。このアリアには初期のベートーヴェンも参ったと見えて、ピアノ、オーボエ、クラリネット、ホルンとバスーンの五重奏曲に使っている。このアリアについて、心理主義的ピエール・ジャン・ジューヴが「彼女のうちには、天真爛漫と、ふるさとの（いささか欺瞞的な）憩いと、無国籍性とがあります」と述べている（『モーツァルトのドン・ジュアン』一〇五頁）のは、ツェルリーナのコロンビーヌ性をよく捉えた言葉といえるだろう。

こうして、型として人物がモザイク的にはめこまれる〈状況〉は、各々の人物に異なった意味をもつものとして映る。モーツァルトの重唱がヴェルディの演奏会用に独立して取り出せる重唱と異なるのは、状況と切り離せないという点である。これは、一つのシーンに『ドン・ジョヴァンニ』の登場人物のすべてが登場したときの音楽的構造が、何を各人にとって反映しているかを考えてみれば解るはずである。モーツァルトのオペラの重唱の魅力はむしろ、登場人物が、状況に対してそれぞれ異なった形と反射の様態を示す鏡であり、われわれはその反射光のアンサンブルを娯しむという点にありそうである（コーラスのミニアチュアではないのである）。シュッツはこの点を「モーツァルトの劇芸術はどちらかといえば、自然の模倣であるよりも、社会的世界の基礎構造の提示なのである」という。純粋に音楽的な工夫によって登場人物の一人一人が状況をどうとらえるかという観点から劇の意味性を内側から明らかにして行くばかりでなく、われわれ観客をもこの過程に参加させることに成功しているとシュッツはいう。

そして彼は、モーツァルトのレチタティーヴォ、オーケストラの処理、ヴォーカル・アンサンブルという三つの基本的要素に関するヴィルヘルム・ディルタイの考察――すなわちこれらが、オペラの舞台空間を完全に日常生活的現実から切り離して、芸術的統合を形成するのに働くという視点――を導入し、オペラ的時間の二重性について言及する。舞台の上での行動は外的時間と空間において生起する事象なので、音楽は、われわれの内的時間すなわちベルクソンのいうところの純粋持続《デュレー》の中で、先へ進む過程である。したがって、オペラの作曲家の直面する主な課題は、外的な時空における事象を内的な時間の流れの中の事象に組み替えるという点にあるのだとシュッツはいう。いわば、音楽で表現されるためには、外面事象間の断続は、内的時間の連続性の中で捉えなおされなければならないのだ。ワグナーだと音楽的プロセスが聴衆の内的宇宙を充たす内的時間の不断の流れの中に聴衆を捉えて放さない。いわば、十九世紀から二十世紀文学がはじめて開拓したと思われている意識の流れはオペラ的空間において、稀にではあるがすでに十八世紀に実現されていたといいうるのである。それゆえ、演劇は叙事的であり、異化により、聴衆を「教化」することができるが、オペラにおいて「異化」ということはありえない。あるとすれば、それはジョイスの文学がそうであるように結果としてなのである。真のオペラ的オペラはそのような意味でも神話的空間に属するものなのである。

4　現象学的モーツァルトと「第三世界」

ここで一言しておくならば、オペラを含む行為がすべて日常世界からの遮断から成りたっているということは、オペラ劇場――もちろんそれも、第二次大戦後に再建されたベルリン国立歌劇場のごときものでなく、例えばウィーン国立歌劇場を頭におこう――の構造そのものが示しているものだともいえそうである。入口がある。あちらこちらに金モール飾りのついた大げさな旧（脱？）時代的服装をした守衛があちこちに立っている。もちろん、開衿などで入っていけないのは、ここにおいて期待されるのは儀式的・非日常的様式だからだ。階段は上ったり（飛翔）、下ったり（下降）、曲りくねって入り組んでいる（迷宮）。軽い脳震盪を起して、意識が日常世界から切断されることが期せられていると勘ぐりたくなる仕組みである。立見以外の聴衆は礼装で、最高に気どった物腰を示す。いわば、劇場全体が、ちょうど映画『カリガリ博士』の舞台装置のごとく、日常世界から意識を曳き出して舞台空間に投入するように仕むけられるのである。

「劇場空間がオペラ上演に対して持つ様式上ならびに音響上の意義」を、ブルーノ・ワルターは「祝典的空間」という言葉に託して語っている（内垣啓一・渡辺健訳『主題と変奏』

白水社、二九三頁）。この点は案外見落されていることなのであるが、今日オペラを論じるとしたら、それは都市空間、劇場空間の現象学的分析を含まなければならない。作品の構造はすでに、その上演を成り立たしめている空間に内包されているし、都市・劇場の日常と脱日常の二重の機能性を考慮に容れないでは、オペラ空間を論じることはできないのである。われわれは長い間、日比谷公会堂とか、共立講堂とかで我慢して来た——少なくとも私には『フィガロ』も『魔笛』も、『ドン・ジョヴァンニ』も、『後宮よりの逃走』も、『バスチャンとバスティエンヌ』すらも、これらののっぺらぼう建築と結びついている——けれども、これをどうするのかということは、新宿西口広場奪回とほとんど等しい意味性を帯びうるのだ。

　ブローフィが冴えているのは、彼女がまさにこのことを意識しているという点においてなのでもある。「啓蒙社会はその周囲に一つの新しい——そして十八世紀にあっては、楽しい——一つの芸術形式を作り上げた。すなわち都市である。……都会性は十八世紀のトーンである。人々はその昔、物語の中の姫君に恋をしたごとく、今や都市に恋をした。……寄合い、舞踏会、遊園地、展覧会、劇場、オペラ（この後者の二つは聴きに行くというより、喋りに行く場所であった）など、十八世紀の都市には自然発生的に〝交流の施設《コミュニティ・センター》〟が生まれたが、今のわれわれが意識的に、現代の町に作らねばならぬのもそれではあるまいか。……この新しい創作、都市は、オペラハウス——特にドイツでは、都会が中世の町を支配したように、オペラハウスが十八世紀の都市を支配するようになる――のための、かっこうのお膳立てとなって行った」（ブローフィ、前掲書、四八―五二頁）といった調子である。このあたりの記述においては、専門家からみていくらか乱暴であるにせよ、ブローフィは「モーツァルトはわれわれの同時代人」を書く資格を備えているといいたくさせるところがある。十九世紀のパリにおいて「路地《パサージュ》、室内、博覧会場、パノラマ、これらはすべて、そのためらいの時代の産物であった。つまりそれらは、ある夢の世界の残滓なのだ」（W・ベンヤミン、川村二郎訳「パリ――十九世紀の首都」『複製技術時代の芸術』紀伊国屋書店、四一頁）とすれば、オペラは、すぐれて十八世紀都市の産物であるのだ。ただ、それは何も十八世紀や十九世紀のヨーロッパに限られた事象ではない、ということは記憶にはっきりととどめておく必要があろう。歌舞伎踊りから歌舞伎が近世の定住民都市の中の非定住の象徴としての悪場所として組み込まれたことは、ほとんど同じような都市空間に対する視点を裏づけるものである（この点については広末保「悪場所論おぼえ書き」『悪場所の発想』三省堂、を参照のこと）。

都市が必然的にその祝祭的構造において組み込んでいる意識を媒介として、スペインのドン・ファン伝説が発生した事情を明快に解き明したものに、オルテガ・イ・ガセットの論考がある（鼓直訳「ドン・ファン入門」《オルテガ著作集》第8巻、白水社）。この中でオルテガは、次のようにセビリアの都市の構造とドン・ファン伝説の構造的連関を説くのだ。

「ドン・ファンの伝説は、かつてレバンテの船が香料を積んでセイロンから帰ってきたように、セビリアの謝肉祭の芳香とバロック的風趣につつまれながら世界を経めぐってきたのである。古代の神話はある種の妖精を、深い森の木の幹に寄り添うようにして生きているハマドリュアデスというものを夢想した。……ドン・ファンという人間は、セビリアのハマドリュアデスなのだ。それは、愉楽の市を永遠にさまよう運命を与えられていて、そこを離れて他の場所に移されると、その色彩と薫香の大部分が消えてしまうのだ。……筆者は旅先で、ドン・ファン伝説の華麗さと、それが位置づけられている土地との間に存在する明白な親近性、符合を確認することができた。……事実、セビリアは多くの語るべきことを持っている。さらに、それを語るのに、この都市くらいさわやかな弁舌を有するものはいないのだ。なぜならば、ほかの土地では、ふだんしゃべるのは人間に限られているが、あそこでは、影になった路地や日なたの広場、せせこましい空やそれを引き裂いている塔、塀の煉瓦やバルコニーの花など、すべてのものが口をきくからである。……セビリアのあのきららかな光線には特有の不安定さがあって、ただ一本の線、ただ一つの平面にさえ落着きを与えはしない。すべてが揺れうごき、浮遊し、小さく震え、羽ばたいている。……このバロック的背景とドン・ファン伝説の一連の狂気の間には、驚くべき一致が見られはしないだろうか。……スルバランの絵に見るような、さまざまな色彩、あざやかな謝肉祭のいろどり、ビロードの朱、胴着の緑、僧服の白である。ムリーリョの青、血の真紅である。そして、泣き声や歌の一節や刀の音をまじえた笑い、聖金曜日のガラガラの音、復活祭の鐘の音などのすべてが雑然といりまじったざわめきが、われわれの耳もとでひしめくのである。この伝説にはアルコール分が含まれていて、ひとを酔い心地にする。これこそ、セビリアがその逸楽的な雰囲気とおだやかな興奮とによって、われわれを誘う状態だと言えないだろうか」（同書、二六八―二七〇頁）。

　われわれには、今年のスペイン美術展によって、フランシスコ・スルバランのビロードの朱は「聖ヒエロニムス」において、胴着の緑は「聖女マリーナ」において、僧服の白は「冥想する聖ブルーノ」において、バルトロメ・エステバン・ムリーリョの青、血の真紅は「悲しみの聖母マリア」において親しいものとなっているはずである。

　さて、ニーチェが、どう誤解したものか、「同じ民族のうちに、キリスト教的中世全体がかかって築きあげたパレストリーナ和音の大殿堂とならんで、半音楽的な話し方に対するあのような情熱がめざめたということは叙唱調《レチタティーヴォ》の本質のなかに作用している芸術以外の傾向によってしか、私には説明がつかないのである」と痛罵したレチタティーヴォが、「イタリア人」モーツァルトのオペラ空間において占める位置について、シュッツの考察は広がる。これらのレチタティーヴォは、日常会話の話し言葉のメロディの抑揚を強調したものであるが、そうすることによって、それは概念的な核の周辺の情感的な襞《ひだ》、または言葉の〝感性的な接尾辞《サフィクス》〟をつけ加える。ここで、シュッツは、モーツァルトのレチタティーヴォの技法について、その移行性に注目をうながす。

　だがこの点についてはオットー・ニコライが、十九世紀初頭に指摘しているところを含んでおくと、いっそう身近なものとして理解できるであろう。ニコライは述べる。「この不朽の巨匠の最大のオペラ『ドン・ジョヴァンニ』では、レチタティーヴォに三種ある。第一は、レチタティーヴォ・パルランテで、喜劇的な部分の導入として、数字付低音のみがつけられてある。第二は中程度の劇的な意味をもつレチタティーヴォ・カンタート（歌うのに近いレチタティーヴォ）で、これには彼は弦四部の伴奏でかきしるした。第三は最大の劇的意味をもつレチタティーヴォ・カンタートで、これには全管弦楽が伴奏するようにかかれている。以上、モーツァルトは、劇の上の根拠によって、画然と書きわけていた」（吉田・高橋編、前掲書、一七八―一七九頁）。

　シュッツは、レチタティーヴォとアリアのつなぎを重視する。イタリア・オペラの伝統に従って、モーツァルトのオペラは、アリア・重唱という「面」をつないだものであって、線的なものではない。レチタティーヴォは、「語り物《レシ》」というフランス語の語感も表わすように（騙《カタ》り＝語りという民俗的想像力の源泉を形づくる）「物語」の役割を与えられている。すなわち、舞台の時間を整えることによって聴く者を非日常の世界に誘って、その幻想の構造を呈示する、という歌舞伎における（メイエルホリドのあれ程うらやんだ）「黒衣《くろご》」であるものの音声的表現であるのだ。モーツァルトは、聴衆を「レチタティーヴォの薄明の境域から純粋持続《デュレー》の深淵に引きずり込む」のに特殊な技術を用いる。すなわち、数字付低音のみがつけられているレチタティーヴォ・パルランテから漸増的にオーケストラ効果をたかめて状況を濃密にしていくのである。そしてオーケストラの情感的表出性がアリオーソの形で展開された後、全過程がアリアまたは重唱という全面的に開花した音楽的形態に集積されるということになるのである。

　このようなレチタティーヴォに対する考察は、シュッツを彼のモーツァルトのオペラ論の核であるオーケストラの意味性についての考察に導いていく。彼のいうところでは、少なくともモーツァルトにおいては、オーケストラは単なる伴奏、引立て役ではなく、舞台上の事象の解釈者であり解説役である。なぜオーケストラでなくてはならないのか。それはブゾーニの次の言葉が何よりも雄弁に説き明かしている。「音楽は自由に生れついているし、自由を得ようとするのはその運命である。音楽はその拘束不可能な非物質性のゆえに〝自然〟のすべての反映の中で最も完全なものになりうるであろう。不定形という点では詩語ですら音楽の風下に立たなければならないほどである。音楽は集積することも拡散することも、動きの反休息の状態にとどまることも野性的な激情に転ずることもできる。すなわちそれは人間にとって知覚しうるものの最も高い極にあるし――他にそういえる芸術があるか？――その感性は〝観念《イデエ》〟とは無関係な緊迫度で人間の心を捉える。音楽は『気』（テンペラメント）を、叙述せずに、魂の柔軟性とともに、連続する各瞬間の素早さで捉えることができる」(ブゾーニ『音楽の新美学素描』英訳、一九六一、七七頁)。この可塑性が、言語を遥かに越えた音響による狂言廻しをオーケストラに可能にするのである。

まず、オーケストラは、モーツァルトのオペラにおいて、舞台の世界の現実《リアリティ》を日常生活の現実《リアリティ》から切り離す。その予備作業は、オペラハウスの構造においてある程度なし遂げられていることはすでに述べたところである。第二に、オーケストラは聴衆の内的な純粋持続《デュレー》の時間の流れを、舞台の登場人物の内的な体験につきあわせて、進行中の音楽的過程の単一の統合された流れとするという働きを持つとシュッツは説明する。何だか面倒くさそうな言い方だと思うむきもあるかもしれないし、これだから半可通の素人の書くことは始末におえない、やっぱり本職の極り文句の方が気易くつきあえると、投げだしたくなるむきもあろうかと思うが、短気は損気である。オーケストラは、そこで聴衆に、劇中人物《ドラマティス・ペルソナエ》が、彼らの内的な世界について彼らの行動、身ぶり、そして言葉で表現する以上のものを示すのである。つまり、心理ぬきで、「かたち」の運動としてモーツァルトのオペラを見るとき、オーケストラは、舞台世界の諸々の「かたち」のすべてをすっぽり内包する適切な音響空間を提供するというのである。

私が弦中心の華麗なベームよりも、ウィーン・フィルを率いた情感作用過多のルドルフ・モラルトよりも、フリッチャイよりも、クレンペラーの剛直さをとるというのは、このモーツァルトのオペラ空間におけるオーケストラの演劇性を知りつくし、音楽そのものにおける還元作用をクレンペラーが知りつくしているからである。クレンペラーは、管の一つ一つの音に至るまで、明確にその位置を与えて、どのようなパッセージにも、人声にも、管にも、弦にも、通奏低音にも、非音楽的音響にも、つねに全体との関係が明確に示される位置を与える。これはまさにマックス・ラインハルトが表現主義的演出において意図したところのものなのだ。劇にも達していないところでは、まず劇ということは必要かもしれないが、モーツァルトのオペラに関していえば、劇を離脱して音と空間の戯れとして捉えなければ話が収まらないのである。

だがたしかに、『ドン・ジョヴァンニ』の騎士長との決闘の場面は、説明に便利な場である。クレンペラーの盤でも、剣の触れ合う金属の響きが、あたかもオーケストラの部分であるかのごとくに爽快な音をたてる。音の「かたち」として組み込んだものである。この時代の芝居では、剣戟の音または剣舞的華やかさが劇的クライマックス、すなわち劇的エネルギーが流入して噴出する場面だったことは、ジャック・カロのコンメーディア・デラルテの数多くの銅版画の示すところであり、クレンペラーはそれを見逃していないのである。音の「かたち」といえば、モーツァルトのオペラにおいて、歌詞の繰り返しが多いことも、後代の惰性的なそれと異なって、言葉の意味性を第一回で費消して、繰り返しにおいては音に置き換えているといえよう。スタンダールはモーツァルト論の中で、モーツァルトのフルートの使用に注目している。「彼の音楽に顕著な外的な特質は、オーケストラ、ことに管楽器の斬新な用法である。彼は、フルートによってすばらしい効果をあげている……」（前掲書、七六頁）。このことは『ドン・ジョヴァンニ』についてもいえる。高音のフルートのアンサンブルが随所で、音響空間の拡大――天空への飛翔を想わせる張力を示す――に効果的に使われる。クレンペラーは、『ドン・ジョヴァンニ』においてフルートの持つこの音響的可能性を十分に引き出した。

さてシュッツは、以上に加えてモーツァルトのオーケストラはまだ汲みつくされない作用を持つという。いわば、確実な手さばきで、モーツァルトはオーケストラを使って内的時間の同時性、すなわち舞台上の人物の意識の流れと観客の意識の流れの同時性を実現し、両者の間に〝間主観性〟の共同体を樹立するという。この〝間主観的〟共同体の実現こそ彼の重唱のねらっているところなのだという。そうだとすれば、ドタバタ演劇的クライマックスである剣戟の直後に、死に行く騎士長の死に際のアンダンテの三重唱は、その典型的な例であるといえよう。P・J・ジューヴはこのくだりを次のように描く。

「騎士長のいまわの言葉《Sento l'anima Partire 魂が消えてゆくのを感じる》は、ほとんど地平線を這い、そして三つの声の群れは言葉にはつくしがたい優しさを帯びます。殺害者と犠牲者が平行して、しかも一連の似たようなフレーズで――殺害者は犠牲者よりも悲壮に歌います。『動悸する胸から魂が消えてゆくのを感じる――胸がどきどきして気が遠くなりそうだ』。このうえなくもの悲しいこの二重唱は、まるで人間ばなれした状態に包まれていて、死そのものへ向かう苦痛の再発や、異常な努力と、共通の憐憫にいたる共通の罪の主題とがうらはらのように思われます」。

P・J・ジューヴは、ブゾーニのいう音楽を前にしての詩語の空しさも意識しないかのごとく優しく冗漫でさえある。私ならむしろ、嫌味たらしいといわれても、「致命傷を受けた騎士長が息をひきとる。この役の苦しみが短調四分の一拍子のトリオのきっかけとなっているが、このトリオは悲痛の極にある魂に形を与えるのにきわめて的確な表現になっている。このパサージュの高貴さ、美しさは比類なきものであり、その簡潔な表現は、ここに表出された感情に対する音楽の完璧な適応を示しており、そのために、このパサージュはモーツァルトの天才が一点の曇りもなく示顕されたページになっている」（『モーツァルトのドン・ジュアン』パリ、一九五五）というルネ・デュメニルの判断とその表現の方にどちらかというと親しみを覚えるものである。

劇作においては、劇作家はその役を時空の共同体の中に置き、登場人物がそれぞれの方法でそれに反応し互いに働きかけうる共通のシチュエーションを共有させる。このように演劇では、人物たちの分岐した行動と反作用は、継起して、それゆえに別々のものとしてしか表現できない。それを「同時性」において表現できるのはオペラの特技であると、シュッツはいう。さらにモーツァルトは単にそれにとどまらず、登場人物たちが、共同体として「我々」として共に行為し、共に世界を感じ、共に意思を抱くような間主観的関係の直接性においてオペラ空間を構築するという。よく問題にされる、ドン・ジョヴァンニとレポレロが一つのものの分身なのかという視点は、ここでは当然のものとして設定される。むしろ、モーツァルトの舞台のオペラ空間が全体性においてキメラ的相貌（特に第二幕二十場、ツェルリーナの叫びの直前のメヌエット、ガボットとワルツの重層効果に現われたオーケストレーションに注目せよ！）を帯びているとさえいいうるのである。

ここまで来ると、われわれははたとある事実に思い至るのである。それは、オーケストラの可能性がモーツァルトのオペラ空間において十分に展開されるとき、それがさまざまの内的時間とアイデンティティを吸収して間主観的共同体の媒体となるという視点は、そのまま、ジャズ音楽におけるドラムの役割に転化できるということである。すなわち、私の知る限りのアフリカの諸部族の音楽におけるドラムは、まさに間主観的共同体の役割を充分に果していたということになるのである。〝第三世界〟を代表する詩人の一人であるセネガルの大統領サンゴールは、アフリカ世界におけるリズムの意味について次のごとく述べる。

「このリズムの動き、形、及び色のリズムに対する肉体的感受性がアフリカ人の特性の一つである。（アフリカ人にとって）リズムはエネルギーそのもののエッセンスである。ミメシスの根底にあって、人間の一般的活動や（記憶、言葉及び芸術などの）彼の創造的活動において決定的な役割を果すのはリズムである。……心の鼓動、呼吸、歩行及び恋をするさいのリズム、すべての満干、月日や季節の推移、一般的にいえば、宇宙のすべてのリズムがアフリカ人によって感じられ……音楽や踊りの場におけるように、感情の昂揚した際に心のリズムと呼吸は客体のリズムと一致する」（山口「アフリカの知的可能性」に引用。『人類学的思考』せりか書房）。いわばジャズのドラムはその原郷たるアフリカ世界にあっても、文化の結節点（祝祭）において、より選び抜かれたリズムによって間主観的共同体の媒体であったのだ。

　私がこれらの事を当てずっぽうにいっているのでないことを示すものとして、私が一九六四年にナイジェリアのイバダン大学の人類学講師として滞在していた折、大学講堂で上演されたエイモス・チュツオーラの原作を基にした『やし酒飲み』（土屋哲訳、晶文社）というオペラを挙げることができる。深沢七郎を思わせる怪奇性とナイーヴさの混淆したチュツオーラの幻想的なゴシック小説をもとに、オグンモーラという座長に率いられる旅廻りの劇団がこれを上演していた。音楽はナイジェリアのヨルバ族の民謡の旋律をもとにオグンモーラが作曲したもので、伴奏は、合唱と、大小四個のドラムが受けもっていた。私が驚嘆したのは、ドラムが、どのようなシチュエーションにもみごとに対応したリズムを自由自在に叩き出して、劇空間をほとんどすっぽりと取り込んでいたという事実である。今にして思えば、あの四個のドラムは、まったくモーツァルト・オペラのオーケストラに対応するものであったといえる。

ジュクン族の間で、昔話を採集していると愉快なことがある。初めに挙げた話もそうであるが、話のさわりの部分になると詩劇風に歌とコーラスが入る。話者が歌う。聴衆は、ベラフォンテがいなくてもこれにかけ合い的に唱和する。大気汚染などありえない、星空の下に黒々と浮び上った円屋根の小屋の中は、そのまま小歌劇場になるのである。そこに現出した世界が何ものであったかに気がついたのは、昔話を必死になって採集していたそのときでなくて、ごく最近のことである。このような、アフリカの昔話の世界の中心にいるのは、兎をはじめとするいたずら者であるが、それは世界を自由に飛び廻り、ときには法や秩序をたたきこわし、ときには偶然性の中から新しい文化を狩り出し、自由に歌い、遊び廻り、何者をもおそれず、奇計で力を制し、ときにはひどい失敗をやらかしてしょげ返るかと思うと、聖なる世界と日常世界の使い走りであるという変幻極まりない相貌を示すトリックスターである。そして、それは神話的想像力の源泉を通して、モーツァルトの作品に、アルレッキーノ的劇環境を媒介として姿を現わしたものなのである。少なくともモーツァルト現象に考察を加えるとき、われわれはここまで視野を拡大しなければ、モーツァルトを生きなおすことが不可能だということが切実に感じられるような時代に生きているのである。

「社会科学」としての芸能

1 政治とその分身《ドゥブル》

政治が空間の占取をめぐって展開されつつある。一昨年〔一九六八年〕来の学生運動におけるバリケードは街路の風景を一変させた。同じ街路がまったく異なった空間になり変ることを、人は、いくばくかの代償と引換えに知った。と同時に、学生の異装は、街頭が舞台であるならば、人間は仮装によって舞台空間を充たす存在であることを教えた。いわば、都市の設計において、機能がすべてではないということを、まず街路論としてわれわれは知ったのである。流通させるだけが能じゃないという予感は、現今の経済学にもそのうち深刻な課題となってくるであろう。遮ること。いかに遮るかという点において、人間に抵抗するものとしての自然環境を取りもどすかが政治の課題にもなりつつある。廻り道の実現。廻り道は、機能の部品から人を逸脱させ、日常生活の中にささやかな恣意性にもとづく空間を実現させる技術である。廻り道の技術の喪失が近代の特徴と言えば言えるかもしれないことを、われわれはようやく知りはじめている。「パリがベンヤミンに散策という、十九世紀的歩行と思考のスタイルを教えたように、それはまたかれにフランス文学への感受性をめざめさせ、それによってかれをドイツの普通の知識人の生活からほとんど永久的に遠ざけることになった」とハンナ・アレントがベンヤミンについて書いているが（阿部斉訳「ヴァルター・ベンヤミン論」『文芸』一九六九年十月号）、いずれにせよ、逸脱をいかに操作するかが、政治の技術の中にくみこまれるゆえんである。

無為徒食の学生は、この闘いで、まず一点先取点を挙げた。次に、万国博という巨大な無駄空間に国民を引き寄せることで、政府は裏の一点を稼いだ。その合い間を縫って、街頭の車輛制限で、地方自治体はかなりの得点を稼いでいる。いわば、街頭に関する限り、それはもはや学生の独壇場ではなくなってきつつあるという点は、認めなければならないだろう。バリケードには街路を象徴的に〈解放〉するという演戯的意図が含まれていたはずである。それが今日地方自治体によって横取りされているのである。ただ、意図するとしないとにかかわらず、この象徴レベルの闘いに参加のきっかけをもたなかった、いわゆる革新政党は、彼らの反対物によってかなり大きな差をつけられたと見ることも可能である。もっとも、その点を考えれば、こういった街路の空間を他人に先駆けて遮り、解放したのは、米国直輸入のヒッピーであり、その系譜の先は、ルンペン、乞食、ほがい人と、次第に多彩になるはずである。ヒッピーが啓示的であったのは、新宿駅のごとき大都市の結節点が、建築的に西欧近代化の極点に達しようとしたときに、あたかもこれを嘲笑するかのごとくに、通路の片隅を占拠し、その空間を解放したことである。

解放とは大袈裟な、という言い分もあるかもしれない。しかし、昨日までだれも当り前だと思わなかった事象を、今日可能にする――すなわち可能性にすぎなかったものを現実のものとする――のが解放でなくて何であろうか。解放とは、何ものかを解き放つことであり、抑圧とは、空間の隅々まで支配することによって、人間がみだりに変身するのを阻止することにほかならない。はじめに定着すべき空間を指示し、その中で一貫性を押しつけることが万古不易の支配原理であることは、大化改新から太閤検地を経て、地租改正に至るこの国の支配史に一瞥を加えただけで明らかに看てとれる事実である。とはいえ、昭和日本は、このままでいけば、官民こぞって、自然を荒廃させ、解放的な街頭の自由な空間を扼殺した後、その回復にやっきになった時代として後世に印象づけられることになるであろう。

支配というのは、かつて同時代に属する諸階層間の関係に適用される歴史学・政治学的概念であった。この点、人類学者などよりも、マックス・ヴェーバー教の社会学者の方がはるかに言うべきことをもっているはずである。だが、支配という概念は、われわれが考えるよりも可塑的なはずである。支配のきわめて素朴なモデルは、家父長的共同体における父権ということができるであろう。その際、あえて私にとってまったく不利な政治・社会学的概念規定に深入りすることを避けて、人類学的なモデルで処理するならば、例えば、イギリスの人類学者マイヤー・フォーテスが、ガーナ北部のタレンシ族の社会で分析したように、家父長は、従属者たる息子の空間（＝事物）を自由に処理できるが、息子は、父が死ぬまで、真に父親に属する空間（＝事物）を自由に処理できないという、空間に関する一方的《ユニラテラル》な関係に還元することが可能である。すなわち、父親のものである穀倉、およびその中に秘匿してある矢立ての中に、父子の関係は象徴的に籠められているのである。したがって、父の死後、家父長権を相続した長子の最初に為すべき儀礼的行為は、この穀倉を侵犯するという行為をめぐって展開される。

私が調査したナイジェリアのジュクン族の王権は、王の国家儀礼的な司祭としての権威のうえに成り立っているのであって、王の権力の行使はさまざまな形で制限を受けている。その現われは、王は住民の自由な加入による仮面結社の祭祀の場に、決して近づくことができないということに現われている。あるとき、町の外の叢林の中で特定の結社の祭祀が行なわれるということを、王がわざわざ告げ知らせて、私の立ち合いを許してくれた。現場につくと、私は直ちに阻止された。たとえ王が許可しても、これは私たちの空間（ビエ＝場所）だ、結社に加入していない貴方を参加させるわけにはいかない、と。

ところで、そういった空間は、決してわれわれが地理的に考えるような平面的なものではなく、また単に、権利の分有・占有によって決定されたものでもない。政治は、あるレヴェルにおいては、空間の象徴性の操作をめぐって展開される。政治が劇的想像力（多くの場合、単純素朴な、アピールしやすい）を媒介として闘われるゆえんである。芸能は、本来的に政治的可能性を秘めた人間の行為の形態である。

支配・被支配の関係が、芸能の独占によって示されることは、なにも古代国家に限ったことではない。芸能は、本来、地の精霊とのコミュニケーションである。地の精霊とのコミュニケーションが行なわれる地点は、政治的中心としての時間・空間の凝集点である。そこで行なわれる演戯は、共同体の成員の真に立ち還るべき世界の「かたち」を実現するはずであった。したがって、芸能とは人間の〈身振り〉を媒介とした他者とのかかわり（コミュニケーション）の実現の行為であり、世俗的な形で、分断されて、反復される日常世界の身振りが、真に原型的なコンテキストの中で、再び活力を帯びる場の行為であった。王の即位式が、そういった原初的な活力を導入する儀礼であることは人の知るごとくである。古代国家が、地方の国振りを奏上させるのも、出雲国国造に神賀詞《かむよごと》を奏上させるのも、中世・近世の権力者が、猿楽能を式楽と定めるのも、支配者に、政治の分身《ドゥブル》の持つ象徴的結合作用についての直観的把握があったからにほかならない。

こういった芸能の権力者による組織化、または独占は、日本に限られたことでなく、潜在的には、ヨハン・ホイジンガが『ホモ・ルーデンス』（高橋英夫訳、中央公論社）において示したように、法・軍事を含む、政治文化のあらゆる面に及ぶのかもしれないのだが、顕在的には、テューダー王朝の英国において顕著に見られた事実である。特にヘンリー八世からエリザベス一世の時期に、南方ルネサンスの刺戟に応じて、宮廷の芸能化にはいちじるしいものがあった。仮面踊りの盛行は、トマス・モア殺しの悪役ヘンリー八世の時代の最も顕著な側面であった。この時期には、中世の英国の民俗の中で育まれた芸能の伝統が、古典神話という形式を媒介として、表面化し、街頭を芸能化し、生気づけていた。だが、この点をたしかめるために政治史概説に赴いても何の援けも得られない。意外にも、かえってシェイクスピア研究書あたりから得られる。

「テューダー王朝の王や王妃たちは、宮廷内の庭園のあちこちの片隅や通用門にうずくまったシビール女神や、庭園の柱頭のサチュロスを背景として、絶えざる仮構《メーク・ビリーヴ》の世界の中で、彼らの公的な行事を推進していた。この王侯たちには、送迎の儀式を伴わずには進退は不可能であったが、彼らの進退儀式を、歌舞および身振りを伴う対話によって厚情と美麗なるものに転化すべくつとめたのであった。こういった娯しみを伴った動きの全貌を知るには歴程《プログレス》の習慣を見るとよい。この習慣によって、宮廷は毎年の夏、ロンドン・テームズ河畔の大王宮から出て、一月または数ヵ月にわたって土の香りを嗅ぎながら移動し、郊外の離宮や王領に居を構えたり、各地の郷士や地方都市に準備万端整った接待を要求しながら、古の王朝の放浪の生活を再現するのが常であった。これは王が気分の転換をはかったり、狩猟の楽しみやその他、土地柄に合った時間つぶしをする、休日でもあったのだ」(E・K・チェンバース『エリザベス朝の舞台』第一巻、一九二三、一〇七頁)。

いわば、王権は移動祝祭日の組織者であったのだ。もちろんこういった機会に起るのが、芸能の組織であった。特に、エリザベス女王を理想像として、古典神話の女神、女主人公を中心とした演じ物が街路のペイジェントや仮設舞台にかけられるときは、歌唱、舞踊をはじめとする芸能は、政治を生気づけ、政治は、そういった神話と芸能に中心的な象徴を与えることになった。このような政治の神話＝演劇化について、C・L・バーバーは次のように述べる。

「地方の貴紳がエリザベスに従属を誓うために集い、エリザベスもまた、その呪力を籠めた臨席によって地方を生気づけるという考え方の全体はまさに、伝統的なだんまり劇の貴人や女神の光輝ある来訪をまざまざと想い起させる。この来訪は、村や家屋に祝福をもたらすものであった。数多くの機会に、女王自身が、諸人こぞっての恭順の対象である、至高の夏の女神の役に擬せられたものである」(『シェイクスピアの祝祭喜劇』ロンドン、一九五九、一九六八、三二頁)。

われわれが今日捨ててかえりみない制度が、かえって、こういった政治のダイナミズムにおいて有効に働くというのは、二十世紀につきつけられたおそろしく皮肉な、かつまた脅迫的な状況である。政治の今日的な価値判断を抜きにして考えれば、ルネサンス以後革命まで、ブルボン王朝の組織した公共広場の芸能空間は、その裏面とともに、同時代的にはジャック・カロなどの銅版画に活写され、今日では、「ルネサンスの祝祭」や「バロックの宇宙」として、再び「精神史」の対象になっている。いずれにしても、エリザベスに向って結集された芸能の活力を、「王権」と「道化」という現実と演戯の両極端において、悲劇・喜劇そしてファルスという形で、最も有効に組織したのがシェイクスピアであったといえる。したがって、シェイクスピアには、歴史は一片の芸能の中に収斂できるという、究極的な意志が働いていたといえなくもないが、それにしても、このようなシェイクスピアを可能にした政治の演劇的空間＝分身の存在を、われわれはしかと心に留めておくことが必要であろう。実際、今日においても政治が演劇または芸能的なものと十分密接に混淆しうるということを、その明敏な洞察力で見抜いていたメイエルホリドは、次のような言葉を残している。

「あらゆる劇場演出家の中で、法王は最も創意に富み、最も多才な演出家である。……ヴァチカンの劇場支配人であり舞台監督である法王は、ときには、絢爛豪華かつ巧みな劇的処理で構成された舞台を組織するために、最も徹底した無神論者でさえ、それを見るために浮足立って駆けだすのである。すなわち、法王の大衆の面前への儀礼的な出現、宗教行事としての行列、絢爛豪華な照明、打ち上げ花火などがそれである。またさらに、法王の手に接吻するために群がり寄る大衆や、彼から畏怖の念に駆られて遠退く大衆を、コントロールすべくしつらえられたさまざまな障害物がそれである。そのような特別の日には、だれもが、そのセンセーショナルなスペクタクルに我を忘れてしまうのだ。……ローマでは、群衆は、スペクタクルの偉力というものを知りつくした劇場の巨匠によって操られるからくりが動くのを見ようと、法王のスペクタクルに、抗い難く惹き寄せられるのだ」(E・ブローン編訳『メイエルホリド演劇論集』ロンドン、一九六九、二六〇—二六一頁)。

　この種のコミュニケーションについての感受性を決定的に欠落させることによって、その最も有効なチャネルの一つであった技芸を街頭から追い払った点に、私は昭和人の集団の歴史に対する圧制を見たく思うのだ。この点について、私の観点が決定的に誤っており、人を誤導するとしても、私は確信犯である。そして、このような犯行にあえて加わる思想家として、われわれはケネス・バークを知っている。

「作物の豊饒を促すための儀礼的舞踊は、〝科学〟というには馬鹿げていすぎる(もっとも、その馬鹿馬鹿しさというのは、未開人が、儀式の黙劇を伴いながら、播種《はしゅ》をする限り、効果の上からいっても、現実的にいっても、清算されている)。そこで、もしわれわれが儀式を出来事のエッセンスとして見ないで、その代りに播種という行為の全体的目論見の一つの重要な成分であると考えるならば、われわれには、これらの一連の行為の意味の見取り図には、きわめて重大な正確さというものが具わっているということを知るはずである。『社会の科学《ソーシャル・サイエンス》』として儀式を考えるとき、それが、われわれの同時代人の行為の多くの部分が欠落させている正確さというものを、所有していたということを知るのである。

というのは、儀式はそのさまざまな側面、特に、すべての者が加わる集団的な舞踏であるという点で、高度に集合的であったからなのだ。そこで、儀礼は、今日典型的な個人の私的な行業が惹起するよりもはるかに強烈な、集合の共時体験の充実性というものを保存する呪言詠唱的な企てなのであった」(ケネス・バーク『文学形式の哲学』ニューヨーク、一九五七、九三頁)。

今日、われわれが、粗雑であるということが明らかになりつつある公的な世界に対する視点から、過去を自由に再組織できると信ずるとき、真先にはじき出されるのはこういった儀式的感受性なのである。かつて先人は、その世界に対するかかわりを儀式↓芸能の「かたち」において保つことを知っていた。道路を排気ガスで充満させるような息せききった人間の集合体である世界において、そのような人間の原行為をさまざまな方法で反映する「純粋身振り《マイム》」としての芸能は生きながらえることはできない。昭和に生きる人間の過去に対して有する共犯関係は、そういった「芸」をまず路上から追放したところにあると言いうるかもしれない。こうした曲折を経てみると、われわれの過去に対する圧制は、そのままわれわれを歴史の袋小路に導く可能性を十分に持っている。道路の車輌交通を制限して、道路の空間を解放した。しかしなんとそれは、貧しい舞台空間であったろう。かつて、街路の俳優として、縁日の移動祝祭の芸を担った人たちはどこへ消え失せてしまったのか。そこで人がやることといえば、ゆっくり歩くこと、少し気どって坐ること、転がること。そのくらいだったのである。あの街路をかつて生気づけていた、そして世界の間隙を埋めていた街芸《まちげい》が雲散霧消してしまったことへの深刻な喪失感覚が、どれほどこの日街頭にあった人を襲ったであろうか。

この間のいきさつは、ポール・ヴァレリーの次のような表現に置き換えてみることができる。「政治家として行為する人間、すなわち、幾らかの権力の切れはしを取得あるいは保持することにわが身を遣いへらす人間は、自らの用いる、そして自分らの精神にいったん具わったら最後、あくまで具わる観念の吟味に耽ることはないということに同意する。また私は、彼らの身分の必要上、彼らがかなり粗雑な世界像に合わせて仕事をしているのは、精神の平均値こそすべての政治の主要な配下である以上、かかる平均値の満足を買うものと同一種類の明確さ、同一の広さ、同一の結合の簡単さをその世界像が実際に具え、また具えなければならないためであるということも十分こころえている。……この世界像は、多分に粗雑であり、それゆえ有効なのだが、空中にも、私たちの精神の内部にも、カフェの中にも、議会のなか、司法省のなかにも、新聞紙上にも、すなわち、至るところに漂っており、研究や書物から抜け出て来る。しかしこれがいかに一般的な、いかに明らかに存在するものであろうと、私たちのひとりびとりが生きている現実の世界の小部分とははなはだ接合しにくいものだということは注目に値する。私のいう意味は、私たちは一般に、私たちの個人的かつ直接の経験によっては、この広大な政治的世界の体系を再組成してみることはできないが、しかしその体系の運動、擾乱《じょうらん》、圧力および緊張は、私たちを容れている小さな空間および私たちがそこで生きもし、また、生きるのを見てもいるさまざまな生の形をおそい、それを、程度はともかくとしてまずもって深く、直接、急激に変容するものだということである」（寺田透訳「雑考」《ヴァレリー全集》第十二巻、筑摩書房、三六―三七頁）。

粗雑な人類学的漫談にヴァレリーの透徹した知性を引合いに出すのは、瀆聖行為に等しいと人は言うかもしれない。しかし所詮、ヴァレリーの思考も、この国の知的風土に息づくためには、われわれの課題が鋭角的に提出されているコンテキストで発火してみなければならないはずだ。そこで、言っては悪いけれど、ミルチャ・エリアーデの言う意味でのアーカイックな世界（わが国ではかりに記紀歌謡を生んだ世界と言っておこう）では、世界像は粗雑なものではなく、逆にある意味では、精密なものであった。ルネサンスの政治空間においても、バロックの祝祭空間においても、大宇宙《マクロコスモス》のミニアチュアとして、天体の音楽的運動を原動力として構築されていたエリザベス朝の政治的小宇宙《ミクロコスモス》においても、政治的世界像は、有効性のうえにのみ打ちたてられたわれわれのそれより、はるかに精密だったと言えるかもしれない。精神の日常的平均値を基準にして組織された粗雑な世界像と「私たちのひとりびとりが生きている現実の世界の小部分」との接合の役割を長い間果していたのが、ケネス・バークの言う儀式であり芸能であったのだ。人は、時に応じ、場に応じて、軽重の違いこそあれ、そこで、原世界との繋り、そのようなコミュニケーションのための回路を回復していたのである。

そういった、ばらばらになってしまった世界で接合の機能を果した文化装置の一つが、旅廻りの見世物であったことは、ロジェ・カイヨワの示すところである。見世物小屋は、スペンダーの言葉ではないが、一つのそれなりに完結した「世界の中の世界」であった。粗雑な(例えば善玉・悪玉に簡単に還元されてしまうような)世界像は、つまるところ、カイヨワの解析する次のような一場の「移動見世物」に解消してしまうかもしれないのだ。「縁日や、遊園地は、眩惑の種子、罠、囮《おとり》などがつまっている特殊な場を形成している。これらの境域には、遊戯場の基本的特性が具わっている。そういった場は遠くから識別でき、浄められた宇宙の境界を明示する、柱廊とか、生垣とか、斜面とか、光彩を放つサイン、柱、旗などのすべての装飾で、隔離された空間を形成している。事実、一たび境界線を越えるや、人は、おのれが日常の生活より一層人口稠密《ちゅうみつ》な世界にいることを自覚する。それは、興奮して喧噪を極めた群集、光と色彩、そして飽満の極に達するまでの無窮で激しい運動の放逸な組成物である。ここでは人は、いともたやすく他人に語りかけ、他人の気を引こうと試みることもできるし、それはとりもなおさず、自由、親近感、露出性、そして爽快なあつかましさの支配する世界である。これらすべてが、そうでなくても生々とした雰囲気に特別の魅力を添えるのである。こういった場に、移動見世物が加わるとき、その季節的な性格は、空間的な隔離感に加えて、時間的な次元をもたらし、日常生活の単調な繰返しを破る激発した時間をぶちあてることになるのである」(『遊びと人間』パリ、一九五八、二二〇―二二一頁)。

それは、とりもなおさず、そこにおいて変身が可能な空間なのである。外的世界も変り、おのれの小世界も変るその場は、人間が本来的に、真に充実感に満ち満ちて生きた世界の直接の反映であったはずである。かつて、広場は、そのような文化の血液の凝集点であり、道路は、ふつうはそのような文化の血液としての技芸がゆるやかに展示される血管でもあったのだ。両者はともに互いの延長線上にあったのだ。人は今日あまり気にしていないが、次のような記述に接するとき、二十世紀初頭までのアメリカの街道筋は、そういった小世界の担い手たちの動脈でもあったということを知るのである。

「小さなペンシルヴァニアの町は、ある風もそよがぬ夏の日に、それもそう遠くはない昔のことなのだが、総出で、ジプシーでもなく巡回詩人でもなく、それかといってたしかに、ふつう言葉の意味する〝代理店《エージェント》〟でもない放浪の天才たちの集まりである家族が、大きな広々とした納屋で演ずる演し物《エンターテインメント》に殺到したのである。この芸人の家族は何物かを売ろうとしていたし、それも明らかに彼ら独特な高貴な方法でそれをやってのける実利的なヤンキーの見本であったのだ。この何ものかは、ときには、混り気なしの石鹸類であった。宣伝方法は、それを簡単な滑稽劇のテーマに仕込んでしまうといったたていのものであった。

だがこのテーマは、平板な会話の合い間にひょいと挿しはさまれる、ほめ歌や完璧さについての言い廻しなどのさまざまな風姿によって全然違ったものになった。この寸劇の中でそれぞれのメンバーは、嵌まり役を持っていた。座長は藪医者……（中略）。七月のアメリカの塵まみれな熱気の中で震動するこの生気ある見世物は、一人の観客の心に聴衆の大多数の実際的判断ではなく、汲めども尽きぬ深い情緒に満ちた記憶の痕跡を留めることになった」（W・スミス『ザ・コンメーディア・デラルテ』ニューヨーク、一九六四、序文）。

　興味深いことに、世界のいかなる相貌をもおのれの技芸で飼いならし、一巻の身振り劇フィルムに取り込んでしまった今世紀最大の黙劇役者バスター・キートンは、こういった旅廻りの「薬品売りの芸人」夫婦の息子として生れ、三歳のときから「まったく幸いなことに、形通りの教育をまったく免れて」舞台の空気を吸って育ったのである。物の本には、彼の素姓について次のごとく記されている。

「彼の父ジョセフ・ホリー・キートン（一八六七―一九四六）は製粉屋の息子であったが、一八八九年のオクラホマの土地投機に一役買い、後にこれを両親に譲って薬品《メディスン》宣伝ショーに加わった。キートンの母は、その未来の夫に、彼がカトラー＝ブライアント薬品宣伝ショーで働いているときに出遭った。彼らの長男が誕生したときに、キートン夫妻は依然として旅廻りの薬品ショーで働いていた。彼らは俄か小屋掛けの路傍興行で一八九九年まで働いていた。……一八九六年暑い盛りの七月頃、父が舞台に立っているときに、よちよち這い出して来たのが、バスターの偶然の事情による初舞台ということになっている」（デヴィッド・ロビンソン『バスター・キートン』ロンドン、一九六九、一四頁）。

偉大なアメリカ・サイレント映画の伝統は、そういった見世物小屋、大道芸にきわめて近いところにあったのである。そしてこういう技芸の世界によって、アメリカに生きた人間の私的な世界は、公的な世界に接点を見出すとともに、〈原身振り〉を通して知られる世界感覚の記憶を保っていたと言いうるのである。例えば、サイレント時代の名優で、『ノートルダムのせむし男』の演技で映画ファンの記憶に鮮かに焼きついているロン・チェイニー（一八八三—一九三〇）が、『三人《アンホリー・スリー》』の中で演ずる腹話術師は、まさにそのような見世物芸人の生を、彼が属する世界とともに、メロドラマ的枠組の中で活写している。政治が何者かの到来、何事かの出現を約束することによって人を集団的に導く技術であるとするならば、そのテクニックには、腹話術の与える幻覚の中により磨かれた形で駆使されていないような心理操作は、それほど多く使われてはいないはずである。芸とは、そういった意味でも、人間の原行動、原世界と人を繋ぐ臍の緒のごときものなのだ。そして政治ですらこの臍の緒を完全に消去し得ないとすれば、われわれに残されているのは、かつてわれわれの街路がいかなる技芸の演じられた舞台であったかという視野を、われわれの喪った過去へ照射して、粗雑な世界像を通しては浮び上らない世界の相貌を蘇らせてみる努力に赴くことなのではあるまいか。

2　政治の論理と芸能の論理

街路はかつて劇場であったという事実を痛いほどわれわれに感じさせるのは、たとえば宮尾しげを・木村仙秀著『江戸庶民街芸風俗誌』(展望社)である。といっても、私個人は江戸文化にかくべつの郷愁を抱くものではないから、この本の舞台が他の場所であっても一向構わないわけである。この本は、江戸の街頭を埋めていた口上・演戯つき物売りに関する記述である。事典風の記載様式に従っており、「万歳《まんざい》、乞胸《ごうむね》仁太夫、太神楽、太平記よみ、曲突心天《ところてん》売、恵比寿舞、謡うたい、枇杷葉湯《びわようとう》売、とんだり・はねたり、風神送り、長松小僧、大黒舞音吉、お釜おこし、比丘尼、狐飴売、曲鞠《きょくまり》、けしの助……」にはじまる、およそ百十の街頭の芸について述べられている。

嬉しいのは、宮尾しげを氏のスケッチを含む多数の挿絵、依拠する原典の香りを「引用」による構成によって再現する立体的な記述のスタイルである。例えば「独り狂言」の項では、天和二年の『このころ草』によるとして、「門々仕舞いとし、うたい手鼓を打ち、一人狂言する乞食あり。さのみ悪しくもあらず、ほど拍子をとりつつこうべを振りておどける。この乞食、みるほどの人うたいもよし、仕舞などもよほどいたしければ、よき者のはてならんという。……」と記されている。「三吉飴」の項では、この飴屋は親子づれで、親が鉦《かね》を打って子が踊る。そして売るものが飴で、この子供の名が三吉と呼ぶところから、飴の名にした。「はるの日くらしあすか山、ぬしに王子の花ざかり、夏は両国高輪に花火〳〵のすゝみ客、さん吉がてんか、すべるなどっこい、おおさて外てんだ〳〵」（近世流行商盛詞）とある。私の父は北海道の北辺の街を飴の行商をして歩いていた。私の最初の記憶は三歳の頃、父の押す卸売り用のリアカーにゆられて（これもほとんど今では風物誌である）見知らぬ町々を流して歩いたというところから始まる。もう五十年も早ければ、あるいは、こういった無い物ねだりの駄文をものするかわりに、益田喜頓氏とならんで日本のバスター・キートンになるきっかけをそこでつかんでいたということもありうるわけである。もちろんもう十五、六年おそければ、永山則夫と運命を共に頒ったかもしれないという可能性を含んでの話であるが。

　ところで、鉦を打って子が踊る行為は、歌舞伎踊りの原型である時宗の念仏踊りの延長線上にあることを今さら説く必要もないであろう。こういった街芸の強みは、洗練の徳こそ持ち合せないにしても、芸に携わる人間が、好むにせよそうでないにせよ、街の人間の足をとめさせるために全力を投入する、いわば生身の芸の発生にその根拠をおいているというところにある。それは小沢昭一氏が、上野不忍池の弁天島のお堂の前の広場の蛇屋の「もう二十何年も、ここでお世話になってんの。さあ、やってみましょう。最初に、人が集まるまで余興に、この無神経な蛇がどの程度人間に慣れるかという実験をやってみましょう。ハイ。この蛇を田舎のお祭なんかで、内地のヘビ屋さんがこういう蛇を鼻から入れて口から出します——なんていってるが、そういうことは出来なァーい。考えてみろ、こんなデッカイ蛇が、俺のこの鼻の穴に入るか。そういうことは出来なァーい。まず最初に、ハイ……」という言葉にはじまる楽しい口上を延々と紹介したあとに、「この蛇屋の客寄せのタンカ（口上）では、彼はまず、蛇の鳴き声を聞かせるといって客の心を引く。ところがそれをいつのまにか、袋の中のもう一匹の珍しい蛇を見せるということに、客の関心を巧妙にすりかえてしまう。これを二転三転させているうちに、いつのまにか薬をとり出し、そして薬を売る方向へ一瀉千里《いっしゃ》にもって行くのだ。……口先三寸の勝負である。アタマの働きが大衆のウエをゆかなくてはならない。客の好奇心を逆手にとりながら、一瞬のスキも許されないのである。……わたしは、大道の物売りのタンカに、弁舌の楽しさを見出すのである。彼らはりっぱに芸人としても一人前である。まさしく『街の芸術家』だ。……わたしは、彼らが何を売ろうと、また、たとえそれがガセネタ（粗悪品やニセモノ）であっても、彼らのタンカが面白い限り、彼らが芸人として愉快であるかぎり、聴衆は、木戸銭がわりに品物を買うべきだと思う。あんなに長い時間、耳を目を楽しませてもらって、タダとはずるいではないか」（小沢昭一『私は河原乞食・考』三一書房、一一二頁、一一六—一一七頁）と言うとき、的確に言い当てられているものなのだ。

寄席芸人ばかりでない。大学の教師も、教壇に立つ限り、弁舌を業とするかぎり、彼らが真に人の心を摑み取りにし、これを造型しようとするならば、この街芸の世界にときには立ち還ることが必要であったのだ。かりに、一たす一は……三といった、途方もないことを論証することができるとしたら、その思考のドラマに（それに価する）学生を参加させるのが教師の芸であるはずであり、伝え聴くところのオックスフォードにおけるヴィトゲンシュタインの講義には、そういう学生を参加させる（もちろん参加できない奴は脱落する）ドラマ性が満ち満ちていたということである。

宮尾・木村氏の紹介する街芸のあるものは、その場かぎりの思いつき・即興の一時固定したものもあれば、民俗の中に深くねざしているものもある。例えば、「風神送り」が後者である。

「【風神払い《かぜのかみはら》】世間に風気《ふうき》流行《はやり》ぬれば、風の神をおいはらうとて面をかつぎ、太鼓を打ちて物をもらう。通《と》おれ（断りの言葉）というても、しこりかゝって猶たゝく。やかましきに退屈して、一握りの米をばとらする也。諸人の煩いを己が身にうけとり、世間無病なれば、かれがもうけなし……」（『人倫《じんりん》訓蒙《きんもう》図彙《ずい》』）。

京坂では若い人々がこれに興がって、風神を送るということをしている。これは鎮魂の戯神送りから始まったものであろう、といわれている。西鶴の『好色一代男』に、「……鉦《かね》太鼓をうちならし、おかしげなる人形つくりて、風の神をおくると、色町子供さわぎて、揚屋町をまわる。毎年のことながら、女郎、禿《かむろ》も出て見よという」とある。その挿絵を見ると竿のさきに人形をくりつけ、子供らが鉦太鼓に幣束をもち、騒ぎ立てながら送るさまが描かれている。根岸鎮衛《やすもり》の『耳袋』には、「安永元年六、七月頃、京摂に風はやりし頃、大坂にて或る町に風神送りに非人を雇い風神とし、若き者三味線太鼓にてはやし、これを送りけるが、興に乗じて川中へ彼非人をつき落しければ、非人恨みて仕方こそあれと、夜に入りその若者共の町に来り、戸ごとに先刻の風神、又々立帰りしとふれていやがらせける」ともある。

　こういった風神送りは、街芸というよりも、「竿の先へ人形をくゝりつけた」ことからも、農村の「稲の神」としての虫おくりの「さねもり様」の影響のもとに成立した。このことを著者は見逃していないばかりか、「京都今宮の神社のやすらい祭は、元来疫神送りであって、春の花の散る頃に、悪い病気の流行するのは、地の底に疫神がいるからであるとして、この神を鉦や太鼓の囃子踊りに誘い出して、共に踊らせて町外へと追い出すという方法をとっている」（四〇―四二頁）という具合いに、叙述の筆を行き届かせている。さらに、本書の叙述の民俗学的背景を知りたくば、われわれは池田弥三郎氏の『江戸時代の芸能』（日本歴史新書、至文堂）に、第五章「近世諸芸能の展望」（特に五・道中の芸能、六・広場の芸能、七・小屋がけの芸能）といった叙述を持っている。

　この風神送りなどが注目に価するのは、ここに芸能ばかりでなく、政治の原理を解く手掛りの一端が仕込まれているからなのである。まず、非人は、日常生活を外延から脅かす存在である。一般に円環的に時間が回帰する世界では、時間はその経過とともに人間の行為によって汚染される。そこで周期的な儀礼によって時間そのものの蘇りが試みられる。ミルチャ・エリアーデは、このような時間の再活性化について、次のように説明する。「聖なる存在によって始められた儀礼の反復は、儀式が（神話的原空間の中で）初めて、執行されたときのものである原時間の再活性化を意図している。これが、儀式が効用性を持つ理由である――すなわち儀式は始原的時間の完全性に参入する。儀式は神話的状態を現出させる。……たとえば入社式に次々に継起するすべての身振りや行動は、神話的時間の中で、式典の創始者によって演ぜられた身振りや行動であると考えられる典型的な祖型の反復にすぎないのである。この事実自体が身振りや行動を聖化し、その周期的反復は共同体の心的生活を蘇らせるのである」（M・エリアーデ『生と再生』ニューヨーク、一九五八、六頁）。これは多かれ少なかれ、時間の蘇りというアーカイックな「心的現象」の基本的パターンを説明している。多くの未開社会ではエリアーデの説くように、新年の祭りの他に、周期的に執行される入社式がそのような機会であったし、日本古代の王権儀礼では、天皇の即位式たる大嘗祭がそのような機会であったことは、西郷信綱氏の説くところである（『古事記の世界』岩波新書）。

　政治的世界にこのような聖性の弁証法が適用されうるとしたなら、慣習の世界と非日常的諸力との対立が当然その説明のモデルになることは、そろそろ常識になりつつある事実である。王朝交替のドラマ、権力交替のドラマといった政治的事象を示す枠組は、多かれ少なかれ、権力から最も遠い「英雄」が政治的諸力の統合をはかり、やがて慣習的世界に馴化され、「英雄」自身、世界の固定化に向う頃、彼がかつてそなえていた非日常的諸力は、彼の身体とともに衰弱に向う。ときには世界の固定により、系譜的に延命をはかることができるが、制度的な活力でさえ時の浸蝕作用によって消耗し尽されることを人は知らなければならない。そのとき、政治的世界の地平の彼方に新しい装いを纏って非日常的諸力が現われる。

　こういった非日常的諸力は、日常世界の価値体系の外にあって、日常生活の規範を侵犯する潜在的可能性をもつ諸形態である。この最低条件の一つは、極端に聖であるか、極端な穢れを背負っているということでもある。武力に秀でているとか、機略に長けているとかというのは、その物理的表現にすぎない。というのは、この聖または穢れを背負うものは、日常世界の汚染を吸収する（〝諸人の煩いを己が身にうけとり〟）ダイナミズムの容量も大であるということになる。政治的権威も畢竟《ひっきょう》そういった、日常世界の時間の穢れを引き受ける容力に帰せられるのである。日本神話ではその関係は、罪を背負って、高天原から追放の刑に処せられたスサノオノミコトに典型的に現われている。侵犯により、日常の空間を拡大し、その空間の穢れを一身に背負うことができるその容力の大きさのゆえに、スサノオは根之堅州国《ねのかたすくに》の支配者たることができる。この間の物語を、記紀の叙述の時間的継起において追う必要はない。スサノオの王権は、この両極の間をゆれ動いているのだ。

本来、政権・政治体の担い手の交替にすぎない革命が、「解放」の概念と結びつくのは、革命の担い手がそういった「非日常的諸力」を解き放つからである。そしてそれが蘇りの時であることは、ドクフレが『革命と反革命』（文庫クセジュ、白水社）の中で次のように説明しているごとくである。

「こうして、歴史に対立し、少なくとも歴史の外に置かれている革命の根本的な性格が明らかとなる。それは時の回帰《レヴォルティオ・テンポリス》を生みだし、永遠に再出発を意味するのである。革命のヒドラあるいは蛸《たこ》という反革命の動物譚でおなじみの表象にも、このことがはっきり現われている。既成秩序の豪傑たちは必死になってこの動物の頭や触手を切り落そうとするが、これはけっして成功しない。いくら懸命になっても、勝てるみこみはない。せいぜい手傷を負わせ、しばらくおとなしくさせられるくらいで、頭や触手がまたはえてくるのを防ぐことはできないのだ。将来とも、この新手の敵とたえず身の毛のよだつ戦いをしなくてはならない。心臓を突いて息の根をとめることは永久に不可能なのである」（同書、五三頁）。

ここでわれわれが気づくのは、そういった政治の構文法の原像とでもいうべきものが、時間の蘇りの体験という点に帰着することができるなら、それは芸能の論理とそう距ったところにはないという点である。身振りによって世界を変えるという点では、政治は芸能と対応する（『独裁者』においてチャップリンがねらったのは、実はこのあたりであったのかもしれない）。政治の場では、身振りがより有効に作用する空間におのれの〈身を移す行為が権力闘争〉として表現される。ただ、両者ともに遊行と固定を運動の極として持っているとはいえ、政治において後者が、芸能において前者の要素が、優越する。しかしいずれにしても、両者がともに、その権威または強制力の背景を日常生活の規範の外に持っていることは示唆的である。そして両者ともに、その演戯を可能にする空間への期待は、民衆そのものの世界像の内奥深くに根ざしているのである。

〈純粋身振り《マイム》〉への衝動。それは複雑どころかもっとも単純なシチュエーションにおいて現われるはずのものである。例えば徳島県名西郡神山町の「たたら」と呼ばれる盆踊りの、「音頭に合わせて単純に手足を上下するだけのものであるにもかかわらず、なんともいえないトボケタ味があって喝采を浴びた」（高橋秀雄報告、季刊『民俗芸能』一九七〇年冬季号、七七頁）といった身振りの中にすでに現われているものなのだ。ブルースや能の翁の舞がこのような〈純粋身振り〉の延長線上にあることは容易に推測できるはずである。してみると、芸能の基本的要素は非日常的諸力＋純粋身振りであり、政治と芸能は舞台の造りが違うというだけの次元に還元できるかもしれない。したがって、前警視総監秦野章氏が「昭和元禄田舎芝居」と口ばしるときに、氏はそう誤ってはいないはずなのである。ただ、政治と違って芸能においては、田舎は、その本源的性格を明確に保持しているということは氏の「粗雑な世界像」では捉えられないだけの話なのである。

もう、おわかりだろうが、芸能も政治もともに、非日常的諸力を背景とした聖・穢ともに容するキャパシティ大なる人間が（そのキャパシティは日常生活の論理の否定という形で現われるから、悪・滑稽・穢れ・暴力の姿をとらざるをえない）、日常世界に立ち現われて、日常世界と、それを越える世界のコミュニケーションを実現する（政治＝芸能におけるカタルシス）。すなわち、異形性において非日常的諸力を日常世界に導入して、日常世界を再活性化するとともに、その同じ異形性において、日常生活に集積された「諸人の煩い」を吸収し、活性に転化する。と同時にこの荒神は、芸能の場合は、短期滞在の後に日常世界の外へ送り出される。

「盆踊りを形成する要素に、烈しい興奮をともなって、一群の異形のもの――阿波踊りの踊り手は笠をかぶりほおかむりをし化粧し仮装している――が通過して行くという部分があった……。長野県下伊那郡新野《にいの》の盆踊りになると、盆踊りそのものは、街道筋にやぐらを立て、そのやぐらを中心とした輪踊り――実際は道なりの、長い矩形――であるが、その踊りのはてに『踊り神送り』が付いている。……従って、踊りの興奮に巻きこんで、村の外へ追い払ってしまう……。同時に、盆には、招かれざるちみもうりょうが、聖霊とともに村の中に這入りこんで来ているはずだから、その素性の知れぬ、おそろしい、まつられざる霊魂、未完成の霊魂を、だましすかして送り出してしまうのだとみることができる。……事実、盆踊りの踊り手には、踊っているのは人間ではないという点を、はっきり伝承していた。踊りの群の中に、覆面をしたものがまじっている。黒い布を前にたれ、目だけ二つ穴をあけて、その黒い布で頭をおおって手ぬぐいでしばっている。すこぶる異様である。……もともと顔をかくすのは、神聖な霊的なものであることを示しているわけで笠をふかくかぶり、あるいは濃い化粧をするのなども同じことである。異界からの来訪者であることを、はっきりとみずからの扮装の上にみせているわけである」（池田弥三郎、前掲書、二二一―二二五頁）。高度の様式化を経た修羅能も、街芸の風神送りも、この要素の上に成り立っているのである。

3　シェイクスピア劇における芸能の論理

シェイクスピアの『マクベス』『リチャード二世』『リチャード三世』などの王権劇も、歴史としての政治からさらに演劇的に還元すると、われわれの風神送りとそう遠く距たったところにないはずだと言えば、諸学の非人としての人類学者の言うことだからと大目にみていたら、奴の与太はわれわれをどこへ導き出してしまうのか見当がつかなくなったと、顰蹙を買いそうな気配が濃厚になってきた。

しかしながら、このところシェイクスピア研究の一つの方向は、このような一見与太じみた視点を可能にしている。『真夏の夜の夢』を神遊びの練り歩き劇《ペイジェント》と見（E・ウェルズフォード『宮廷仮面舞踊《コート・マスク》』ケンブリッジ、一九二七、三二一―三二二頁）、『十二夜』を祝祭劇と見（事実『十二夜』は、季節祭儀としてのクリスマスの「十二夜」の最終日にエリザベス女王の臨席を前提として、エリザベス女王の道化であったロバート・アーミンをフェステ役として書かれた〔J・ドレーパー「フェステまたイリリアにありき」『シェイクスピア学会研究報』17、一九四二、二三〇頁〕）、『トロイラスとクレシダ』を吉原俄《にわか》のごときナンセンス・ドタバタ劇と見（ヤン・コット）、『ハムレット』を道化の滑稽劇と見る（W・ウィルフォード『道化と錫杖』一九六九、第十一章「狂気の悲劇的局面――ハムレット」参照）ことも可能であり、『冬物語』『シンベリン』『テンペスト』などのロマンス劇を、時間性の揚棄をめざした物語の民俗的想像力の次元に還元する視点も提示されている（N・フライ『自然な視点――シェイクスピアの喜劇とロマンス劇の展開』一九六五）とき、シェイクスピア劇を芸能の論理に引き戻して考えてみることは、必ずしも不可能ではないはずである。事実、この点に焦点をあてて、歴史劇『ヘンリー四世』におけるフォルスタッフの芸能性を論じたのはC・L・バーバーである。

先にあげた『シェイクスピアの祝祭喜劇』の中でバーバーは、シェイクスピアが、中世民俗の農神祭《サチュルナリア》のばか騒ぎ的伝統を、道化王を選出して異常な身振り・行為に全身をゆだねるカーニバルのそれとともに、いかに巧みに吸収したかを論じた諸章ののちに、「シェイクスピアは祝祭と祝祭の必要性を劇化すると同時に、祝祭を限定する必要も劇化したのである」と述べつつ、『ヘンリー四世』第二部においては、民俗的儀礼における類似の象徴行為に対する喜劇の関係を最も明瞭にたどることができるとし、「こういう点についての自覚は、分析の操作概念としてはきわめて有効である。なぜならば、それは劇の構造というものが一体何ものなのかという点をくっきりと浮きあがらせる。そればかりでなく、文化の他の要素に対する劇の関係という歴史的にも理論的にも魅惑的な問題を提起する。二十世紀が文学に普遍的に求めようとしている視点の一つは、錯綜した文学作品の中に、神話と儀礼に共通し、原型《アーキタイプ》とも見做されうる、ある意味では、原始的とも根源的とも言いうる、パターンを見出そうとするところにある」と述べる。そしてバーバーは、シェイクスピアは民俗文化の中の「想像力の作用としての呪術、社会的行動としての儀礼」を劇的に再構築する過程において、呪術と儀礼に対応するパターンを示した、と述べている。

だからといって、シェイクスピア劇は原始文化と直結するのだと、いかに私が強引な論法で知られる（かもしれない）危険な「ロマン主義」の人類学者であっても、言うつもりはない。シェイクスピアの文化の中で「原始的」な（とバーバーが言う）ものをわれわれが検出し、そう呼ぶのは、もちろん、血であり、骨であるものなのであって、われわれは肉や皮膚を論じているのではないのだ。

モーツァルトがコンメーディア・デラルテの最後の伝統を同時代に持ったように、シェイクスピアは、後期ルネサンスを同時代に持っていた。「ルネサンスは、教養をつんだ人間が人間生活に関する式典的概念を加工して、歴史的概念を創出した時代だったのである。名前や意味が固定され、最終的なものであることを前提とする式典的世界像は、経験的世界を練り歩き《ペイジェント》の行列と儀礼として表現したのである。ペイジェントにおいて、ある空間に正当な権利を持つ名称が、順当な秩序に従って行進し、儀式においては、名称が権利に、順当な方策というものに変換されるのである。歴史的世界観は生世界を劇として描き出す」（前掲書、一九二―一九三頁）。ルネサンスがまさにそういった神話、儀礼、象徴的空間を前提として成立していたことは、林達夫氏が「精神史――一つの方法序説」（岩波講座『哲学』第四巻所収）においてすでに明快に説き明かしたところである。そこでわれわれが確認する必要があるのは、芸能は、まさに民俗的世界において生世界の体験が蓄積される形式としての一つの歴史、それもオフィシャルな歴史観よりある意味では〝正確な〟体験の貯蔵法であるということを、シェイクスピアは動かし難い事象として定着させたということである。

ところで、『ヘンリー四世』のフォルスタッフについてバーバーは、フォルスタッフとハル王子との関係、およびフォルスタッフの追放は、カーニバルとしての農耕祭儀礼の贖罪山羊《スケープゴート》が「諸人の災い」を背負って追放されるという点に留意すれば、おのずから説明されると述べる。「マルディ・グラ」とか「カーニヴァル」といった「さねもり様」が、馬鹿騒ぎを主宰したあとで、「これらの偶像は、しばしば、従者によって捕えられ、模擬裁判にかけられ、前年度に村内で人心を寒からしめたような罪の真の犯人とされ、それらの像は焼かれるか埋められるかする。そしてこれらが新しい季節の始まりを告げ知らせるのである」（同書、二〇六頁）。

なんだ、それなら「左義長《さぎちょう》」と同じではないか、と言うむきもあるであろう。まさにそうなのである。左義長は「一般に正月の松飾を各戸からもらいあつめ、一定の場所で焼くのであるが、盛んな土地では中心に太い丸太をいれ、藁などを覆って小屋をつくり、子供たちは前夜からここに入って遊び、各戸から集めた米や餅で食事をする。そして最後にこれに点火して、その燃える火に身体をあぶったり、餅や団子を焼いて食べたりして災難をはらうものとする。この場合には大人も仲間入りをする。この火にあたると若返るとか、ひびがきれないとかいい、あるいは竹が音高くはねるとその年の天気がよいと喜び、灰や火の粉も高くまいあがるのを喜ぶ。また残りの灰を体にぬると病気にかからぬとか、燃え残りの木を持ち帰って家におくと仕合せがよい、厩に入れると牛が病気にかからぬなどともいって、この火を神聖視する。小屋の中心になる柱に飾をつけてオンベというのは御幣であり、ここに歳神の画像をつるす地方もあって、これが神の依代であったことがわかる。長野・新潟・埼玉・東京・神奈川・山梨などの各県では道祖神の祭と結合して、子供たちが卑猥な囃しやいたずらをする日ともなっていて、道切りや金銭の強要などがおこなわれる土地もある」（『民俗学辞典』二三二―二三三頁）。

　カーニバルと火の象徴性の結びつきは、かなり普遍的であるように思われる（この辺こそ、コンピュータ比較民俗学が大いに活用されてしかるべき分野なのであろうが）。毎年十月の末、雨期から乾期へ転ずる時期は、エチオピアでは「初春のおとずれ」と考えられ、国教のコプト系キリスト教においても、「マスクワル」と呼ばれるこの季節祭は最大の祝祭日である。昨年のこの祝祭日を、私は南部のガム高原のドルゼ族の村で迎えた。この部族は、半世紀前までは固有の宗教を持っていたが、今では国教に同化している。しかし国教たるコプト教こそ、キリスト教が異教の集合体だという事実の見本たりうるほど、異教との相関関係の上に成り立っている。したがって、ドルゼにおける「マスクワル」祭には、この部族本来の儀式的要素が濃厚に観察されうるのである。まずこの日は野外で過す日である。朝から〝竹〟を手にした男たちの行列が祭場から祭場へと練り歩く。秘密結社への入社式《イニシエーション》が執り行なわれる。競技が行なわれる。だれにでも気軽に話しかけられる常軌を逸した日である。道路で人に会うと、こちら側の数人は手をくんで、向うから来た数人の手を組んだ人間と「ヨーッ」と叫んでぶっつかりあう。夜に入ると、中心的祭場に、その日使った竹が集められ点火される。人々は数本ずつ竹を束に結えて、炎の中に、一定の身振りによって投げ込む。

　常軌を逸したふるまい、形代、火祭。これらの要素が、カーニバルに普遍的に伴う、またカーニバルの普遍性を説明するものであることは、ロシア二〇年代のフォルマリスト、ミハイル・バフチンが『ドストエフスキイ論——創作方法の諸問題』（新谷敬三郎訳、冬樹社）で次のように述べるときに、その本質的な意味性はつくされているように思われる。「カーニバル諸形象の背反する二重性《アンビバレント》については、ここで特に言っておく必要がある。それはすべて二元的であって、転換と急変の両極をみずから合せもつ。つまり誕生と死（生を孕む死のイメージ）、祝福と呪詛（同時に死と復活を願う祝福する呪い）、賞讃と罵倒、青春と老年、上昇と下降、頭と尻、痴愚と叡知。カーニバル的発想の特徴はコントラスト（ノッポとチビ、デブとヤセッポチ）や相似（分身・双生児）によって選び出された一対の形象である。……それはエクセントリックというカーニバル的カテゴリーや日常的、常識的なものの破壊の独特な表現であり、常軌を逸した生である。カーニバルの火の形象も二重の意味を持っている。それは世界を絶滅させると同時にさらに更新させる火である。ヨーロッパのカーニバルでは殆どいつも《地獄》と呼ばれる山車（普通カーニバルのありとあらゆるガラクタを積み込んだ馬車）が出てくるが、最後にこの《地獄》が盛大に燃やされる（ときにはこの《地獄》は豊饒の徴と結びつけられた）」（同書、一八五頁）。いわば、政治という現象の本質に、うすめられたカーニバルという側面があることを人は否定できないはずである。

部族社会におけるごとく公的な世界像が粗雑でなかったときに、王権という名の芸能的政治形態のもとでは、「ひとりびとりが生きている現実の世界の小部分」は容易に公的な世界像の中で、王権によって「はれ」の場で代行されることが可能であった（拙稿「王権の象徴性」『人類学的思考』せりか書房、参照）。王権が神話的世界の延長線上にあるということにおいて、王権は、エドモン・オルティグの言う次のような規定を実現しているのだ。「部族的社会は、神話の研究にとっては最も純粋な場合となっている。何故ならば、神話は部族的社会において、社会生活の細部の一切を包含しうる、最も全体的なかたちをとって現われるからである。……部族的社会の特色は何であろうか。それは、部族的社会では、家族の構造と政治的社会の構造に、ほとんど差異がないということである。……神話の本質は、誕生・死・あやまち・負債といったような基礎の上に構成されているように思われる。部族の神話と、家族構造のサンボル的領域との間には、内的な関係がある」（E・オルティグ、宇波彰訳『言語表現と象徴』せりか書房、三二九―三三〇頁）。シェイクスピアの生きた時代は、そのような王権の本質を通して、政治的社会を凝縮した形で再構築しうる最後の時代であった。

そこで『ヘンリー四世』第二部のフォルスタッフの追放は、このような観点からみると、登極したハル王子の個人的感情に何のかかわりもない、ドラマの政治＝儀礼的パターンに必然的に随うものだということになる。リチャード二世を倒したボーリングブロークの罪深い治世（時間の腐蝕）の後に、王子は新王として新鮮な出発の門出にあった（時間の蘇り）。そこで王子は、フォルスタッフにあらゆる災厄を背負わせて、贖罪の山羊《スケープゴート》として

「火中に」投じなければならなかったのだ。そして「火中に」投じられることを前提として、フォルスタッフは若年の王子とともに愚行と悪行の穢れをせっせと自らのうちに集積していたのである。カーニバルにおいて「村民たちが〝さねもり様《マルディ・グラ》〟に肩がわりさせるように、贖罪の山羊《スケープゴート》としてのフォルスタッフに罪と穢れを肩がわりさせることによって、王子は今や、その一身において、騎士道と聖なる王権任命式の感覚が回復されようという王そのものになりかわるために、リチャードの治世、彼自身の父の治世の〝穢れ《バッド・ラック》〟から解放されようとしたのである」（バーバー、前掲書）。アンドリュー・ブラッドリーが『シェイクスピアの悲劇』（中西信太郎訳、岩波文庫）で言ったごとく、フォルスタッフが憂愁《ヒューモア》の哲学者であるという規定に甘んじている人にとっては、バーバーのような意見はきわめて唐突に映るかもしれない。

　だが、シェイクスピアの祝典劇について最もたしかな批評眼をそなえているジョン・ドレーパーが、ウェルズフォードの「シェイクスピアの目に映り、理解され、解釈された最も典型的な道化《ビュフォン》」であるという規定をふまえながら、次のように述べるとき、バーバーの記述が本質において決してシェイクスピア批評の本道をそれているものではないことをわれわれは知るのである。「いわばフォルスタッフは、ありきたりのエリザベス朝の道化のごとく、喜劇的なアクロバットや歌唱、ときには自分自身がおのれの仕掛けた罠に陥る露骨な冗談や喜劇的な恋人役などによって、人をたのしませる。これらのどのようなシチュエーションをとっても、彼は典型的なエリザベス朝道化なのである」（ジョン・ドレーパー「悪党――道化としてのフォルスタッフ」『ストラットフォードからドッグベリーまで――初期シェイクスピア劇研究』ピッツバーグ、一九六一、一九四頁）。

　だがこの呪術的設定はあくまでも譬喩にすぎない。「悪の追放は、それが、各瞬間に、われわれのフォルスタッフの道化的無軌道さに対する反応として起る、共感から拒絶へという運動そのものの中で実現されるかぎり、劇的なかたちとして有効なのである」。そこで、劇における「かたち」と情感作用の問題が提起される。「かたち」としての呪術・儀礼様式は、それが始原的想像力を喚び起すための枠組の一つとして煮つめられた状況の中で設定されるときに劇的に有効なのである。なぜならば、「劇の登場人物は、日常の何でもない身振りを、儀礼的な様式化された（それ以外にはないという）行為に展開する。そうすることによって、日常生活ではふつう分節化《アルティキュレ》（表現）することのできないような風姿を、心の形姿にぴったり合うような形で投写することができる」（同、二二〇頁）のである。

　写実といわれるものが外的リアリズムであるとするなら、こういった〈身振り〉を通しての劇的な心象の表現は〝心象のリアリズム〟と呼ばれるものである。劇、芸能、儀礼が正確な〝社会科学《ソーシャル・サイエンス》〟であるとケネス・バークがいうとき、そこで生起している事象は〝心象のリアリズム〟を通した、人と〝本源的世界〟のコミュニケーションなのである。これはヴァフタンゴフが、スタニスラフスキーとメイエルホリドに学びつつ、〝幻想的リアリズム〟とおのれの演出様式を名づけて、舞台を演劇的に〝解放〟しようとしたとき目ざしていたものと、そう距たっていないはずである。

　ヴァフタンゴフの演出様式について述べながらウィリアム・キュルケは次のように説く。「メイエルホリドも、ヴァフタンゴフも、演劇が情感的コミュニケーションの一様式であるということを痛切に自覚していた。彼らは二人とも明らかに、このようなコミュニケーションは、彼らの〝メッセージ〟が、〝きちっとした造型的な〟、率直に演劇的なかたち、現象的な外的現実の模倣でなく想像力の産物であるかたちで伝達されるとき、実現が可能であると確信していた」(「ヴァフタンゴフと六〇年代のアメリカ演劇」E・T・カーバイ編『全体演劇』一九六九、一五二—一五三頁)。

　この〝内的リアリズム〟では、〈身振り〉が持つ多層的な曖昧性(リアリティの深まりに応じて、伝達するメッセージを変えうる)が、最も可塑性の高いチャネルとして捉えられる。「そういった身振りの劇化には、本来の儀礼の参加者にはある意味では必ずしも必要ではないような、経験の全体性に対する関係についての自覚があることを前提としている」と、バーバーは儀礼と劇的様式の相違に注意を喚起している(前掲書、二二〇頁)。儀礼において、人はまったくおのれをゆだねて、儀礼的変貌を遂げることが前提となっているというわけである。

　そこで「アイロニーの欠如によって、劇作家が、呪術的に有効なものとして儀礼を額面通りに演じてしまうと、生ずる結果は感傷的《センチメンタル》なものに終ってしまう」という警告をバーバーは発している。これは、ちょっと聴くと何でもないようであるが、今日、政治的にきわめて有効な発言である。今日、政治運動と称しているものの多くは、政治理論に演劇的《ドラマトゥルジック》な想像力が欠けているまさにそのゆえに、自らの運動を「かたち」として「異化」して捉えることに失敗しているようである。その結果それらの多くのものは、儀礼的行為であるべきものまでも、額面通り、呪術的に有効であると信じ、身も心もゆだねる結果生ずるナルシシズムの犠牲になっている。〝心象のリアリズム〟とナルシシズムはおよそ相容れない精神の運動形態である。人は非日常的メッセージ抜きのナルシシズムによって、日常世界に対する真の侵犯性を決して体現することはできない。政治的ナルシシズムは、日常世界の裏面を這いずりまわる心情の悪気流の悪循環としてのメロドラマにすぎず、せいぜい、現象としての「災厄そのもの」にすぎない。徹底して日常世界の外におのれのアイデンティティの根拠地をおくものは、「ナルシシズム」と戯れている余裕などないはずである。

　かつて「某々大学に火をつけろ」という題に「灯をつけて」本を書いた詩人がいた。火をつけた学生がいた。学生は意図するしないにかかわらず「さねもり様」の役割を果したらしい。近代日本の穢れを全身に背負ったこの某大学は、ここで、思いもかけず贖罪の機会を与えられた。常軌を逸した行為によって学生は、虫送り行事に没入した。「呪う者」

は「祝福するもの」であるというカーニバル的原則が、思いもかけない機会に小さいスケールで確認された。今日、人々の記憶からは、この行事は忘れられようとしている。

4　見世物小屋としての世界

> 「親孝行でござい、親孝行でござい。
> といって、町の中をくるのは、若い男が老人を背にしている姿である。よく見ると、若者は人形であって、背中の老人は生きている人間である。足の方は歩いているのでこれは人間である」（宮尾・木村、前掲書、二九〇頁）。

この爺さんは、愉しいトリックをやってのけている。トリックは、それがうまく仕掛けられたときに、世界を一時擾乱して、瞬間的にもせよこれを蘇えらせる。街芸の愉しさは、その〈原身振り〉性とトリック性にある。政治の世界で人が下手に演ずるものを、はるかに洗練された形で演技する。

言葉が真に帰属する意味で〝革命的〟な芸術家であったメイエルホリドは、街頭芸の〝革命的な〟意味を透徹した視点で捉えていた。アレクサンドル・ブロークの『見世物小屋』についての文章で、メイエルホリドはこの街頭芸人（キャボタン）について次のごとく述べている。「キャボタンというのは街頭の芸人のことである。……キャボタンは技芸の巧みさで奇蹟をとりおこなう。キャボタンは真の演技術の伝統の忠実な継承者である。……『だんまり』は、舞台に屈せず、説教壇から人を見おろす文章屋の口を封じる。曲芸師は舞踊ばかりでなく、歩を動かすたびに、その身振りと運動の言語の豊かな表現性で役者の技芸がまったく自足した世界を表現するということを示す。曲芸的役者に最も必要なのは仮面である。それからその服装を引きたてるための多少のぼろきれ、組ひもの一きれ、ちっちゃな鈴、これらちっぽけなものの寄せ集めで、彼はまばゆいばかりの光輝と天地を鳴動させる音を演技につけ加えるのだ」（E・ブローン編訳『メイエルホリド演劇論集』一二二―一二五頁）。メイエルホリドの言う理想的な演劇の原型とはこういった街芸である。それはまさに江戸時代の街頭に満ちあふれていたものなのだ。

例えば早い話が「にわか」である。「口上茶番一名見立茶番ともいっているように、目の前にある品物を、見立てて、つじつまをつけ、おもしろく別な話を仕立ててみせることで、その発想が奇抜なほど上出来だということになる。つまり、坐ったままに種々の物品を取り出して、これに滑稽や洒落を述べたて、落ちをつける形式のものをいったのである」（郡司正勝「茶番について」『民俗芸能』一九七〇年一月号、特集〈にわか・茶番〉一六頁）といった茶番には、口上茶番と立茶番との二種があった。江戸吉原では、秋の八月朔日《ついたち》より、男女の芸者が趣向をこらして、仲の町へ出る流し俄《にわか》を俄といい、座敷で酒宴の興を添えるものを、茶番といって区別していたようである（同、郡司）。いわばバスター・キートンの父が携っていた「薬品売り立て見世物小屋《メディスン・ショウ》」も、まさにそういった見えざるつながりによって結ばれた共通の芸の地下水脈から発していたのである。ありあわせの物を、身振りを媒介としてある一定の関係に置き換えてみるというのは、即興のことであるが、これは少し気どって言うと、レヴィ＝ストロースの言うブリコラージュと対応するということになる。

　レヴィ＝ストロースの語るのは、知的な次元でのブリコラージュである。「われわれのうちには、技術的な局面で、われわれが〈原始的な〉というより〈先〉という接頭辞を冠したく思うような科学というものが、思弁的な局面で何ものであったかという点について、きわめて明快な理解を与えるような行動がそなわっている。これがフランス語で〝ブリコラージュ〟と呼ばれているものである。古い用法では、〝ブリコレ〟というのは球戯や撞球、狩猟、乗馬に使われていた。だがそれは、予想を越えた動きという限定のもとに使われていた。……今日、〝ブリコルール〟は依然として、手仕事に携わり、一定の規準に従って仕事をする職人とも違った、曲線コースを好む人間のことである。神話的思考の特殊性は、それが、広汎であるにもかかわらず、一定数に限定を受けている互いに異質なるものの寄せ集めを使って自己表現するというところにある。とにかく、神話的思考は、それが表現しようとするものが何であれ、他に手持ちがないので、この持ちこまを駆使しなければならない。神話的思考は、それゆえ、知的な〝ブリコラージュ〟であるということになるのだ。たとえそれがいかにかけはなれていても二つのものの間に存在しうる関係を説き明かすものだから」（『野生の思考』パリ、一九六二、二六頁）。

　どんな分野にも媒体と、駆使する身体の部分の違いこそあれ、ブリコラージュの要素は幾分かはあるはずである。私のごとき二流の知性でも、本の買い方、本棚での並べ方によって、それを行なっているかもしれないのだ。エドガー・ヴィントはさらに、「現在フランスでは、もっと一般的に、何か既成の事物、それも大体において屋根裏に詰めこまれているような種類の事物を思いがけない遣り方で利用することを意味している。平素からそのようながらくたを好んで集めて何か新しい利用法はないかとひねくりまわす人のことをブリコルールと呼ぶ。……この種の『異様なコンポジション』の持つ魅力は、はぐらかされたような違和感と既知の事物の再認との融合にほかならない」（高階秀爾訳『芸術と狂気』岩波書店、二四三頁）。

　つまり、「親孝行」うりの爺さんのやっていたことは、まさに「はぐらかされたような違和感と既知の事物の再認」としてのブリコラージュだったのである。ところで、余談にわたるが、私の友人のジャン＝クロード・ミュラーが語ったところでは、狷介《けんかい》な傾向の相当強いレヴィ＝ストロースなるこの爺さん自身、自分の家の地下室にがらくたを一杯つめ込んで、ひまさえあれば、ブリコレに没頭しているのだそうである。したがって、彼のブリコラージュ、ひいては一巻の『野生の思考』ですら、そういった自伝的要素がきわめて濃厚だということになるのである。

レヴィ＝ストロースがブリコラージュとしての神話的思考を「先」科学と呼ぶように、身振りによってブリコラージュを行なう街芸・俄を、儀礼とともに、ケネス・バーク風に「社会の科学《ソーシャル・サイエンス》」と呼ぶことの必然性はかなり煮つまってきたはずである。俄の芸は、手もとにある諸事物が本来属しているコンテキストから切り離して、その属性のふだんめだたない部分を拡大して、それら意味の顚倒した事物をつなぎあわせて、新しい関係を即興的な筋として創始するのであり、その「異和性」が人々を哄笑に導くのである。事物を、〈身振り〉によって本来属しているコンテキストから切り離すという芸の可能性は、マック・セネットのグループのサイレント・フィルムのどたばた劇の役者によってもっとも徹底して追究された。チャップリンが『モダン・タイムス』において試みたのは、機械の解体、メカニズム（筋立て）とコンポジション（かたちの組合せ）を切り離してしまうことであった。そのうえでマイムの芸（身振り）メカニズムを寸断し、これらのものを新しい関係に置き換えるということであった。これは、感度のにぶい政治的世界がいずれ追随するはずの事象の、はるかに早い、予感的ともいうべき「社会科学」の実践であったはずである。

大学解体というときに、人が試みるべきことも、そういった範型に従うことだったはずである。事物の関係を固定させようとするのが支配であるとするならば、解放の第一歩は事物を固定している論理に代わる、さらに有効な事物の関係（その中で事物が、前に属していた関係において獲得することのできなかった輝きを帯びるような）を提示することである。マイムは、支配の原理の滑稽さを一瞬のうちに身振りによって表現する。そのうえで、身振りの潜在的《セミオロジカル》な可能性によって、支配の身振りも別の次元での一部分に組みこむようなこれまで気づかれなかった関係を、「荒唐無稽」と呼ばれる筋によって提供する。つまり、変身という行為によって、支配が絶対的なものでないことを示すばかりか、「支配」の行為そのものを解体して、別の筋書に置き換えてしまう、それが〝社会科学者〟チャップリンが『独裁者』で試みたことなのだ。

　これらの芸は、それが本来演じられた、カイヨワの言う見世物小屋空間において、指の動き一つでも日常生活をはるかに越える想像力の飛翔性を肩がわりすることができたのである。彼らの舞台は、広場および道ばたの持つヴォルテージの高い象徴性と、流しの芸人が帯びる非日常的諸力の侵犯性を背景に持っていたのである。広場、それは戸井田道三氏がフェリーニの『道』の批評において語る表現によれば、次のような場のことである。

「道ばたであろうと、街の空地であろうと、観衆の芸人との交流の場所として、それは広場なのである。広場とはたんなる地表の空間をさしているのではない。人間関係をあらわしているものだ。地域集団が行事で共同性を確認する場所が広場のもとの意味であった。日本流にいえば祭りの庭である。演劇のおこなわれるところが広場であった。……『道』

は、これに対比すると舞台的な感じがしない。……ザンパノやジェルソミーナはそとから来て臨むものであって、また去ってゆく宿命にあるゆえに、かれらにとっては、広場としての意味がちがう。このそとから来、また去ってゆくものの感じが、ザンパノが拘置されたあとで天幕を引きはらって旅立ってゆくサーカスのシーンに、よくあらわれていた」(『祭りからの脱出』三一書房、三二頁)。

半分見下した調子で語られる股旅映画で、西へ行こうか東へ行こかと三度笠を十字路で抛り上げて去っていく一本刀、「シェーン」という少年の呼び声を背に西部の曠野の夕陽の光芒の中に消えて行く小柄なアラン・ラッド、ズボンをだぶつかせて一本『道』をよたよたと立ち去るチャリー。これらの姿には、季節ごとにかつて現われた旅芸人、季節ごとに「救済」を与えるべく、「人生というような観念の生まれてくる本源」、言いかえれば「人間にとって何か根源的な場所」(戸井田道三)から、日常世界ではついには解き明かされることのないコードの組みあわせであるメッセージを携えて、世界を蘇らせるべくやって来たものの姿が、二重写しに観客のマブタに焼きつけられていなかったとだれが断言できるであろうか。

もう一つのルネサンス

1　蒐集家の使命

わが国では安田徳太郎氏が紹介するエロスの風俗史の専門家、つまり「猟奇学者」にしてユダヤ人、エドゥアルト・フックスについてヴァルター・ベンヤミンが長い長い一文を草していると知って、奇異に思うむきもあるだろう。一方は涸渇したマルクス主義の起死回生の回春剤として使われかねない折目の正しい思想家で、他方はいかもの喰いの雑食家であるという印象が一般化しているからなおさらのことである。このとり合せがそれほど奇妙ではないということを知るためにまず、ヴァルター・ベンヤミンについてテオドール・アドルノの説くところに耳を傾けよう。

「形式としてみたエッセイは、歴史的なもの、客観精神の表明、文化を、自然であるかのように見る能力に本質をもっている。ベンヤミンは誰一人持てぬほどに、その種の能力をそなえていた。石化した、凍結した、あるいは古くさくなった文化のあらゆる要素が彼に語りかけた。なつかしい生気を失ってしまっている文化の一切が、あたかも化石や標本用植物が収集家に語りかけるように語りかけた。……彼はアレゴリーにおけるように、石化したものの中に流れこんだいのちをめざますことに魅せられたのみならず、また生きているものをずっと昔に死んだかのようにみたり、《原歴史的に》自己開示したり、急に意義をさし出したりするかのようにみつめることにも魅せられたのであった」（「ヴァルター・ベンヤミン」竹内豊治他訳『プリズム——文化批判と社会』法政大学出版局）。

　こういった世界の「隠れた輪郭」（アドルノ）をあらわそうと試みるベンヤミンは、本質的に都市を構造として読み解く技術を、ほとんど知的本能とでも言うべき嗅覚の一部として、身につけてもいた（『T・L・S』一九六八年十月二十五日号）。世界は部分の連関として捉えられるのでなく、効用性の意識の地平からはすでに姿を没し、未だ現われざるものの側に身を置いた事物の中に存在する裏側の世界に与《くみ》することによって、真に自らの内側にためらっている生成（天地創造）が自らを露わにすることを助けることによって捉えられるはずである。事物と生成の緊張の中に世界を捉える啓蒙の弁証法をアドルノが説くとき、彼はまさにベンヤミンの継承者たることを志しているのである。

　ベンヤミンが蒐集家エドゥアルト・フックスに共感を寄せるのは、まさにそういった展望においてである。ベンヤミンは、人の集めない、まだその価値の知られない古物を、また時にはほとんどガラクタとしてしか感じられていない物を採集するには、日常的な効用性の分類規準からはみでた知の境域に赴かなければならないことを知っていた。まずベンヤミンは「収集家にはいろいろある。そのうえどの収集家にもいくつもの衝動がひしめきあって働いている。フックスは収集家としてはなんといっても開拓者《パイオニア》であり、他に類例のない、カリカチュア、エロチック美術、風俗画の歴史の資料収集の創始者である。だがもっと重要なのは、あい補う関係にあるもうひとつの事情、すなわち開拓者としてのフックスが収集家になったということである」（好村富士彦訳「エードゥアルト・フックス――収集家と歴史家」《ヴァルター・ベンヤミン著作集》2、晶文社、九六頁）とフックスを紹介する。そしてこういったフックスが誕生させたのは、彼自身の「自分が置かれた歴史的状況に対する、多かれ少なかれ明晰な感情であった」と断定する。

　フックスは一八七〇年に生まれた。「生まれつき学者になるように定められていなかった。彼が晩年に得るにいたったすぐれた学殖にもかかわらず、彼は決して学者タイプにはならなかった。彼の関心は研究者の視野の限界をなしている縁をいつも越えてその外まで達した」というフックスについての素描は、そのままベンヤミンのものでもあった。フックスは若くして教師生活、社会民主主義者の機関誌の助手、社会主義の政治諷刺誌の校正組みの手伝い、穴埋め原稿つくり、色刷り絵入り雑誌の編集者として、次第に、図像に反映されたイメージを通じて世界に対する視線を再構成していく方法を自らのものとしていった。

　こういった仕事のかたわら、カリカチュアに見る一八四八年（三月革命）について、およびローラ・モンテス（バイエルン王の愛妾、大学と市民の紛争に関係して王の退任の因をつくった。デュヴァル公妃のごとき女性）の国家的事件について、図入りの研究論文を書いた。この論文が画期的であったのは、絵の使い方が、現存の画像による挿絵としてではなく、対象とする時代の記録としての図版を使った研究だったからである。つまり、それはのちに、正系の歴史家としては、ヨハン・ホイジンガが中世史研究に適用したものの遥かな先駆けであった。それは単に、同時代の画像の方が挿絵としてより有効であるという比較の問題でなく、一つには、意識の枠に過去を押しこめることによって過去を現代の一部となすのに積極的な役割を果す「言葉」の過剰の、歴史研究における抑制と限界の自覚があったはずであり、図像は言語の入り込めない現実の襞の再現へと向かうはずであった。

　われわれを惹きつけてやまぬ事実は、こういったフックスの方法が、われわれがすでに検討して来た世界像をイメージの集合として再構成し、図像の単位の総合されるされ方の中にある時代の世界像を再現することができるという図像学的方法《イコノロジー》――ワールブルクからパノフスキーを経て、今日われわれの課題になっている、世界を事物の「かたち」相互の関係構造として捉えるという方法意識――の覚醒として把握することができるという点である。これが私の恣意的な解釈でないことは、「与えられた事例に関する限り、ルネッサンスが住居にどのような経済的に規定された変化をもたらしたか、またルネッサンスの絵画が新しい建築の絵入り案内書やその建物によって可能になった行動の図解として、いったいどのような役割を演じたか、という問題に掛かり合おうとする者は、無意味な結果を得ることはまずあり得ないだろう」というベンヤミンの言葉が雄弁に説明している。「時代の雰囲気の変化以外のなにものからも説明され得ないのが、……まさにこの形式的要素である」というフックスの言葉を、ヴェルフリンの立場に対置してベンヤミンがとりあげるとき、彼がフックスの方法のどのような側面に共感を寄せるかということがわれわれには全く明らかになるのである。

とはいうものの、この図像学的「かたち」についての方法的自覚はベンヤミンが共感を寄せるフックスの知的戦略の片面にすぎない。そのために払われる努力、行為としての知の存在形式が、ベンヤミンのフックスに対する憧憬にも似た立場を導き出したものであった。「フックスはなによりも先ず資料への飽くことのない渇望という点でアドルフ・バスチャンを連想させる。バスチャンが、ひとつの問題を解明するのに必要とあらばいつでもボストンバッグをさげて調査旅行に出かけ、何カ月も故郷を離れることを厭わないことによって、伝説的な名声まで得たように、フックスもまた自身を新しい証拠資料の探求に駆りたてる衝動にいつであろうと従っていた」という指摘は、人類学者にとっては感動的ですらある。というのは、バスチャンはつい最近までバッハオーフェンとともに、ほとんど忘却の彼方に押しやられていた十九世紀ドイツの民族学者であったからである。

アメリカの人類学の父と言われるフランツ・ボアズに、人類学者は足で考える動物であることを教えたこの大旅行家は、一八五〇年代初頭に船医として旅に出てから一九〇五年にトリニダード島で旅に病んで死ぬまで、フィールド・ノートを片手に、北はシベリア、南はジャワは言うに及ばず、セレベス、スマトラ、南太平洋、タイ、ビルマ、中国、日本、南アメリカ、アフリカはコンゴと、世界中至るところに資料採集に出歩いた。そのかたわら、彼はすべて合わせると一万ページ以上の分量に達する著述を行なった。私は読んだことはないが『歴史の中の人間』全三巻（一八六〇）あたりが、彼の仕事の初期の傑作ということになっている。バスチャンはジェームズ・フレーザーと較べるときわめて不当な位置を与えられていると言える。

　フレーザーは、これは有名なことだが、全然資料の現地採集ということをやったことはなかった。今日のイギリスの人類学者が、先駆者として、フレーザーよりも『王権論』の著者A・M・ホカートなどを高く買う素振りを示したがるのは、ホカートが、今日構造論的人類学者の主張するようなことを三〇年代に先取りしていたということのほかに、自らフィジーへ赴いて、現地で文化観察を試みているということも与《あずか》っているはずである。にもかかわらず、習俗の大蒐集家バスチャンに対する敬意を示したのが、畑違いのベンヤミンであったというのは、何としても、公正を欠く感を与えずにおかないであろう。つまり、バスチャンはルソーがレヴィ＝ストロースの視線によって蘇ったような認識論的蘇生を、かりに、ベンヤミンが人類学者であったら遂げていたかもしれない存在の一人なのである。バスチャンは二重に葬りさられている。一つは、〝文化圏説〟の先駆をなす人類学的古代史の方法論的死滅のゆえに。他の一つは、ドイツ民族学が文献中心の思弁に深入りしすぎて自ら資料の採集に従事しないという、他の諸国（イタリア、北欧を除く）の人類学者の抜き難い先入観のゆえに。これらの偏見は、バスチャンにとって学説史的抹消を意味している。しかし学問が、現実の断片を採集する狩人の知的狡猾という行為によって常に成り立つという立場に立つなら、まさにバスチャンは、蘇ってしかるべき人類学の先駆けであるはずである。

　今日の、少なくとももつい最近までの常識では、人類学の先駆者は、探検家か宣教師か、植民地行政官であった。しかし、実は、人類学の先駆けの一方の雄が、自らの世界を対象にするための認識論を確立したジャン＝ジャック・ルソーにあるとするならば、もう一方の系譜は、まさに、フックスからバスチャンを含めた事物の狩人、すなわち蒐集の情熱にとりつかれた一群の人たちに求められるべきであることをわれわれはそろそろ自覚すべきである。「フックスは拾い屋さん〔ramasseur〕のタイプに属している」とベンヤミンが言うとき、われわれが、「起源に遡っても人間諸科学の拾い屋であった人類学（民族誌学）は、いつも、他の諸分野の門口で拾ったどうしようもない屑の中に、人間の秘密を解く最も大切な鍵が見つかると信じて来た」（「民族学の展望」『ディオゲネス』一九五三年第二号。

ガエタン・ピコン編『現代思想の展望』パリ、一九五七年に再録、一九六頁）という、泰西のこの道の先達レヴィ＝ストロースの言葉を改めて想起しても、やはり恰好つけたがるチンピラのゼスチュアととられるだろうか。

つまり、西欧世界では積極的な意味での価値体系の中に組み込まれないような事物や世界の断片を、それがより鮮明な形で操作されうる世界に自らを移して、隠れたる事物の連関を明らかにしようと試みる人類学の立場は、常に蒐集家＝拾い屋さんの系譜から離脱することはないのである。

フックスの立場に視点を戻すならば、精神史、美術史の領域で、時代の美についての概念、モデル、理想型、つまり「かたち」を満たそうと意識的に維持され、再生産される「内容」に対して、「かたち」の独自の指示性を示し、その指示性のレヴェルで示された体系をひき出そうとする試みは、当然時代の学説史的通念を大きくはみ出すことになる。しかしフックスにおいては、蒐集家の情熱が、通念のうえにあぐらをかきがちなイデオローグ的自己を越えて、彼を知の未踏の地《ノーマンズ・ランド》へ導いて行った。「その時代にはそれに至るべき通路がつかめず閉されていた多くのものを会得することを理論家フックスに教えたのは収集家フックスである。伝来の芸術史のつくり出す一連のステロタイプが遅かれ早かれ破産するような境界地帯に入りこんでいったのは収集家の方であった」（ベンヤミン、前掲書、一一〇頁）。この情熱は、表側の公認の世界では、自らの知を媒介とした生成への渇望は満たされることはないという知の領域にはまり込んだ研究家のものであり、「収集家は情熱という魔法の杖を持っていて、それが彼を新しい泉の発見者にするのである」(同、一三六頁)。この場合、新しい泉とは、隠れたる現実に向かって開かれた泉であることを改めて説くまでもないであろう。

　この身構えこそはフックスを一挙に、今日のルネサンス研究の立場に近づけるものなのである。「偉大な収集家はたいていその対象の選択の独創性によってきわ立っている。……概して収集家は対象そのものによって導かれてきた。このことについての偉大な実例は近代の初頭における人文主義者《ヒューマニスト》たちであって、彼らがギリシャのものを買いあさり、ギリシャに旅行したことは、彼らが収集にあたって一貫した目標を追求していることの証拠になっている」(同、一三七頁)。

　ルネサンスが、何事かを、何物かを蒐めることに発したことは、ルネサンスのギリシャ・ローマの異教神話の再発見に、考古学が果した役割を見ても明らかであろう。十四世紀の中期に、古代神話に対する関心が再び芽生えて来たときに、古代神話は、その解釈においても、神格の描写についても、教父たちや百科全書の著述家たちの著述のごとき、全く中世ヨーロッパの文章体の中で再構成されたものを利用したにすぎなかった。つまり、世界についての中世ヨーロッパと異なった感覚を表現するはずの古典神話が、中世の現実に対する感覚の延長線上で語られるほかはなかった。

にもかかわらず、古典神話は、異なれる世界感覚への潜在的指標であることには変りなかった。十四世紀の中頃に、ピエール・ベルシュイルが、神話とその特徴を記述するのに、全くすぐ前の時代の記述方法に依拠せざるを得ないことを嘆いた。ボッカチオも『神々の系譜』において同じような欠陥を示していたが、十八世紀後半のイタリアの史家ジロラモ・ティラボスキはその著『イタリア文学史』の中で、「最も確実な手引きとして役に立つはずの遺物についての知識の欠けたこの時代に外に仕様があったろうか」と、問題の所在を指摘するとともに、それらの欠陥を擁護した（ジャン・セズネック『神々は死なず——ルネサンス芸術における異教神』《ワールブルク研究所叢書》第十一巻、一九四〇、一九五三、二四三—二四四頁）。これから二世紀の間に古代の貨幣、浮彫、彫像が数多くさまざまの機会を通じて発掘され、これらの大理石やブロンズを数多く所有する人もふえて来た。これらの遺物は整理され、カルタリや、アルドロ・ヴァンディなどのものによって、その目録が刊行されるようになった。

　古典神話の再発見が、ヘブライ語による聖書原典への接触と並んで、ルネサンスの世界像に根本的な特質を保証したことは言うまでもないが、その中でも、次の三冊の神話誌はもっとも深く広い影響力を持った著作であった。グレゴリオ・ジラルディ『神々の歴史』（一五四八）。ナタレ・コンティ『神話学』（一五五一）。ヴィンチェンツォ・カルタリ『神々の像』（一五五六）。

これらの神話誌学者の中で、特にジラルディは、考古学に通暁していた。彼はローマに長い間滞在したことがあり、この永遠の都市の至るところで、古代世界のイコンに囲繞《いにょう》されていた。彼は枢機卿サルヴィアッティやマフェイやクッジといった人たちをはじめとする蒐集家としての噂の高い人たちを訪れて、その蒐集品に接する機会を持った。初めのうちは遺物のイメージの魅力に惹かれて、これといった目的もなく蒐集品に接していたのだが、次第に、興味は古代の碑文やメダルに限定されていった。これらの遺物の寓意的な意味が次第に明らかになるに従って、それらは彼の知っている神話の神々に対応することに気がつき出した。中世の書物を通して伝わらない神々の属性についてもいろいろと気づくところがあった。同じことは、ピコ・デッラ・ミランドーラやレオン・バティスタ・アルベルティと並んでジラルディが依拠した、ギョーム・ビュデについても指摘することができる。

渡辺一夫氏の叙述を借りると、ビュデの立場は次のごとくである。「一五一五年三月に発表された『古代貨幣考』*De Asse* は、文化批判や政治論に充ちた論文であるが、骨子は、古代貨幣度量衡の価値推定という当時として前代未聞の研究にあった。この場合もビュデは、古代の幾多の作品を渉猟し、古代社会組織経済組織の実相の把握に腐心する傍、自ら市井の巷に出て、市場の商人達に直接商品価格の決定慣習などを質して、少しでも正確な結論を求めようとした。彼は、例えば、クレオパトラの真珠の値段、名馬ブケファルスの価格、アントニウスがキケロの首に賭けた金額を、フランス貨に翻訳して、能う限りその概念を明瞭にしようと試みたのであり、大プリニウスの『博物誌』の解釈も、ビュデのこのような著述は、一般の法律学者には理解できなかったが、当時のユマニスト達は、斉《ひと》しくビュデのこの労作を感激を以て迎え、ビュデを目するに『フランスのエラスムス』とした」（渡辺一夫『ルネサンスの面影』民友社）。このビュデの姿勢は、そのまま「拾い屋さん」のものであり、対象の関係構造の真只中に自らの身を置くという点で、われわれの世界における民族誌学者のものである。

『自然魔術』によってルネサンスの象徴学に、アグリッパの『隠秘哲学』とともに決定的な影響を及ぼしたデッラ・ポルタも、まさにそういった系譜に属する「知識の蒐集家」であった。彼はその主著『自然魔術』を二十三歳の時に著わし、その後各地を旅行し、その足跡はヨーロッパ中にくまなくわたった。清水純一氏の説くところでは、「彼の名声は『二千種以上の秘薬をはじめ、その他のすばらしい自然知識』に通暁していると豪語するその博識によるものであったことはいうまでもないが、さらに錬金術の秘鍵とされたいわゆる『賢者の石』lapis Philosophorum にたいして世人がひそかに向けて抱いていた好奇心の期待とに結びついていたことも疑えないようである。……その『賢者の石』とは、いわゆる錬金術の万物を金に変えることができるという特定の秘薬などというものではなくて、もっと根源的普遍的知識、全自然の謎を一挙に解明しうるがごとき根源的原理的知識

（少なくともかれがそう信じていたもの）の代名詞であったに相違ない。それはかれを無限の知識欲へと駆り立てて、自然学、医学、天文学から光学、記憶術、人相学、さらに天体相学にまで、森羅万象の知識を追って止まるところを知らず、まさしくガリレイをして『常軌を逸した』変り者と歎かせるに足るものであった。……かれの度重なる旅行はたんなる知識の行商ではなく『実験』旅行であった。……その飽くなき知識欲はかれを瞬時も一事に停滞することを許さなかった」（『ジョルダーノ・ブルーノの研究』創文社、二七五―二七七頁）。

こうした蒐集家のパターンをフックスは反覆していた。しかし、フックスの時代にあっては、蒐集という行為が、時代の割け目を截りひらく政治的実践というさらにプラクティカルな側面につながっていたものであることは、アナキスト、ヴィクトル・セルジュの回想の中の次の部分で示されているのである。「ツェーレンドルフでは、高い、日傘のような松におおわれた、ピンクの四角な別荘に住んでいて、依然として精力的なエドワルド・フックスの所へ、わたしたちインターナショナルの密使や非合法活動者がたびたび集まり、社会主義を語ったり、ちょっとした音楽を聴いたりしていた。そこへは、ラデック、ヴーヨヴィッチ兄弟、オーストリア大使、オットー・ボール、フロッサールなどのほかに、数人のロシア人たちもやって来ていた……。フックスは、風俗史に精通し、ドーミエ、スレーフォークトの作品、中国や日本の骨董品、ドイツ革命の裏面についての思い出や知られていない細かい資料などを集めていた。そしてなおかれは、共産主義運動の周辺にあって、危険を免れないような協力を続けていた」（山路昭他訳『一革命家の回想』上、現代思潮社、二一八―二一九頁）。

2　世界の本とルネサンス

エリアーデの象徴学やその深い影響下にあるトマス・アルタイザーの危機神学の影響で、これまでよりもわれわれにいっそう親しくなった哲学的命題に、「相反するものの合一」という表現がある。この使信（メッセージ）の先駆的な担い手はほかならぬニコラウス・クザーヌスであった。このところ、ルネサンス関係のすぐれた著作がようやくわれわれの身近にもたらされて来はじめているのは、この時期に親しみを抱いている者にとっては大変よろこばしい傾向である。それらのすぐれた著作とはたとえば、清水純一『ジョルダーノ・ブルーノの研究』（創文社）、カール・ヤスパース『ニコラウス・クザーヌス』（薗田坦訳、《ヤスパース選集》第二十七巻、理想社）、パオロ・ロッシ『魔術から科学へ』（前田達郎訳、サイマル出版会）、アーノルド・ハウザー『マニエリスム』（若桑みどり訳、岩崎美術社）、S・ドレスデン『ルネサンス精神史』（高田勇訳、平凡社）等である。

この他渡辺一夫、下村寅太郎、佐々木毅といった人たちの諸著作があるが、こういった諸研究を含めて――出るべきものの数から言えばあまりにも少なすぎると解り切った野暮なことは言わないことにして――一般の人間にも、少し注意すればルネサンスの周辺が、これまでと幾分異なった、単なる教科書的叙述を越えた知的刺戟を与えはじめていることに気づくはずである。この時期は、私個人としては、きわめて限られた視点ではあるが、比較神話学といったパースペクティヴがはじめて姿を現わした時期としても、限りない興味を抱いて来たと言える。

ニコラウス・クザーヌスは、決して壮大な体系の樹立者ではなかったが、そこに知の最も豊饒なイメージと概念が流れこみ、そこから最も多彩な〈知〉の潮流が流れたという意味で、真にルネサンスを予知する思想家であった。ヤスパースによると、クザーヌスの位置づけはおよそ次のごとくである。「ジョルダーノ・ブルーノの（彼のヴィッテンベルク講話における）次の有名な称讃だけが、各時代を通してただひとつ屹立している。《偉大であればあるだけそれだけいよいよ近づき難い、かのクースの人に比較され得る人物は、どこに見出されようか？　聖職の衣が彼の天才をここかしこにおいて覆い隠したのではなかったろうか。私をして正直に言わせるなら、彼はピタゴラスに等しいどころか、それよりもさらにはるかに偉大なのである》（クーレンベック訳、VI,86）。ブルーノの著作を通して、クザーヌスの思想は他のひとびとに――これらのひとびとが直接的にクザーヌスから知ることとなしに――知られたのであった。ライプニッツ、ハーマン、シェリングがそうである。シュレーゲルは、そうと気付かないでクザーヌスを再発見した恐らく最初のひとであった」（ヤスパース、前掲書、三三三頁）。

　われわれが今日ある新鮮な驚きをもって受けとる用意のある知的命題の少なからぬ部分は、プラトン哲学からニコラウス・クザーヌスの手を経て彫琢《ちょうたく》されて来ているのである。もう一つの理性としての「狂気」の問題は少なくとも、エラスムス、ブルーノの「英雄的狂気」を経てニコラウス・クザーヌスの「知ある無知」に容易に達するのである。ブルーノの『英雄的狂気』もいわばこのような一種の逸脱、狂気の生んだ所産であったといえる。いやこのような逸脱・狂気をもってしなければ、具体的な人間の世界、矛盾と対の影の世界は語られない、そうブルーノは考えたのでもあろう。だからこそここでは、知的認識、理性的彷徨では達しえないものに向かった。あえて飛躍が試みられるのである。……超えることのできない限界を超えようとする。それはまさしく矛盾と対立が生みだす狂気にほかなるまい。影の世界を漂う幻影にすぎない。空の空なる人間の狂気にすぎない。だがこの狂気の苦しみと喜びのなかにまさしく人間の世界はあるのである」（清水、前掲書、二一八頁）。

　こういったブルーノの「英雄的狂気」はニコラウス・クザーヌスの「知ある無知」に発していることを人はもう充分に知っているのかもしれない。しかもこの「無知＝知」の命題は、〈対立の一致〉の部分的表現であり、両者は切り離すことのできないものである。

『人間にとっては、自分はこのまぬがれることのできない無知においてこそ最も知恵あるものなのだ』というクザーヌスの言葉は、われわれにかえって禅における大愚の教えを想起させる。『自分自身を放棄して、暗黒のうちに自らを投げ入れねばならない』。そこにおいて彼は『混乱が安全であり、暗黒が光明であり、無知が知であること』を見いだす。そこにこそ、この対立の一致のかなたにこそ、〈神的な狩猟〉、危険に充ちた狩猟の領域がある。……こうして思惟は、思惟され得ざるもの、語られ得ざるものへの飛翔をたえず試み、たえず墜落してはまたもたえず新たな試みへと飛び立つのである。それは思惟のうちで方法的に成長する弁証法的な混乱であり、眩暈であって、その中にこそ本来的なもの『わが家にいる如く』感知されるものが現われるのである。そこ、壁のかなたなる闇のうちにこそ、光は存在するのである」（ヤスパース、前掲書、六八―七一頁）。

枢機卿クザーヌスは、〈狂気〉という言葉を今日のわれわれなら使うところを、〈愛〉という言葉を使っている。それは彼における新プラトン主義の思想的前提がそうさせたのかもしれない。クザーヌスとプラトン主義との関係についてはヤスパースは全然といってよいほど言及するところはないが、クリステラーの次の慎重な言葉を引いておこう。「ルネサンス・プラトニズムの最も早期の代表としてわれわれは、十五世紀の最も迫力のある思想家ニコラウス・クザーヌスを考えることができる。彼の仕事をプラトニズムと言い切ってしまっては少し言い過ぎになるかも知れないが、彼のプラトン主義的潮流との親近性は否定できない事実である」（「ルネサンス・プラトン主義」W・K・ファーガスン他『ルネサンスの諸側面』所収、ニューヨーク、一九六三、一〇七頁）。

いずれにしても彼もまた「名付けられることのできる根源の、さらに根源をなす名付けられ得ないものは、それ自身はもはや根源とも呼ばれない。なぜならこのものは、何らかの方法で名付けられ得るなにものにも先行し、それらに卓越しているからである」（ヤスパース、前掲書、一三二頁に引用）という言葉の示すごとく、根源的世界の探究者だったのである。「根源へ関係することを通して、『感覚的な世界は感覚的ならざる世界の形姿化であり、時間的世界は永遠にして、非時間的な世界の形姿化である。形成された世界は形成され得ない世界の一つの写像である』」（同、一六二―一六三頁）。こういった認識の姿勢は、数百年の時間的距たりを一挙に越えて、われわれを把えて離さない。ヤスパースはこの地点に、クザーヌスの思想が、今日学問の危機をひしひしと感ずる者に依然として強烈なアクチュアリティーをもって迫ってやまないことを強調する。「彼は、歴史的に回顧してみて近代的学問の内容に関係付けられるような、思弁的な見解を展開している。彼は最後的には学問の意味への根本的な問いに触れたのであって、この問いこそ今日まで逼迫しつつ持続し、あるいは本来的には、まさしく今日に至ってはじめて登場して来たものなのである」（同、二〇〇頁）。

つまり、理性の限界領域にこそ時代の〈知〉が最も根元的な姿を現わすという真の明確な認識において、クザーヌスは「われらの同時代人」である。その博識の対象が神学、哲学、教会法学、史学、古文書学、語学、数学、宇宙論、海洋学、植物学、気象学にも及び、鐘づくり、砲術、湿度計まで手がけるという〈知識の狩人〉であったが、クザーヌス自身は「経験的な研究を方法的に遂行したのでもなければ、何ひとつ実際上の発見をしたのでもない。……クザーヌスは奇想天外の思想は持つが、しかも一向に研究問題を解決することはない。それでも彼はその場合、素晴らしい可能性が現われるように思える境界線の近くに活動しているのである。まるで彼は学問の近くにいるかのごとくである。……クザーヌスはさまざまな表象を創造することによって、精神的空間を拡大する。そのことによって、彼は近代的学問のための先行条件の成立に協力しているのである」（同、二〇〇、二一三—二一四頁）。

このことは、例えば両性具有の神話の形而上学的根拠というものが、クザーヌスを媒介としなければ決して明快な形では与えられないということからも窺い知られるであろう。理解者の少なかった思想家ではあるが、近き世では「両性具有」を謳ったエリザベス朝の形而上詩の詩人ジョン・ダンがクザーヌスに熱狂したことは、後者にとって幸せな出会いであったと言えるだろう。また、エリアーデの始源論において祖型と反覆が語られるとき、それは、パウル・オスカー・クリステラーが「クザーヌスは神的な心の中の諸理念は単一の祖型《アーキタイプ》であって、個々の事物に別々の形姿で自らを顕示するものである」（『ルネサンス思想』ニューヨーク、一九六一、五八—五九頁）と説くごとく、すでにクザーヌスに現われているものなのであり、全く、陽の下に新しき思考なしとわれわれを慨嘆せしめかねない、さまざまな側面をクザーヌスは示している。

われわれを魅きつけるクザーヌスの他の側面は、クザーヌスが書物によって知識を得る者を知の探究者の最上位に置かなかったことである。「在俗者〔idiota〕は、神学上の書物学者に対して、真理の担い手、発見者とせられる。真理は、路上や市場など屋外において呼びかけるものであって、該博な知識のなかで呼びかけるものではないのである。……クザーヌスは、単に学び知られただけの博識に反対して、体得の根源性を欲するのである。……彼は、市場で働く商人たちの行為や思案のうちに、彼らが重さを秤ったり長さを測ったり勘定したりすることのうちに、また心の中の像を基準にして製品を造り出していく手職人の仕事のうちに、あらゆる認識の根源を見る」（ヤスパース、前掲書、一〇二—一〇三頁）。

こういった生活世界の中に隠された〈知〉を読みとるべく、クザーヌスは「人間の書いた書物とは区別される、自然と世界の『書物』という観念」を説くのである。この「世界の本」という観念は、古代から引き継がれたものであり、中世を通してこういった表現は継承されつづけた。クザーヌスもまたこの中世的比喩に従ったものであるが、彼の書物の中には、世界を書き記された本であると見做した聖人がいたという記述が見られる。こういった比喩はまさに本来文字のない社会を観察し、その文化を解読しようとする人類学者には大変愉快な伝統に属する。ただし、クザーヌスにとっては、世界は〝内的な言葉を顕示されたもの〟であり、感覚に捉えられる事物は、われわれの師としての神が真理の所在を告知するための〝本〟と見なされるということになっている。世俗人が学者に対する優位性を主張するのは、神が自らの手で認めた〝神の本〟を世俗人は市場をはじめとして至るところで読むことができるからだという根拠においてである（E・R・クルティウス『ヨーロッパ文学とラテン中世』ニューヨーク、一九六三、三二一頁）。

さらにルネサンス期の最大の錬金術師パラケルススの思考の中でも、本の比喩は基本的な役割を果していた。全世界は一冊の本かまたは一つの図書館である。その中ではページはわれわれの足でめくられなくてはならないし、その本は〝巡礼の歩みのごとく〟読まれなければならない、というのはパラケルススの言葉である（クルティウス、同、三二二頁）。ジョン・ダンにもこの比喩が見られる（同、三二三頁）。もちろん、後述するゲーテは、イギリス経由でこの比喩を彼の詩にとり入れている。

ところで筆写された本を〈世界の本〉の下風に立たせた「クザーヌス自身は、厖大な蔵書の徹底的な読者かつ愛蔵家であって、それらの書物は彼自身の書き込みでいっぱいになっている」（ヤスパース、前掲書、一〇三頁）といった本の蒐集家でもあったのである。こういったさまざまな側面を予示的に体現した思想のあとをうけて、ルネサンスは、本が世界であると言い切れるほど、知の冒険と本の蒐集が行為としても密接に結びついた一人の思想家を生んだ。それが、ジョヴァンニ・ピコ・デッラ・ミランドーラである。

3　ルネサンスと本の世界

一四八〇年にピコ・デッラ・ミランドーラは、当時大学で講義していたユダヤ人学者エリア・デル・メディゴの盛名を慕って、その講筵に連なるべくパドヴァに赴いて来た。エリアはクレタ島生れの医師であったが、この時代に学問的関心の中心に移行しつつあったヘブライとギリシャという二つの非ラテン文化に通暁していた。彼は一四八八年に著わした哲学論文でその力量を示し、当時パドヴァ大学で進行中の哲学的論争に審判として招待されたが、その重責をつつがなく果したため、望まれて大学に留まることになったのである。

一四八二年にヴェネツィアとフェラーラの間に戦争が勃発したので、ピコはパドヴァを去った。デル・メディゴはヴェネツィアへ移った。だが、二人は交信を続け、一四八五年に、ピコは当時知的中心であったフィレンツェへ移り、ここにデル・メディゴを招き寄せた。ピコはこのユダヤ人学者に、中世ヨーロッパにプラトン哲学を受け渡したアヴェロエスの全著作を訳すよう依頼した（シーセル・ロス『ルネサンス期のユダヤ人』ニューヨーク、一九五九、一一二―一一四頁）。一一九八年に死んだこのアラビアの哲学者はギリシャ哲学の中世アラブ世界での継承者であったが、その著作はアラビア語で書かれていたため、ラテン語で彼の著作に接する機会は少なく、それに較べるとヘブライ語への翻訳の方が圧倒的に多かった。

パドヴァ自体が当時アヴェロエスへの関心の高い数少ない場の一つであったことは、例えばフェルナンド・ファン・ステーンベルゲンの次のような指摘からも明らかである。「すでに一八五二年、エルンスト・ルナンがその有名な著作『アヴェロエスとアヴェロエス説』を出版していた。ルナンはこの偉大なアラビアの哲学者の影響のあとを追って、十四世紀のパリに一アヴェロエス学派（ヨハネス・ヤンドゥヌスの学派）、またイタリアとくにパドヴァに十四世紀からルネッサンス以後まで一つのアヴェロエス学派を苦もなく発見した」（青木靖三訳『十三世紀革命』みすず書房、一一頁）。

当時フィレンツェは言うまでもなく、メディチ家の支配下にあり、われわれが当面追究している二つのテーマ、つまりユダヤ人の知的インパクトとプラトン主義の勃興のために最も好適の環境を形成していたのは周知の事実である。特に後者については、S・ドレスデンの『ルネサンス精神史』（高田勇訳）は次のように述べる。「市民階級から身をおこしたコジモは、彼の一家をけたはずれに富ましめ、フィレンツェの現実の支配者とした。彼が文化に関するあらゆるものに抱いた大きな興味は、学者たちや芸術家たちの彼に対する信頼の原因となった。これらの学者の一人がマルシリオ・フィチーノである。……彼はまだギリシャ語を知らなかったが翻訳で大いに読み、とりわけプラトンの翻訳を読んだ。ところでコジモは、プラトンをもっと世にしらせたいという計画をかねがね抱いていた。これはフィチーノの生涯にとっても、また同時にフィレンツェ文化の将来にとっても、決定的な出来事であった」（三〇頁）。

　こうしてフィチーノは一四六〇年からギリシャ語研究に乗り出し、プラトンおよびプロティノスなどのプラトン主義者の著作を翻訳した。フィチーノはコジモという理想的なパトロン（パトロン獲得は当時の学者の死活の問題であったことは、ラブレーやエラスムスの場合を見てもわかる）を得て、カレッジョにあるコジモから贈られた山荘で仕事に専念し、学問のサークルを形成して、彼自身その中心的存在としてプラトンについて論じた。特にフィチーノの翻訳の中で、一四六三年に彼がなしとげた〈ヘルメス・トリスメギストゥス〉（三倍の偉大さを備えたヘルメス）と伝えられるエジプトの神の一連の伝書の一つ『ポイマンドレス』を訳出した。これがルネサンスの象徴的思考に決定的影響を及ぼした「ヘルメス文書《コルプス・ヘルメティカ》」の最初の紹介である。

　ピコが加わったのはフィチーノのこのような世界であった。ピコがフィレンツェへ来た時の様子は、（ウォルター・ペーターの『ルネサンス』の中に引かれている）ピコの甥フランチェスコの筆になる『ミランドーラの伯爵にして伊太利の偉大なる君公ピコ』（トマス・モアが英訳した）によって窺い知ることが出来る。

「マルシリオ・フィチーノは、いかにしてピコがフィレンツェに来たかをわれらに告げた。それはフィチーノ其人の有名な著書たるプラトンのラテン訳が完成した其日の事であった。……此の学者がその勤労を終えて憩うたとき、一人の青年が彼の書斎をおとずれた。そこでは、他の人々が自らの愛する聖者の前にランプを点ずる如く、プラトンの胸像の前に、いつもランプがとぼされて居た。この者は、今丁度旅行を終ったばかりといった様子で、その恰好は立派でまた美しくその身長は堂々として高く、その色は白く且つ愛らしい赤味を交え、その眼は灰色に、その眼差はすばやく、その歯は白くて歯列はそろい、その髪は黄色で豊かに、当時の普通より以上に手際よくきちんとした服装をしていた。……サンドロ・ボッティチェリやピエロ・ディ・コジモに従って描かれた画のうちに現われるマーキュリー（ヘルメス）に似ぬでもないこの青年が、彼の部屋に入って来たときに、フィチーノはこの青年にある現世的ならぬところが存するように考えたらしい。少なくとも彼は後年になって、この未知の人が、外ならぬこの（記念すべき）日に到着したのは、運命の星の助力に因ったのであるといつも信じていた。何故ならば、二人が初めて会った時、彼らは世人が普通になすよりもずっと深く、ずっと親しい会話をなしたからである。この対話の間に、フィチーノはその残る生涯を、プロティノスの翻訳に捧げようという計画を立てた。……そしてフィチーノが、如上の出来事を記録したのは、プロティノスの翻訳を、ロレンツォ・ディ・メディチに献ずる詞のうちに於てであった」（佐久間政一訳、《世界大思想全集》31、春秋社、三〇—三一頁)。

　われわれは現在ルネサンス史の断片を構築しようとしているわけでもなく、ピコの伝記を再構成しようとしているわけでもない。ウォルター・ペーターの『ルネサンス』などというと「また古い話を蒸し返して、だいたいお前が得意になって書き散らしている駄文の骨子はすべて十九世紀に解決ずみだといわれているのをお前は知らないのか」という叱正の声の呼び水になるおそれは充分にある。しかし、正直いって、ルネサンス否定にはじまって、さまざまの今日のルネサンス論議にある期間耳を傾けた後も、ペーターの『ルネサンス』の、特にピコに関する章は、学問についての始動ともいうべき鼓動の始まりを聴くような新鮮な刺激を与えてやまないのは、どういうわけであろうか。特に次のようなパッセージである。

「世に忘れられたるピコの著書の一つを開いて、その一頁を読むことは、あたかも古い文明の国々を旅する人が、折々それにつまずく古代の墳墓のなかを眺むるにも似ている。即ちそのうちには、かれらの世界とは全く異なった世界の品で、今猶新味ある、不用の古い装飾物や家具が横たわっているのである(が、これを眺めたときの感じは、彼の書を読むときの感じに近似する)。……彼は、異教的宗教が、人間の信仰を要求する権利を持つという意見を、真面目に且つ正直に抱懐せる最後の人々の中の一人であった。彼は最も朧げな古譚や、異教に関する最も軽微な伝説の真の意味をたしかめようと苦心した。……ピコは、プラトンとモーゼとの間の諧和を説明するにあたって、比喩と類推とのあらゆる種類や、言葉の二重意義や、ユダヤの儀式の象徴や、晩期のギリシャの神話学者の著作中に存する曖昧な物語の第二次的な意味なども利用した。宇宙の到るところには、中断されざる連絡の組織がある。この世界に於けるいずれの事象も、星のかがやく大空に存する一層高級なる現実の類似体であり、表徴であり、対当物である。……人間の生活に於けるあらゆる出来事は、より高等な意味を以て満されている。……いずれの樹木にも、いずれの山頂にも、神話が存し、人生の出来事のあらゆる偶然的な結合にも、或意味があることとなった。……象徴と比喩とへの絶えざる傾向は、ピコの作に一種の図説様式を与える」（同、三三―三七頁）。

　こういったピコについての記述は、今日大いに書き換えられうるかもしれない。しかし、ピコが、知の世界の一つの極点に立って、世界をその知られざる素材から説き明かそうとする、知の探検家であったことを否定することは出来ないであろう（「彼は知識を索めた。そして系統から系統へと移り、沢山の冒険をした」）。彼の立っていたのはルネサンスの思想家の中でも最も尖鋭な立場であったろうし、これは形を変えて、知の世界の涯を旅する者のそれとして繰り返し現出されたものである。ピコが特に際立った相貌を示すのは、彼が自らの足で知の未踏（キリスト教世界にとって）の地を踏破しようと決意していたところにある。「彼が当時の神秘派の著述家と異なるところは、ピコが直接に（原語で）、自らの典拠となる書籍を知ろうとした純粋な願望にある。彼はプラトンを希臘《ギリシャ》語で読み、モーゼをヘブライ語で読んだ……」（同、三七頁）。

つまり、エリア・デル・メディゴは、こうした知の「武者修行者ピコ・デッラ・ミランドーラ」（シーセル・ロス、長谷川真・安積鋭二訳『ユダヤ人の歴史』みすず書房、一七三頁）の導者にして、水先案内人だったのである。一四八六年以後この師弟は離れ離れになった。だが二人の交信は続き、エリア・デル・メディゴはピコに情報、論文、書簡、ヘブライ語の貴重写本を送った。当時の写本作製は、ほとんど工芸家の仕事といってよいくらいの彫琢を必要とする作業であったが、デル・メディゴはすべて無報酬でピコのためにこれを引き受けていた（ロス『ルネサンス期のユダヤ人』）。こういった熱狂の時期が過ぎてしばらくたったある時は、偶然の機会からユダヤ神秘主義（カバラ）の最も重要な経典『ゾーハル』を手に入れた。一説では、『ゾーハル』という書物について人づてに聴いたピコは、その書を手に入れるためにあらんかぎりの手段を講じ、最後には莫大な金額を支払ったと言う。とにかくこの書に彼は没入し、この書およびユダヤ的神秘主義の伝承（「伝統」を意味する）またはカバラ一般の中に、キリスト教も含めた宗教と哲学の基本的な真実への鍵を見出したと確信した。「カバラの中に私はパウロに私が見出すものを見る。カバラの中に私はキリスト教信仰の強力な防波堤たるかのプラトンの声を聴く。（キリストの）教会と（ユダヤの）シナゴーグ（会堂）の間には論議の種になるようなものはなく、これらの本の中にはわれわれのキリスト教の側に有利なことが見出されるくらいだ」とピコは公言した。

本の蒐集が、そのまま思想の営みであり行為であったことを知るために、われわれはここでジョン・ディーなる十七世紀イギリスのケンブリッジ・新プラトン哲学者について触れてみなければならない。ジョン・ディーとロバート・フロッドという二人のケンブリッジ・プラトニストは、私のようにこの辺りの思想史にあまり明るくない者にはほとんど、フランセス・イェイツによるジョルダーノ・ブルーノとシェイクスピア研究に結びつく。つまり、ブルーノがもたらした新プラトン派の哲学、および「大宇宙」と「小宇宙」の対応の象徴を核として展開される世界に関する知識の分類・整理のための記憶術、その記憶術と結びつく万有一元論的宇宙の舞台の反映としての〈世界の舞台〉。こうしたものが、形而上学と秘教的思考と新科学原理とルネサンス・ヒューマニズムの知のさまざまの軸の交錯とともに、英国に押しよせて来た頃の思想家に開けた世界が、いかに文庫の構築と密接に結びついているかということを、フランセス・イェイツは『世界劇場』（一九六九）の中で述べている。

それによると、ジョン・ディーは一五二七年に生れた。父はヘンリー八世の宮廷の微禄の廷臣であった。一五四七年、ディーはケンブリッジ大学のセント・ジョン学寮に入って、数学と工学を学んだ。喜劇舞台の設計に失敗したディーは、大陸に渡る。当時「禁じられた知識を積極的に吸収するため」である。彼はオランダ、フランス、イタリアを廻り「碩学と話したり討議を重ねたり」するとともに〝本の蒐集〟に携わった。英国に戻ると彼はエリザベス一世の庇護を受けた。イェイツは「それにしても、この貧乏な男が大陸を旅し、途方もない文庫を構築する費用をどこから手に入れたのだろうか」と訝っている。

とにかく、この男はエリザベス一世の寵遇を得、フィリップ・シドニーおよびエリザベス朝のルネサンスの指導者ともなった。彼のサークルの人たちに知識を分与して、数学から劇場建築の象徴論的原理に至るあらゆる分野で確実な新知識を己れのものとしていたディーは、何よりもその文庫によって卓越した存在であった。一五八三年頃までに、彼がこつこつと独力で蒐集した文庫は科学に関するものだけで四千冊になり、当時英国では最大のものであった。筆写本が大部分を占めていた時代に、この数は驚異的なものであったはずである。ディーの文庫の地誌に関する目録は一九三〇年になってはじめて、ディーのエリザベス朝の航海者たちへの彼自身の地誌、航海誌による知識をもととした助言についての研究の付録として公刊された。しかしながらイェイツは、ディーについてのこれまでの諸研究は、科学の各分野についてのばらばらな関心からなされた——数学、地誌学等々——ゆえに、ディーの知的世界の輪郭が少しも明らかにならないことを残念がるとともに、彼の蔵書の全カタログを検討することを提唱する。分野別の蔵書目録を利用するやり方は、断片的で上っ面を撫でるような結果しかもたらさないかもしれない、と。

イェイツの見るところでは、ディーは、エリザベス朝のさまざまな動き、航海域の拡大、すべての種類の科学的活動の前衛であり、その精神においては、新興の技術者層に対する働きかけにおいてエリザベス朝人であった。その知識の全体系において、ディーほどに完璧なエリザベス朝ルネサンスの見本または鑑を挙げることは出来ないとイェイツは言う。彼は航海、地誌、技術といった側面に加えて、新プラトニズムと、秘教的伝統《ヘルメティズム》をはじめとする知のあらゆる領域をカバーしていた。その蔵書の中に見出されるものは、たとえばアグリッパ・フォン・ネッテスハイムの『隠秘哲学』である。アグリッパは長い間いかさま師と見なされて来たが、最近の研究では、ルネサンスの新プラトニズム運動と呼びならわされるものの整然とした提示であることが知られている。『生の書』をはじめとするフィチーノのすべての書と、彼の手になるプラトンと新プラトニズムのすべての著作、ピコ・デッラ・ミランドーラの書、そして、カバラ神秘主義の本の部もある。さらに、ルルス、パラケルスス、旅行記、航海記の部、ルネサンス秘教の教典『ヘルメス文書』、相当のデューラーの版画……。つまり、イェイツの表現によれば、「この書庫には、全ルネサンスが納まっている」という驚嘆の叫びになる。つまり、そこには、一つの新しい世界の展望がひらけていたということになるのである。

　マルグリット・ユルスナールのルネサンスの錬金術師を主人公とした小説『黒の過程』（岩崎力訳、白水社）は、カバラ＝秘教的ルネサンスの〈知〉の放浪者の姿を描いているという点で、大いに刺戟的である。そして、このパラケルスス的主人公ゼノンが、放浪をこととせず一所定住の生活を営んだなら出来あがっただろうと思われる文庫が、ジョン・ディーのそれであったといっても少しも無理はないはずである。ディーのカタログを前にして興奮するフランセス・イェイツは、ある意味で、ワールブルクの書庫の中で、そこに示された新しい知的展望にうちふるえたカッシーラーのものでもあったはずである。

一五八三年にポーランドのアラスコという王子がエリザベス女王の賓客として英国を訪れた際に、アラスコはディーを訪れて、彼とともにポーランドに赴くよう誘った。当時、あまり先行きの見透しのよくなかったディーは、この申し出を受けて英国を去った。彼が蔵書目録を整理したのはその直前のことであった。その直後、暴徒が何かの騒擾の際に彼の邸宅に押し入って、彼の書庫は大損害を受けた。一五八九年に帰国した。一六〇八年彼は八十一歳で世を去ったが、その頃の彼は、夕食にありつくために本を売らなければならないほど落魄していた。彼もまた、クワトロチェント（十五世紀）をさしはさんでニコラウス・クザーヌスと対峙しうる〈書の人〉であった。ルネサンス的〈知〉の根こそぎの移植のためには、こういった、書によって新しい世界現実を構築するための〈蒐集〉も欠くことができないはずである。

ルネサンス的知は、特に〈蒐集〉狂と、隠れたる現実世界への旅という側面において、決して一回的に完結を遂げたものではなかったはずである。そういった側面をわれわれはゲーテに見出すことができる。この二つの方向で、ゲーテはルネサンスの継承者だったのである。

4　カバラの伝統――ゲーテ、フロイト、ボルヘス

ゲーテが新プラトニズムおよびカバラを含む秘教の伝統に密接な繋りを有したことは、少し注意深い人なら、見逃してはいない事実である（例えば、アリス・ラファエル「ゲーテの〝ワルプルギスの夜の夢〟における錬金術の象徴」J・ストレルカ編『文学的象徴の視角』ロンドン、一九六八）。しかし、それが意味するところを探り当てる試みは、その重大さに較べて、われわれのまわりの知的風土においてはほとんどなされていないといってもよい。

ところで、ゲーテのこういった側面の最もすぐれた研究書の中でロナルド・D・グレイは、ゲーテがフランクフルトとストラスブールでしたためた覚書の中に、アグリッパ・フォン・ネッテスハイムとかパラケルススといった秘教の思想家の著作への言及が見られ、この頃彼が錬金術に深い関心を抱いたことが知られると述べる。事実一七七〇年のヘルダーとの邂逅が、ゲーテをしてこのような方面の知識にいっそう深く没入せしめたことが知られる（ロナルド・D・グレイ『錬金術師ゲーテ――ゲーテの文学・科学の著作における錬金術的象徴の研究』ケンブリッジ、一九五二、七頁）。ゲーテ自身が、この頃「私の秘儀、宗教的

化学の探究は私を（知の——引用者）光のあたらない地帯へ導いた」（『詩と真実』）と記している。もっとも、この頃のゲーテの関心は、万有一元論に向う新プラトン主義の形而上的側面よりも、化学的処理における秘教的説明体系そのものに魅せられた傾向があったが、次第に新プラトン主義的側面が前面に押し出されて来た。

一八一四年になると「彼のこの頃の宗教的信念の基礎は、ゲーテ自身によると、錬金術カバラとともに、新プラトン主義哲学によって固められていた」（同、四九頁）という形をとるのである。この場合、別々にゲーテの知的構築の中に這入り込んで来ていた双方の要素は、本来のあり方に戻って融合するのである。「錬金術は、さまざまの点で新プラトン主義哲学と類似を示している。事実、錬金術は新プラトン主義の真理を実証するための実効的な試みであるとも言える。同じような類似はカバラの教えにも見出すことができるのである」（同、四九頁）とグレイは指摘する。この頃のゲーテの世界観は全く「呪術＝カバラの書《オプス・マーゴ・カバリスティクム》」といった知の伝統の隠れた泉から汲みあげられているといえる。

ゲーテのカバラ・新プラトン主義接近が、彼の作品の象徴的世界をいかに飛躍的に拡大させたかという点を、ここで示す余裕はない。しかし、ゲーテがモーツァルトの『魔笛』に深く深く傾倒し、とうとう我慢できなくなって作曲せられざる『魔笛』第二部を書いたという事実は、彼が、カバラ的秘教の伝統と、この迷路の探究の過程にこそ、世界を解く秘められた鍵のひそんでいると考えていたことを示すものであろう。フランセス・イェイツが次のように述べるとき、『魔笛』を通して、ゲーテの視線が向っていた〈知〉の地平は自ら明らかになるはずである。「モーツァルトの魔笛は彼自身のフリーメーソンの信仰を含んでいると言われる。もしそうとすれば、われわれはこのオペラの中に、善き者が参入を許されるイシスとオシリスの秘儀と、その中で秘教《ヘルメス》＝エジプト的救済へ人間の魂が向う呪術的雰囲気という、エジプトの善き宗教といったテーマの詩的＝音楽的イメジャリーの翻案があると言えるのである。最高司祭ザラストロはゾロアスターのルネッサンスの知慧の系譜の（祖師）ヘルメス・トリスメギストゥスとの同一視の反映なのである」（『ジョルダーノ・ブルーノとヘルメス教の伝統』ロンドン、一九六四、四一六―四一七頁）。

モーツァルトの秘教「フリーメーソン」は、英国にジョルダーノ・ブルーノのもたらした秘教《ヘルメティズム》の遠き谺《こだま》であるし、ゲーテの秘教はヘルダーの影響とフランクフルトという書籍市で古くから知られるばかりでなく、特に秘教《ヘルメティズム》出版術の中心地という条件を通じてもたらされた啓示であるという違いはあっても、ルネサンスの秘教研究の流れをともに汲んでいるという点で、同一の源泉に帰着するのである。

こういった傾向性においてゲーテが、もう一つの世界の旅人であり、住人でもあったことはほとんど否定できないし、その点を認めなければ、あるいはわれわれは『ファウスト』の理解の糸口すらつかめないかもしれないのである。

古典中の古典についてこういった大口を叩くのは、いかにも、いかさまじみていて気がひけるのであるが、これはやはり、われわれの西欧認識の基本的な知的感受性にかかわる問題であるから、言わないわけにはいかない。『ファウスト』と言うとき、われわれが脳裏に浮かべるべきものは、グノーによってオペラ化された魂の救済劇であるよりも、長い間民衆本の人形劇でカスペルレと並び、入り混り、ハイネが舞踏劇に仕組み、E・T・A・ホフマンが惹きつけられ、二十世紀に入ってはブゾーニを魅了し、サイレント映画にヴェーゲナーの演出によって復活したもう一つの世界の虜になった錬金術師にしてカバラ的司教《ラビ》の伝説の側なのである。そして、こういった『ファウスト』を蘇生せしめる知的感受性こそ、ルネサンスの最も卓越した知的探究の姿勢を、われわれの時代に橋渡しするものなのだ。

ゲーテが、初期のファウスト草稿は彼の十六、七世紀研究の所産であると言うとき、そこに立ち現われるのは、ピコにはじまるルネサンス期のキリスト教的カバラの伝統であるとユング的象徴学者アリス・ラファエルは言う（『ゲーテと賢者の石――〝宝石〟とファウスト第二部の象徴のパターン』ロンドン、一九六五、三一頁）。文字どおり、ゲーテは、『ファウスト』を、人間の、もう一つの世界についての人間の探究のあらゆる状況を取り込んだ宇宙劇、その中に他の世界についての感覚の導き糸になる象徴がちりばめられている秘教哲学の本――本の本――たらしめようと試みたのである。

カバラが決してわれわれにとっても無関係な過去の出来事ではないという事実について

は、近くはカバラの象徴を下敷にしたマルカム・ラウリーの『活火山の下』（加納秀夫訳、白水社）のごとき、文学作品の描く世界から充分汲みとることが出来る。一方で、フロイトの深層心理学がカバラの伝統を抜きにしては考えられないというデヴィッド・バカン（『フロイトとユダヤ神秘主義』）の指摘も、われわれが「書物の民」にいかに負うところが大であるかという点に覚醒をうながすところがありそうである。

　とはいえ、フロイトとユダヤ的伝統の関係をどちらかといえば否定的に捉えようとする立場は、例えばO・マノーニのそれである。マノーニは「精神分析学の発見が、フロイトがユダヤ人であった事実に間接的に何がしかを負うていることは疑いない」と最終的判断を留保しつつも、「好意的なもしくは敵対的な注釈家のあるひとたちは、精神分析学にユダヤ人特有の霊感を見つけようと試みたが、いうまでもなくそれは誤りであった。科学的な真理がユダヤ的であるなどということはあり得ないからである」（O・マノーニ、村上仁訳『フロイト』人文書院、一七一頁）とかなりはっきりと両者の関係を否定している。しかし、このような立場には、〈科学的真理〉の知的前提とユダヤ的なるものに含まれる高度の科学性と反科学性についての洞察が欠けているから、それが俗耳に入りやすいという以外の説得性は取り立てて見当らない。

　フロイトが公然とユダヤの神秘思想に己れの思想の源泉を認めなかったのはほかでもなく、反ユダヤ主義が公然と横行していた十九世紀末のウィーンにおいて、自分の思想にユダヤ起源を認めることは、そうでなくても反対の多い学説に、不必要で多分致命的な反対論に決定的な感情論的根拠を与えることになったからにほかならない。

「意識的にせよ、無意識的にせよ、フロイトはユダヤ的神秘主義を世俗化したのである」(『フロイトとユダヤ神秘主義』プリンストン、一九五八、二五頁)と申し立てるバカンは、フロイトはしばしば曖昧な表現を使ったし、意識するとしないにせよ、彼の思想の深部を覆いかくそうとしたように思われるが、この深い部分というのはその源泉、内容ともにカバラ的なものであるとする。隠すこと自体がある意味ではカバラの伝統に属した。つまりカバラの伝統はその本質の一部として秘密性を帯び、秘密の事象を持つ。従って、隠しつつ、露にするという二重底の表出作用はカバラのものであった。それゆえ、文章記述《エクリチュール》に対するカバラの関係は決して一義的なものではなかった。カバラの伝統においては秘密の教義は一時に一人の人間に向って口頭で伝えられるべきで、それも特に選ばれた人間に暗示によって伝達されるべきだとする。

「カバラは世界を知ることを目ざす。世界の起源、世界の不可思議、世界の統治、世界の終りについて知ろうとする……。それは、理性を越えて、観想と幻想によって確実性に到達する。……カバラ学者は言《ことば》と質料の外見の彼方に、宇宙の奥義を凝視する」(アンドレ・シュラキ、渡辺義愛訳『ユダヤ思想』文庫クセジュ、白水社、九六頁)というカバラの目ざすところは、インド哲学から禅仏教の目ざすところとそう距たっているわけではない。

つまりカバラの秘儀とは、日常生活の論理に組織されている表層コミュニケーションのレヴェルを離脱して、われわれがふつう〈心眼〉と呼んでいる深層コミュニケーションのチャネルを探り出そうという技術である。従って、その概念は日常の論理から離脱する弾力性のある象徴と寓意に満ちているのは当然ということになろう。思いあがった近代の理性は、深層心理は、十九世紀末から二十世紀にかけて開発されたなどと考えがちであるが、実は、洋の東西を問わず、精神の内的宇宙を開発する技術は、さまざまの形で開発されていたのである。人間の内的宇宙を探るのに、第一義的に狭義の科学的概念が不可欠であるわけはない。

内的宇宙のための〈地図〉は、心のはたらきを自らの内的体験において旅をした人間によって長い間描かれていた。どのような地点には危険な穽《おとしあな》が仕掛けられているか、どのような指標（象徴）を使えば、どのあたりまで行けるか、いかなる象徴の組合せによって、未踏の傍道を見出すことができるか、時間的因果関係の論理を抜くことによって、それまで結びつかなかった二つの言《ことば》が結びついた結果、不可視の路がいかに可視のものに転じるか、等々、心的宇宙の中で位置を与えられた時、日常生活の中でその仮の指標としてその姿の一部を顕わしているにすぎない事物が、真に調和する諧調の中に置き換えられるのである。

このような立場、つまりインド哲学、グノーシス、プラトン主義、カバラに人間を赴かしめるような牽引力の（人間のすべての行為の意味がそこから生じる）源泉に眼を据える展望に立つ者なら、深層心理学の指摘は、内的宇宙の飛翔という、人間が太初の時代から自覚していた精神の技術の世俗化であったという事実に想い至るであろう。われわれが狭い意味で科学と呼んでいる技術が、内的宇宙から無理矢理引き離されて、外在化させられ世俗化させられた精神技術の伝統の一部の姿でないと、自信を持って今日誰が断言できるであろうか。少なくとも科学的想像力と呼ばれているもののモデルを遡源的に求めるならば、それは新しい現実《リアリティ》を切り抜く精神の技術、内的宇宙において隠れたものを露わにする技術としての裏側の世界の探索術――カバラはその代表的なものの一つであった――に行きつくはずである。

　これを言うのは心苦しいことなのだが、シュラキのタルムード解釈学についての説明を見てもわかるように、われわれが西欧的な制度として当り前のものとして受けとっている精神技術の一部としての「学問」と呼ばれる行為を構成している方法論的諸部分も、特に「――科学」も、その多くの部分は、カバラのような隠れた精神の技術の伝統に属していたものの世俗化にすぎないということが、今後われわれが数世紀に亘った〈科学祭祀〉から脱して、科学をモデルとした〈学問〉という行為の形態を相対化するパースペクティヴを身につけるに従って、次第に明らかになるはずである。

　深層心理学のカバラ的伝統との結びつきについては、バカンの研究を承けてデヴィッド・C・マックレーランドが「精神分析学と宗教的神秘主義」と題する研究の中で、さらにこの点を推しすすめている（『意識の根』プリンストン、一九六四）。この中で彼の強調するのは正統ユダヤ教の論理的厳格さに対するカバラの呪術＝情感的性格である。ユダヤ神秘《カバラ》主義の中心的教典『ゾーハル』は、想像力の産物であって理詰めの論法の産物ではない。その中心的な論法は暗喩と比喩であって、論理と緻密な推論とは自ら性質を異にしている。そこで注目されるのは精神分析が使った技法が「自由連想」であるという事実であり、さらに精神分析は人間を理解するのに「自由連想」という概念を使う前提を伝統の中に持っていたのである。というのは、『ゾーハル』では人間は読解さるべきテキスト（典籍《トラー》）として考えられるべきであり、とりわけザディク（宗教的指導者）の聖なる性格は生けるトラーの一種と解されるべきであると、特にハシディズム派は考えた。

　こういった指摘はわれわれにさまざまの想念を掻き立てずにはおかない。というのはまず、フロイトを守護列聖に加えようとしたブルトンらのシュールレアリストたちの「自動筆記」→「自由連想」といった理解は、少なくともフロイトに関する限りは正当な誤解であったのである。感激に打ち震えながらフロイトに会いにいったブルトンが、冷淡にあしらわれて失望して帰って来た、というのはよく知られた事実である。あくまでも自然科学的理性のイディオムを公的な拠りどころとしていたフロイトは、すでに述べたような事情から、彼の思考の真の根である神秘主義を公然と明るみに出すおそれのある同盟を拒絶するのは、当然であったと言えるだろう。しかし、フロイトの背後にカバラ解釈学の伝統を透視したブルトンらの判断は誤っていなかったはずである。同時に人間をテキストと見る視点はまさに、〈人間科学〉が現在目指している立場である。

とにかく、ユダヤ神秘主義同様、精神分析では、習俗の外的強制、抑圧的理性、道徳的義務の束縛から人間を解放するのに役立つのが、想像力や、自由連想、夢、隠喩の解釈の技法である。マックレーランドはさらに、カバラと精神分析が、〈性〉についてきわめて近い立場を持つことを示している。つまり〈隠れた力〉をひき出して、人間性により広い次元での再統合を可能にする媒体として、〈性〉の問題が捉えられる。「こういった考え方は、非ユダヤ世界には、ユダヤ的カバラの書物の深い影響のもとに書かれたゲーテの『ファウスト』において最も巧みに示されている」(同、一二七頁)という証言を彼はわれわれに示すのである。

ところで、われわれの世紀で〈世界の本〉にもっとも執拗にかかずりあっている人たちの一人として、ボルヘスを挙げるのに人はほとんど異見をさしはさまないであろう。『来るべき書物』の中でブランショは、このようなボルヘスについて、「書物とは、彼にとっては原理的に世界なのであり、世界とは一冊の書物である。……もし世界が一冊の書物であれば、どんな書物もみな世界である。……文学そのものに関して言えば、それが、個々の書物のなかに非人格的なかたちで存在する或る唯一の書物の尽きることのなき一体性であり、あらゆる書物の疲れきったくりかえしである……。……ところで、完全にそっくりのものがあるところでは、原文は姿を消す。起源さえも消え失せるのだ。かくして、世界は、もしそれが一冊の書物のなかに正確に移し入れられそこでくりかえされうるとすれば、いっさいの端初といっさいの終末を失うことになるだろう。そして、あらゆる人間が書きまたあらゆる人間がそこに書かれているような、有限にして限界を持たぬ球体的な量となるだろう。それはもはや世界ではなく、その可能の無限の総体のなかに崩壊した世界となるだろう。（おそらく、この崩壊こそ、おどろくべくまたいとうべき『アレフ』なのである）」（粟津則雄訳、現代思潮社、一四七—一四九頁）と述べる。

　さまざまな形で推察されるところでは、この、博学なること広大無辺の〝物語〟作者であるボルヘスは、ユダヤ的なものに、特殊の知的熱情を傾けていると見られるふしがある。私のこのような指摘は、ユダヤぼけによるマニアックなものと映るかもしれないが、例えば彼はある小説で、己れのポートレートを、「度の強い近眼で、無神論者で、極度にはにかみ屋のユダヤ人の新聞編集者」に仮託しているそうである（T・L・S「ラテン・アメリカ文学特集号」一九六八年十一月十四日号）。西遊記の金角、銀角が瓢簞《ひょうたん》によってそうするごとく、世界を本と物語の中に閉じこめ、従属させてしまうボルヘスは、アム・ハッセフェル——すなわち「本（ユダヤの律法書）の民」——の人類史的伝統の上に自らを鍛えあげて来たと言えなくもなさそうである。ボルヘス・スタイルの博学は、当然この伝統に触れるはずだから、この推察も満更乱暴だといって捨て切れないものを含んでいよう。

彼がユダヤ人的なものにある種の嗅覚を働かしていることは、例えば、爽快な博学の遊戯としてのエッセイ「『千夜一夜』の翻訳者たち」の中で、わざわざ「ユダヤ人ではあるが図書館長」をしていたグスタフ・ヴァイルの訳と強調してみる（土岐恒二訳、《現代人の思想》14、平凡社、一六八頁）ことにも看てとれる。もちろん、彼は、ユダヤ神秘経典『ゾーハル』に通じているようである（土岐恒二訳『不死の人』白水社、六三頁）。『不死の人（アレフ）』に収録されている、財産を奪われた父の報復のために、見知らぬ船員に身を任せ、その怒りを原動力として、父の財産を奪った工場の所有者を殺す筋立てのうえに、物語の一貫性を貫くための関節を外して書かれた短篇の被害者の名がアアロン・レーヴェンタール。名前だけでユダヤ人と察せられるが、死際に「その口はなにやらスペイン語とイディッシュ語で彼女を罵っていた」（同、一〇一頁）という記述も、それを示している。

「ツァラトゥストラの超人にとっては、憐憫は最大の罪とされているのだ。ブレスラウから有名な詩人ダヴィット・イェルザレムがわれわれの収容所に送られてきたとき、わたしはあやうくその罪を犯すところであった。彼はほぼ五十歳くらいだった。この世の富には恵まれず、迫害され、否定され、非難されて、彼はその天才を幸福に歌うことに捧げていた。……イェルザレムは、こまやかな愛情をもってどんなものにも喜びを見いだす。……一度見たら忘れない目と、黄疸にかかった顔に、ほとんど真黒い髭をしたダヴィット・イエルザレムはセファルディム系ユダヤ人の原型であった。もっとも実際には、堕落した、厭わしいアシュケナジム系に属していたが」（同、一二九―一三〇頁）というのは、アイヒマンを想わせるユダヤ人強制収容所長の目を通して描かれた、ナチス的世界に関する「ドイツ鎮魂曲」の一節である。この何気ない一節にもボルヘスのユダヤ人に関する並々ならぬ知識がひらめいている。

　イディッシュ語という言葉については、かつてヘンリー・ミラーが『我が読書』の中で、ヘブライおよびイディッシュ語に翻訳された西欧文学の量が並々ならぬものであることに腰を抜かさんばかり驚いているくだりがあったのが（田中西二郎訳、新潮社、二三八―二三九頁）、こんな言語があったのかなと私に注意をうながした最初の体験であったが、現在では、マラマッドやソール・ベローがロシアや東欧のユダヤ人を直接の題材にとり始めたので、「イディッシュ語」というのは比較的馴染みの深い言葉になりつつあるようである。アシュケナジムというのは、イディッシュ語の最も中心的に話された地方である。「独立の共同体がなければ、独立の言語というのはありえない。イディッシュ語というのは、ユダヤ人が千百年前に出現して以来ユダヤ人のアシュケナジム亜文化集団の言語であった」というのがマックス・ワインライヒの論文の書き出しである。ナチス・ドイツの憎悪したポーランド・ユダヤ人のイメージを典型的に喚起するのが、このイディッシュ語の中心「アシュケナジム系」という言葉であるのだ。「ヘブライ人とシナ人はあらゆる人間的情況を法文化した。『ミシュナー』には、安息日の黎明が始まったら仕立屋は針をもって街へ出かけてはならない、と書かれている」（ボルヘス、「ザーヒル」同書、一五六頁、傍点引用者）。

ついでながら『ミシュナー』というのはユダ（一七〇―二一七）のもとに編纂されたユダヤ教の伝統的律法書で、「それはその後の民族文化や文学の基礎となった」（シーセル・ロス）もので、ここでも、ボルヘスの東欧のユダヤ人についての的確な知識が一見さりげない記述の背後から浮び上ってくるのである。しかしこういった列挙は、一つ一つをとりあげると、大して意味がないかもしれない。ボルヘス自体が対話の中で、自らの世界の知的構築がユダヤ的知の世界を繞《めぐ》って形成されたことを認めている。

「――マドリッドでの生活についてお話し下さい。当時十九歳でした。

ボルヘス　アンダルシア生れのユダヤ系の詩人ラファエル・カンシノス＝アセンスに会うことができた。私はヨーロッパと訣別しようと思っていた。そしてカンシノス＝アセンスの中に西欧のみならず東洋の象徴とも言うべきものを見出した。彼と話をするのは世界中の図書館と話をするようなものだった。……」（セサール・フェルナンデス・モレノ、中川敏訳「ボルヘスは語る」『ユリイカ』一九七〇年八月号、八六頁）。

この邂逅が、ボルヘスに向って開いた知の世界の広さは、想像を絶するものがある。彼はここで、「本の民」のユダヤ人カンシノス＝アセンスを通して本の世界への鍵を手に入れたといっても決して飛躍にならないであろう。ところで、ボルヘスは十五歳の時ギュスタフ・メーリンクの『ゴーレム』によってユダヤ的象徴の世界に開眼し、また後には、ヴァルター・ベンヤミンのカバラについての師であったゲルショム・ショーレムの著作の熱心な読者でもあったのだ（E・R・モネガル『ボルヘス――自身による』パリ、一九七〇、九二頁）。

　ユダヤ人が書物の民だというしばしば耳にする常套句は、一見それが意味するより深刻な響きを底にたたえている。「木の橋」と題するカフカ論の中でモーリス・ブランショは、「真理や、生の掟を求めたときに出会うのが世界ではなく一冊の書物であり、一冊の書物の持つ神秘と命であるような世界があるとすれば、それはまさしくユダヤ教であって、ユダヤ教においては、いっさいのはじまりに、ことばと註解との力が確立されており、そこではすべてがひとつのテキストから発し、またそこへ戻る。これは、かずかずの書物のおどろくべき連なりがその中に巻きこまれている唯一冊の書物のようなものであり、ただ単に全世界の書物をふくむばかりではなく全世界にかわるものであり、全世界よりさらに広大で深く謎めいた図書館のようなものだ」（粟津則雄訳『カフカ論』筑摩書房、二〇六頁）と要約している。

　われわれは日々刊行される無数の書物が唯一の書物の中に還元されてしまうという考え方にはあまり馴れていない。しかし、こういった書物を持つ民がいて、その民の〈書〉の体験が、一度はルネサンス、他の一度はワイマールを軸とした二十世紀という二つの時期において、決定的な寄与を行ない、二十世紀が自らの知的危機と破綻の回避を、そういった寄与に負っているということを知るだけでも、われわれの知的風土と学問の基礎にこれまでになかった見透しがひらけてくるはずである。

5　知の越境者

ルネサンスは存在しなかった、または中世の収穫期にすぎないという、「ルネサンス」を幻想として却ける立場に対しては、「〃ルネサンス〃——自己規定か、自己欺瞞か？」および「ルネサンスとリナセンス」といったE・パノフスキーの強力な反論がある。中世の延長にすぎないという説について、精神史学者のハーバート・ワイジンガーは、対応を通してのアナロジーが成立するという点では、たしかに中世の思考様式は、そのまま、ルネサンスの思考様式であったとしながらも、次のように語っている。「私の強調したいのは、かりにルネサンスが中世であったとしても、それは、稠密にされ、加速された、実際、程度ばかりではなくて、種類においても、異質のものを構築するほど稠密になり、加速されたのである」（「ルネサンスについてのもう一つのつけ足しの説」『苦悩と勝利——神話の利用と濫用についての試論集』ミシガン、一九六四、七五頁）。その加速の程度というのは『中世』

という映画をやみくもにスピード・アップして上映し、そのために一つ一つの枠組は同じであるが、全然別の映画を見ているといったような感じなのであるとワイジンガーは説明する。

ルネサンスは、まさに中世という世界の亀裂から立ち現われて来た。別の言い方をすれば、亀裂を通して立ち現われたもう一つの世界、もう一つの現実の相貌を組織することによって立ち現われて来たと言えるのかもしれない。隠れた現実の相貌の組織、それが〈蒐集家〉＝拾い屋さんの仕事であった。ワイジンガーは、中世を特徴づけるのがモデルと事実の一致だとすると、ルネサンスは、事実の量がモデルの容量を上まわってしまった歴史的現象とみる。「中世は天体図を知っていた。だがその宇宙を確認するのに必要な分だけであった。ルネサンスもまた星晨《せいしん》を研究する。だがあまりにも数多く、あまりにも多くのことを発見してしまったので求心的な円環は裂け、粉々に飛び散ってしまった。中世は歴史を知っていた。だが論理と事象の生起の必然性を容認するのに必要な分だけであった。ルネサンスは、余りにも数多くの時代、余りにも数多くの異なった住民、余りに多くの慣習、あまりにも多量の人間の事件を知って、神のものなる事象のつながりを破壊してしまう。経験に対するルネサンスの渇望は、その情熱自体が自己増殖を遂げ、稠密化と加速が、思考と行為の各分野に姿を現した」（同書、七六頁）。

つまり、ルネサンスは一つの歴史の相であると共に、行為としての知の探求形式のモデルでもあるのだ。そのモデルを構成するある部分は、平板な日常生活を、現実の唯一のモデルとして、表層的な現実世界を支配するもの、これに奉仕するものによって強制的に押しつけられる時に始動しはじめるのである。蒐集家とは、まさに、そういった部分に生気を吹き込んだ存在にほかならない。

ヴィクトリア朝の平俗な日常生活の惰眠の夢を蕃族の跳梁する悪夢と化し、人間経験の新しい次元への道を切り拓いたフレーザーを今日、現地調査をしなかったといった経験論の次元で葬り去ってしまうのはきわめて容易なことである。しかし、旅行カバンを下げて全世界を闊歩したバスチャンを一方では無視しながら、フレーザーを歩かなかったという理由で非難するのは微視を事とする専門家の全くの身勝手と言うものであろう。バスチャンが蒐集家であったなら、フレーザーもそれに劣らず蒐集家だったのである。彼らはともに、平俗な時代の精神の射程に入らない知の領域にふみ入って、隠れた現実を照射する新しいモデルを構築するためのイメージを蒐集したのである。

フレーザーが自ら伐り拓きつつあった知の展望を、当時「もう一つのルネサンス」と呼んでいたことに共感を寄せながら、ワイジンガーは「フレーザーがルネサンスを想起したのは間違いではなかった。というのは、第一期ルネサンスが、新しい大地、新しい天体、新しい人間というものを明るみに出すことによってミクロコスモスとマクロコスモスの亀裂を修復不可能なまでに拡げてしまったように、第二期ルネサンスはこのギャップをさらに拡大させ、まだ殆んど同化されていない自然と人間の辺境を、いっそう驚異に満ちた次元と方向に押し拡げてしまった」（「真直線に伸びた枝」同書、一三一頁）と述べる。一つの世界を支配するとは、自分に最も都合のいい現実世界についてのモデル（これを一つの神話と呼んでいっこうに差支えないわけであるが）を意識的に——多くの場合は体質として無意識的に——強制することにほかならない。

いわばルネサンスとは、形骸化してしまった世界のモデルをなおも押しつけ、弾力性を失った神話を強制することに異議を申し立てる精神がいつの時代にもとる姿勢の集中的表現に他ならないのである。この精神が平俗な日常生活を相対化するために踏み出す第一歩は〈旅〉に出かけることである。己れをまだ汲み尽されていない価値の源泉に一歩近づけるために旅装を整えることである。一つの文化のダイナミズムは多かれ少なかれこうした〈旅〉に出かけて来た人間によって再生産されつづけるのである。旅、何処へ？ 自分が属する日常生活的現実のルールが通用しない世界へ、自ら一つ一つ道標を打ち樹《た》てて地図を作成しつつ進まなければ迷いのうちに果ててしまう知の未踏の地《ノーマンズ・ランド》へ、書の世界へ、自らを隠すことに知の技術の大半を投じている秘教の世界へ、己れが継承した知的技術を破産させるような知識で満ちているような知の領域へ、である。暗黒の中世からギリシャの光輝への復帰。今は教科書ではどう表現されているかは知らないけれども、ルネサンスの古典古代発見は、むしろ逆の運動であったのではないかと思われるふしがある。この点についてワイジンガーは次のように述べる。「われわれは、ルネサンス精神の働きの驚嘆すべき相貌の目もあやなる再現については、ワールブルク学派に属する他の人々と同様に、エドガー・ヴィントに負うところ大である。一、二の例を挙げるなら、ルネサンスが古典文化のリバイバルで、ルネサンスの詩人が古典神話の明るく澄んだ泉から汲みあげた水を直接賞味したと今でも考えている人には、気つけ薬としてパノフスキーの『入り組んで、屢々《しばしば》腐敗してさえいる伝統』という説明を呈したい。こういった伝統の中からルネサンスは古典神話の概念を摑みとったのだ」（ワイジンガー、前掲書、七九頁）。こういったさまざまの角度からの神話分析を通じてルネサンスの精神に光をあてたものとして、セズネックの『神々は死なず——ルネサンス芸術における異教神』、フランセス・イェイツの『十六世紀フランスのアカデミー』、スターンズおよびトールバートの『ルネサンスの辞書における神話と伝承』、ゴンブリッチのボッティチェリ（の「プリマヴェラ」）の研究、ヴィントの『ルネサンスの異教秘儀』を挙げる。これらすべての研究は、それがなされているときには地味で目だたぬものであったが、それらが完成されて里程標としてうちたてられてみると、ワールブルクの文庫を出発点として、知の未踏の地の遥か彼方にわれわれを導いていく、知の練り歩き《ペイジェント》になっていることにわれわれは驚嘆するのだ。

語呂合わせじみて恐縮だが、ルネサンスの他の側面は、ブルクハルトからオルテガを通してジャン・ジャクォー編『ルネサンスの祭儀』（一九五六）を構成する諸篇の論文に分析されたように、歴史を世界舞台と見たて、政治的世界を神話のダイナミズムと交錯させるペイジェントと、政治技術の円環の中で捉える世界観であり、このように歴史を演劇＝芸能と同じ次元でとらえることによって成立するものと見做す（折口、柳田学的用語を使えば）「風流」の精神をその象徴の分析において捉える視点は、ほとんど他ならぬアビ・ワールブルクがルネサンス期の絵画・版画、挿絵の蒐集の中から提示した視点の展開である（「一五八九年の間奏劇の演劇的衣装」《著作集》1、一九三二）。この点については、この共同研究に加わった執筆者がワールブルクについて言及するときの次の言葉によっても知られるであろう。「……このような視点は決して新しいものではない。それは一五八九年のフローレンスの有名な幕間狂言についての輝かしい解釈の示しているところである」（レオ・シュレーデ）、「この点については図像学的観点からなされたアビ・ワールブルクの精細を極めた素晴らしい研究がある」（エマニュエル・ヴィンテルニッツ）、「アビ・ワールブルクは、その該博な知識を駆使して象徴や蔽い隠されている数多くの暗喩を明るみに出した」（A・ベイエル）。

「蒐集家」ワールブルクの孤独な旅はカッシーラー、パノフスキーをはじめとする、その文庫を里程標の出発点としたさまざまの分野に相亘る〈知〉の狩人によってうけつがれていったことはここで繰り返すまでもないはずである。カッシーラーは、二十世紀の研究の嚆矢ともいうべき『ルネサンス哲学における個と宇宙』と題する著作の巻頭を「一九二六年六月十三日に六十歳を迎えたA・ワールブルク」に捧げる言葉で飾っている。その中で「……私は、貴方の文庫を知的センターとしている一群の研究者の不断の刺戟と激励がなかったならこの仕事を完成することができなかったでしょう。……その組織と、その知的構築において、文庫は精神史研究のすべての分野とすべての潮流の方法論的統一の理念を包括しています。……この文庫を利用する者すべては公的に、いかに文庫がわれわれに貴重であるか、いかに多くのものをわれわれがそれに負っているかを表明したく思います……」(カッシーラー、同書、ニューヨーク、一九六四、xiii頁)。

広く知られてはいないこんな人物の事蹟にどうしてこだわるのかと問われるかもしれない。しかしそこに、神話=象徴学、図像学《イコノロジー》、ルネサンス精神史、知の探求の形式としての蒐集、世界の演劇、ユダヤ的知性、越境的知性等々の問題が囲繞しているとしたら、関心を寄せない方が難しいということになる。たしかに、ユダヤ的知の共同体は、その完結性において、キリスト教を含む歴史的世界を〈書物〉中に先取りして、孤立した世界を営みつづけた。それはいわば〈知の隠れ里〉ともいうべき性格を持ちつづけて来た。しかし、十五世紀《クワトロチェント》と十九世紀から二十世紀の初頭にかけて、決定的な寄与を行なった。

フロイトと比較すると遥かに目だたぬ存在であったが、ワイマールの知的共同体を透してみるとき、アビ・ワールブルクの存在の持つ意味は、遥か東の涯に旅立ちの旅装を整えている者のための量り知れない励みとなるのである。二十世紀後半の知的探求において、書物と書物を越える表現のメディアのせめぎ合いは、いっそう中心的なテーマとなるであろう。しかし、書物と反書物としての象徴及びイコンが、湧き出て来る源泉を訪ねてみることは決して無駄なことではなかろうし、ルネサンスに終るわれわれが焦点をあてて来たいくつかのテーマは、絶えずわれわれに、それぞれが携わる知の探求の領域の相違を越えて帰還することをすすめてやまぬ部分なのである。

補遺　物語作者たち

廉価本の棚を漁っているとF・S・クラウス著、安田一郎訳『日本人の性と習俗――民俗学上の考察』（桃源社、一九六五年）という本を比較的廉価に入手することができる。筋のいい読書人・研究者は、こういった性学書的体裁で訳出される本をあっさり価値低きものと断じるきらいがないでもない。実際、この種の出版には様々のものが流れ込むから、特にこの方面に趣味を持たなければ、価値の判定を読者の一人一人が行わなくてはならず、いささかしんどいわけである。この本自体、道祖神の問題に関する比較民俗学的に興味ある指摘がなされていて私に有効な部分はすくなくないのであるが、本自体の吟味はさておいて著者の序文はわれわれの注意を喚起せしめる部分を含んでいる。

　これは、私のかねてからの疑問にも関係あるのだが、ユダヤ人と民俗学との、本来的なかかわりの問題につながるのである。というのは、私の限られた知識でも、特に東欧のユダヤ人は民間伝承研究に特殊な立場を占めている。フィンランドのクローン及びアールネ、ドイツのロマン主義言語学者グリム兄弟による民話採集、マンハルトの比較宗教史的研究、イギリスの民俗学会を創ったゴムなど、十八、十九世紀の民俗学は民間伝承の研究史では、グリム兄弟のそれを除けば、比較的地味であるか好事家的立場が優っていた。ところが、精神分析学に参加したか、または共鳴を示した民俗学的傾向を有する学者にユダヤ人が目立っているという事実がある。

例えば、ハンガリー出身のゲザ・ローハイム。この心理学者は『呪術と精神異常』や大著『オーストラリアのトーテミズム』などによって再評価の気運が高まっている民俗学的傾斜の強い研究者であるが、一九三〇年に刊行された『アニミズム、呪術、神なる王』の中でもハンガリーの民俗についての相当立ち入った知識を示している。

欧米では一般に、民俗学といえば、殆んど化石化した片隅の学問ということになっている。その理由は、通念ではキリスト教下での民間伝承の衰弱といった点があげられるし、地方主義の産物と受けとめられているに過ぎないかのようである。ところが、ローマン・ヤコブソンとかマックス・ワインライヒといった大言語学者たちに捧げられた記念論集を見ると民俗学者の寄稿の意外に多いのに驚く人もある。

東欧のユダヤ人と口頭伝承の関係は、現代のアメリカ文学におけるユダヤ系作家の物語的資質にもかかわり、アイザック・シンガーからショーレム・アレイヘム、更に近くは

『死者の歌』が訳出された（村上光彦訳、晶文社、一九七〇年）エリ・ヴィーゼルまで登場願わなければならなくなって来る。事実、東欧ユダヤ人には、タルムード研究に見られるようなソフィスティケートされた厳密な論理的思考の訓練と、最も豊かな空想力に働きかけうる民間伝承の双方が両立していた。後者はカバラ神秘主義の象徴的思考と民間伝承への愛着として彼らの伝統の中に根強く定着していた。「書物の民」のこの「口碑」（オーラル・トラディション）へのかかわりは、一つの文化の中で全く相反する知の伝達の形式が殆んど完璧な形で共存していた例であると言える。この点において、東欧ユダヤの伝統は、文字と文盲、文明と未開といった二元論的文明観を受けつけない部分を持っている。こういった東欧ユダヤ（アシュケナジム）の奇妙な文化的位相をヨーゼフ・ロートは、『放浪のユダヤ人』の中で次の如く表現した。

「彼らは西ヨーロッパ人にとっては、たとえば今日流行しているヒマラヤの住民と同様に縁遠く、なぞに充ちている。彼らを研究するのはさらにむずかしい。なぜなら彼らはヨーロッパ研究家の情熱の無防備な対象となるには理性的すぎるし、ヨーロッパの文明の浅薄さをすでに知っていて、映写機とか、望遠鏡とか、飛行機でもって感嘆させるわけにいかないから。かりに彼らが他の異民族のように非常にナイーブで、われわれの知識欲がそれを悪用できるほど客もてなしがとてもよいとしても、——それであってすら、ハシディムへの研究旅行を企てるヨーロッパの学者はほとんど居ないことであろう」（神品友子訳、邦高忠二編『亡命とユダヤ人』学芸書林、一九七〇年、四七頁）。

たしかに、こういった意味でハシディム（超正統派ユダヤ教徒）のユダヤ人コミュニティは、時間を超越していて、生なかの人類学者を寄せつけないところがある。ラビを中心とするこのコミュニティは、旧約以来の西欧の歴史の時間的展望のすべてを「終末の時」をも含めて展望に収めている。「彼らは知的人間である。彼らは、二千年以前から文盲が一人も居らず、新聞よりも雑誌の数の方が多い民族に属している。……まわりで他民族の百姓がやっと読み書きを苦労してはじめたのにたいして、ユダヤ人は耕しながら頭のなかでは相対性理論の問題をあれこれと考えている」（ロート、同書、九〇頁）。

だからといって、ユダヤ人が「機械文明」にがんじがらめに縛られているということでもない。ロートの言いたいのは「ユダヤ人の弁証法的理解力にくらべると、トラクターさえ単純な機具である」ということであり、機械は人間に置きかわることが出来ないという空しさを知っているということである。それ故にマルチン・ブーバーの『ゴグとマゴグ』（田口義弘・高木久雄訳、《ブーバー著作集》9、みすず書房、一九七〇年）にみられるような、豊かな口頭伝承の伝統は真に東欧のユダヤ人のものであったのだ。それは説話（物語）文学という形式性においても、身振りの一部としての語りとしての民俗的形式においても、発声言語文化を超えんとする或る一地点で発想（または発話）される可能性を常にはらんでいるのだ。ヴァルター・ベンヤミンによれば、この関係は、次のように的確に表現される。「物語るさいに手がみたしていた広場は、荒廃してしまった（物語るとは、その感覚的な面から見れば、けっして声だけの仕事ではない）。真の物語のなかにはむしろ手が働きかけるのだ、手はその仕事に熟達した身ぶりをもって、声高になるものを無数のしかたで支えるのだ」（高木久雄・佐藤康彦訳「物語作者」『文学の危機』《ヴァルター・ベンヤミン著作集》7、晶文社、一九六九年。ただし、ここでの訳は引用者による、以下同）。

もっとも物語作者レスコフを論じながらベンヤミンは、更に意識的に物語の立ち現われる地点に探りを入れている。物語は、選びぬかれた人間の状況としての経験の伝達の形態なのだ。「口から口へ」語りつがれる体験が、あらゆる物語作者の情報源である。物語には一種の透明性がある。というのは、口から口へ伝えられた体験というのは、その原体験が遠い時代か遠い地方に発しているという点で、聴き手の日常生活から一見離れているように見えながら、その実選びぬかれた状況と体験が語られているということにおいて最も内密なものでもあるという二律背反を「語り」そのものの中に潜めているからなのだ。こういった点をベンヤミンは次のように整理する。

「……無名の語り手たちには、むろん幾重にもたがいにまじりあっているのだが、およそ二つのグループがある。そして、それら二つをいきいきと体現したときだけ、物語作者の描く人物像は、まったき肉体性をかちうるのである。〈旅をしてきたのなら、なにか話すことがあるだろうさ〉と俗にいう、つまり語り手のことを、遠くからきたひとというふうに考えているわけだ。しかしその反面それに劣らず田舎に留まって実直に暮してきた人、田舎の口碑や伝承をよく知っている人の話にも、ひとは好んで耳を傾ける。で、この二つのグループをその太古の代表者の形であらわすとすると、一方は一所定住の百姓、他方は交易をいとなむ船乗り、に体現されるだろう。……この二つの太古の型のもっとも内密な交流なしには、あれだけひろい歴史的な幅をもった物語の王国の真の広がりは考えられない」(ベンヤミン、前掲書)。

ベンヤミンは、レスコフにこの二つの伝統の理想的な出遭いを見る。だから「レスコフは空間の遠方にも時間の遠方にも通じている」と言うのである。レスコフ自身が経験の狩人・蒐集家であったのだ。彼はさるイギリスの大商社のロシア代表員としてロシア中を旅してまわった。「この旅は、彼の世間知とともに、ロシアの現状についての知識をも大いにひろげることになった。……それは彼の物語のなかにその痕跡をのこした。ロシアの民話のなかにレスコフは、彼が正教派の官僚主義にたいしておこなってきた闘争の同盟者をみた」。彼の作品の中に一連の聖譚集がある。その中心人物がいつも義の人であるという事実にベンヤミンは深い意味を見出す。「たいていは素朴な活動的な男であって、それが一見したところこの世のもっとも自然なやり方で聖者になる」。このパターンはロシアの民譚ばかりでなく、東欧のユダヤ人の民譚のものでもある。ベンヤミンが注目したこのパターンこそは、例えば近くはバーナード・マラマッドの『もう一つの生活』(宮本陽吉訳、新潮社、一九七〇年）の主人公のユダヤ人シーマー・レヴィンに強く現われるものである。

レヴィンは盗癖のある父と、後に発狂した母のもとで育つ。しかし彼は健気にも『ウォールデン』のデイヴィッド・ソローの如く自然の懐に抱かれた聖者のような存在になろうとする。地方大学の教師になるが、何一つうまくいかない。彼は道化の役を演じるように廻りの世界によって仕むけられている。しかし「コメディーだと思って読みすすむうちに悲劇性が高まり、愚か者が聖者に変身している」（同書、訳者あとがき）というパターンはまさしく、アメリカ文学のロスト・ジェネレーションの一人ナサニエル・ウェスト――このユダヤ人は文運隆盛の時代に三十年も早く生れすぎたが、今日のユダヤ人文学を先取りしている薄倖の作家――の『ミス・ロンリーハート』（丸谷才一訳『孤独な娘』集英社、一九六八年）の人世相談担当の無名の（アイデンティティを剝奪された）主人公に現われたものであり、ヴィーゼルの語る義の人にも同じパターンは色濃くただよっている。義の人の廻りを物語が囲繞する根拠を示すためにベンヤミンは次のように述べる。

「レスコフの被造物を率いる人間たちは〈童話的に流れ出した〉ひとびと、義の人だ。パヴリン、フィグーラ、かもじの芸術家、熊の監視人、人助けのすきな衛兵――これら、智慧や、善意や、この世の慰めを体現している者たちはみな物語る者のまわりにおしよせる。……義の人は被造物の代弁者であり、同時にその最高の具現である。それはレスコフにおいて、ときとして神話的なものにまで高まった（と同時にむろんそのことで童話的純潔をそこなった）一種の母系混血をうける。彼の物語『養い人にしてプラトン主義者、コーチン』の主人公だ。この人物、百姓のピゾンスキーは、男女両性である。十二年間彼は母親から少女として養育された。男性的部分とともにその女性的部分も成熟し、そして彼の両性具有は〈神人の象徴〉となる」（ベンヤミン、前掲書）。

こういったベンヤミンのレスコフ批評の視点は、彼が東欧のイディッシュの物語の世界に対する感受性を身につけていなかったら殆んど不可能なのである。そういった視線と対象の見事な一致と共に印象深いのは、東欧の民俗的世界が、昔話に現われた殆んど文化の体質とも言える部分に新プラトン主義と軌を一にする形而上学的志向性を秘めているという事実である。或いは私は、物語る精神に反映する民俗的世界は殆んど普遍的にそういった親近性を抱いている、と言うべきなのかも知れない。

というのは勿論、レスコフはロシアの民俗的土壌に東欧のへ；つラブ的ユダヤの民俗の世界と共通の想像力の温床を持っていたが、ユダヤ人ではなかったし、ヘッベルにしてもしかりである。

現代の物語作者を挙げよと言われたら、私は躊躇することなくカーレン・ブリクセンとボルヘスを挙げるだろう。後者は、既に示したように意識的にユダヤの伝統に入り込んで自らの知的つぎ木に成功した例である。その博識はよく知られるところであるが、にもかかわらずボルヘスが、ベンヤミンの言う、物語の二つの太古の型の一つ、定住型・「伝説の時間的」な距離をその物語性の前提とする一方に属するとすれば、もう一つの「遠くから来たひと」、つまり「異国の空間的な」便りを携えて来る物語の太古の型のもう一方を代表するのがブリクセンと言えるかも知れない。

カーレン・ブリクセンといっても、つい最近まで日本では殆んど知られていなかった大作家の一人である。川端康成氏がノーベル賞を与えられた時に或る夕刊新聞で、エドワード・サイデンステッカー氏が、川端が他国で知られないのは日本でカーレン・ブリクセンが知られないのに等しいといった意見を書き記していた。ブリクセンはノーベル賞をこそ与えられなかったが、ノーベル賞に関連して、他の場でも引き合いに出されている賞に間接的には縁の深い作家である。というのはフォークナーがノーベル賞を与えられた時に、「私よりもカーレン・ブリクセンのような人に賞はいくべきだったのだ」と賞讃の言葉をはいたために一躍知られるようになった特異な作家だからである。サイデンステッカー氏が、それを意識して再び、川端氏の受賞に際して、フォークナーの故事に倣ったのかは知らないが、ハンナ・アレントの『暗い時代の人々』（一九五五）の中で、ヤスパース、ヘルマン・ブロッホ、ヴァルター・ベンヤミン、ブレヒトなどとならべてアイザック・ディーネセンというペンネームの彼女を論じているところから見ても、彼女の特異性を推しはかることができるであろう。

ところで何でお前が、ディーネセンについて知ったかぶりをしなくてはならないのかと問われると、あわてて差し示す動機というのは殆んど愚にもつかないこじつけにすぎないものである。私は本業がアフリカ研究の人類学であるから、いきおいアフリカに関係あるものは何となく身びいきする幼稚な癖がある。カーレン・ブリクセンの場合も、ジョイス・ケアリーの場合も殆んど同じ理由から、つまり彼らが長い間アフリカで住んだ土地の近くに私も滞在したというだけの他愛のないものである。ブリクセンの『アフリカから』（一九三七）は、彼女が二十年間農場主として滞在したケニアの自然と人についての回想文学である。彼女は二つの面で、特に際立った才腕を示したと考えられているが、その一つは、登場人物の神話化による処理の巧みさと、クライストの系譜をひく人形劇的舞台の設定、物語作者としての語り口である。幸い彼女の作品のアンソロジーは『ノルダーナイの大洪水』という題で山室静氏によって訳出されている（新潮社、一九七〇年）から、もはやわれわれにとって全く無縁な存在という訳ではない。物語作者としてのブリクセンをアレントは「彼女が現代文学において占めている位置は殆んど稀なものである。尤も、十九世紀作家ではクライストやヘッベルなどが彼女の占めた位置に対応するものであると云えるが」（『暗い時代の人々』原著九八頁）と大変な称讃を与えている。

ハンナ・アレントは何故これ程に物語作者ブリクセンに固執するのであろうか、それは他でもない、彼女自身が物語的方法によってしか表現できない世界についての感受性が存在すると考えるか感じているからに他ならないであろう。「物語をするという行為（ストーリーテリング）は、意味を定義するという過ちを犯さずに露わにし、ありのままの事物との同意と和解を成立させ、究極的にはわれわれが〈最後の審判の日〉に期待する最後の言葉にもあたるものを含んでいると見做してよいようなものである」（同書、一〇五頁）といって、すぐれた物語においては、選び抜かれた人間の状況が重ね合わされることをほのめかす。選びぬかれた簡潔性の故に物語の状況は神話的であり、登場人物は神話を祖型とすることができるのである。そしてブリクセンにあっては、人物は神の操り人形としての高度の象徴性を帯びることができたのである。

「物語の語り手が物語に忠実な時には、そこで、竟《つい》には、沈黙が言葉になる。物語が語り手によって裏切られるときには、沈黙は単なる空虚にすぎない。しかし、われわれ、信ずること深き者らは、われわれの最後の言葉を唇にのぼせた時に、沈黙の声を聴くのである」とはアレントの引用するブリクセンの言葉である。こういった極限の言葉を可能にするのは「世界は語られることを待ちのぞんでいる物語、事件、出来事、奇異な突発事で満ち満ちている」からであり、「それらが語られないままでとどまっているのは、ディーネセンによれば、想像力の欠如のせいなのだ。……生活を想像力の中で繰り返すことをしなければ、人は決して充分に生きることはできない。〝想像力の欠如〟は人々が〝存在すること〟を妨げている」（同書、九七頁）とアレントは言う。つまり、生活はそこで、人が〝何もの〟かと出遭うきっかけを与える場なのである。

　カーレン・ブリクセンは、何処かで、〝出遭い〟を持った、そして、われわれが見聞き、触れる世界の底に、われわれが見失った世界に至る道を示す断片としての状況を丹念に採集して、これを織り合わせて行くことによって、そういった世界を恢復することも不可能でないことを自覚したのである。そこで彼女は状況の蒐集家となったのだ。そういった彼女を可能にしたのが彼女の二十年にわたるアフリカ体験であったとしか考えられない。といっても、それはアフリカに滞在したからということでなく、すくなくとも、アフリカに滞在しなかったら、物語作家としてのブリクセンは誕生していなかったかも知れないという消極的な意味であっても構わない。その理由を示すには『アフリカから』の語り口を示さなければならないわけだけれども、この道の専門家でない者の分際をわきまえて、ハンナ・アレントもディーネセンに関する最良の批評家と言い、事実神話批評の分野でも相当の目ききと見られるロバート・ラングバウムに肩がわりして貰おうと思う。

　ラングバウムはその著『幻の華麗さ——アイザック・ディーネセンの一研究』（ロンドン、一九六四）の中の「アフリカ回想における自伝と神話」と題する章を、「『七つのゴシック風物語』は西欧についての最も偉大な物語である。何故ならばアイザック・ディーネセンのアフリカ体験がその背後にあるからだ。同じようにして、西欧は『アフリカから』の一語一語の背後にたたずんでいるのである」という言葉で始めている。『アフリカから』の背景になっている伝記的事実は、従兄のブリクセン男爵と結婚した後、社交界を捨てて、夫妻でアフリカに赴き、ライオン狩りをしていたブリクセンが、第一次大戦に応召したまま帰って来ない夫から三下り半を送られ、コーヒー園を経営して、十六年間苦闘の果て、失敗して、アフリカを去る迄の歳月の事どもである。「作品は、アフリカをわれわれの裡にとり込ませることによってアフリカの〝感じ〟を伝え、われわれをその体験の内側に導き入れる」。「同時に、個人的な物語、すべての深い西欧の精神拡大の物語の再演として立ち現われる。その理由は、まさに、物語が、極めて〝現実的で〟いて、しかもきわめてわれわれのものと異なっておりながら、奇蹟的に、他者（自然、過去、失楽園以前の世界）についての西欧的神話の現実化である一つのアフリカに生起しているからである」（同書、一二一頁）。つまり、個人の体験が西欧では隠れたものとなっている世界との出遭いが可能な現実のレヴェルの上で語られているのである。

　誤解を避けるために言っておくが、第一次大戦後のケニアは、もはや植民地的状況としての日常生活――賃金労働・都市化・労働運動――がすでに展開しているような世界であった。にもかかわらず、異なった現実を背負った人間（「彼女はアフリカでは、神話生成の心性がいまだに失われていないのを見聞した」）（同書、一二八頁）に出遭うことは決して不可能ではなかったのである。「われわれはアイザック・ディーネセンの個人的な夢としてのアフリカが現出するのを認める故に、われわれはそれを文化的な夢の現出と知るのである」。つまり、始原的な黄金時代の西欧的な神話の現出がディーネセンの「アフリカ」

においては可能であると説かれる。その黄金時代とは、「われわれの潜在的な部分のすべてが表出させられていた、われわれが神性を帯びていた時」（同書、一二二頁）といった一つの潜在的な現実――物語の内奥をなすもの――の謂いに外ならない。このようにブリクセンはアフリカの幻影を通して、現実生活の人間が神話的状況と二重写しに現われる皮膜に接する透視術を獲得したのである。『アフリカから』において、「アフリカは鋭角的な歴史感覚と共に、人間と動物が互いに混り合い風景と目に見える情景がその目に見えない事象のすべてと融け合うような、事物の不可視の心底における自然の無時間的生命の感覚をわれわれにもたらす舞台として使われている」（同書、一三〇頁）。

　ボルヘスにとって、ユダヤの知的宇宙であったものが、ブリクセンにおいてはアフリカであった。共に、西欧の公認の世界ではもはやその糸口がつかめないような或る世界への接点を、それぞれの体験の中で捉えたと云えるし、そういった二つの世界に身を置くことを知った時それぞれにおいて、共に二十世紀の神話誌家としての物語作者が誕生していたと云える筈である。尤も、神話作者としてのボルヘスはブリクセンより、いくらか意識的であったと言えよう。E・R・モネガルは『ボルヘス――自身による』の中でこの間のいきさつを次のように伝える。「〈永遠回帰、エディポス、スフィンクス、迷路、ミノタウルス〉といった彼が詩・物語・論考でとりあげた普遍的神話にせよ（彼がアルゼンチンの歴史の逸話や、またはブエノス・アイレスの地形学の解釈を試みながら創造する種類の）、ぐっと地方的で、同じことだが、個人的な神話にせよ、（鏡とか虎といった場合におけるように）彼のみに通用する種類の象徴でもよいのだが、何よりもまずボルヘスは神話系を創出するのである。彼はまず地方的な神話から出発して、体験そのものとしてはきわめて個人的であるが、にもかかわらず普遍的である神話にたどりつくのである」（E・R・モネガル『ボルヘス――自身による』パリ、一九七〇、二八頁）。ボルヘスがその想像力の質において定着型に属するゆえんである。

再びベンヤミンに戻れば、われわれは、東欧・西欧の民俗的世界、非西欧の神話＝象徴的世界をたぐっていけばいく程、新プラトン主義が、こういった世界を理解する「モデル」として有効になる傾向に気づきはじめている。このあたりは、いささか説明に困難を感じないでもないのだが、カバラと新プラトニズムとがあれ程深く混淆しあって、互いに深い影響を及ぼしあったのも、両者の基底を支える神話＝象徴的イメージへの親近性という事実によって説明できるかも知れない。民俗的世界と物語の再現する世界もまさに同じ契機を通して、きわめて近接した地点にわれわれを運ぶことができるのだと言えるかも知れない。

「すべての偉大な物語作者に共通するのは、かれらがその体験の段階を、梯子にでものるように、上ったり降りたりするさいの自由闊達ぶりだ。一方では地の底に達し、一方では雲のなかに消えている梯子、それこそ集団体験の像で、これにたいしては各個人のもっとも深い突撃、つまり死さえも、いかなる障害、制限を加えることもできないのである」とベンヤミンが語るとき、物語は殆んど、宇宙を構成するすべての事物が何らかの形で呼応しあうというプラトニズムの万有一元的世界像の媒体であると語られているかの如くである。事実ベンヤミンは、レスコフが、フィロンやプロティノスと共にアレクサンドリアのプラトニズムの担い手であったオリゲネスの影響下にあったことを注意深くとりあげる。

「問題になるのは、ギリシャ・カトリック教会の教義に助成されたさまざまな傾向のことである。周知のとおりこの教義では、ローマ教会から非難されたあのオリゲネスの万有再興説《アポカタスタシス》――つまり、すべての霊魂の天国への回帰説――についての思弁がひとつの重要な役割をはたしている。レスコフは非常にこのオリゲネスの影響をうけていた。彼はその著作『根源について』を翻訳しようと企てていた。ロシアの民間信仰に従って彼は復活を、変容というよりはむしろ（童話に近い意味合いで）魔法からの救出というように解していた。オリゲネス説のそのような解釈が『魅せられた旅人』の基にあるものである」（ベンヤミン、前掲書）。

物語的体験はすべての事物の外的な殻――たとえそれが平板な日常生活の現実によって堅く被われていても――を透して浸透し、事物と体験を、それが本来属している秩序に返すのだ。それ故物語的感受性を羅針盤とするレスコフは「被造物の高みへの到達を見、同時にまたおそらく、地上と超地上の世界のあいだに橋が架けられたのを見ているのだ」。

今日のカバラ学者ゲルショム・ショーレムの影響のもとでカバラについての知的な探究にも携わっていたベンヤミンには、この義人が、〈トラーの書〉の言う、〈書物としての人〉、人がその生涯――つまり選びぬかれた体験の集積――の中に読みとるべきメッセージをちりばめた生ける書物すなわち「人間の外にあるわけではない神話的なものの担い手」であるということに気づいていたのである。

物語の様式は、文字の世界でいえば引用という形で表われるものなのだ。私がナイジェリアで昔話を採集した経験にそくして、これを敷衍するならば、話者にとって、彼の生活の中の行為及び発話の流れにおいて、昔話を語るという行為自体が、既に文章の中における引用に対応するのである。その上で更に、或る特定の時間的継起の中で、特定の物語を選ぶということの中には、物語の内容または筋を超えた意味の賦与が秘められている。そこで、更に、「話」そのものは、伊藤整が『鳴海仙吉』の末尾の部分で、日露戦争の手柄話が、同一であるという立て前を持つことによって、逆に一定の流動性を持つさまを示した如く、部分的な筋の末端の取捨選択、部分的肥大が可能であるという点において、意味の変換を含まざるを得ない「引用」と対応するのである。ヴァルター・ベンヤミンは、そのような意味で、ユダヤの民俗的伝統の上に立っていると、ここで説くのは唐突にすぎるであろうか。ハンナ・アレントの「ベンヤミン論」（『文芸』一九六九年九―十一月号）の重点の一つが、その「引用魔」的側面におかれているのは偶然ではなかろう。アレントの定義では「ベンヤミンは、最大の誇りが大部分引用句から成る作品を書くこと——想像しうる限りの気ちがいじみた寄木細工の手法——であり、論文の冒頭に置いた六つの引用句に最大の強調点を置くような作家」なのである。

誇りからであるかどうかわからないが、殆んど引用からなる作品を書いたのがミシェル・ビュトールである。その『仔猿のような芸術家の肖像』（清水徹・松崎芳隆訳、筑摩書房、一九六九年）は、まさに、錬金術師世界における芸術家の死と再生の秘儀による、ミシェル・ビュトールという作家の誕生の物語であるが、この作品に特徴的な引用によるモザイク的構成についてこう書いている。「〈寄せ集め細工〉で自伝を書くのは、かれの文学観によればすこしもナンセンスではないのだ。〈すでに、じつにたくさんの書物が書かれている〉と、かれはよく口にする。ぼくたちは、すでにさまざまの書物が存在するそのなかに、文学が、音楽が、絵画がすでにありあまるほど存在している世界のなかに、生まれてくる。だから、ぼくたちがみずから語りだすまえに、ぼくたちの像は（自分を含めた世の人びとによって）すでに読まれてしまっている、すでに聴きとられてしまっている、みずからの姿を示すまえに、すでに見られてしまっているといっても、けっして過言ではないのだ」（同書、二五四頁）。これは今日、われわれを襲う深刻な不安である。

〈知〉の世界を究めれば究めるほど、論理と概念と言葉の組み合わせとしての表現形式と、文章体に収斂しうる程度に還元された世界についてのイメージで、これまで、使い古されていないストックというのは、それ程ないという実感を抱くにいたる筈である。われわれが口にし、書き記すのはすべて、使い古されたメタファーの単調な反覆にすぎないのではないかという不安に捉われないで何事かを書き誌すことの出来る万人に幸いあれ。つまり、東欧ユダヤ的伝統に則して言えば、「タルムード」解釈につかわれていないような論法があり得るのか、〈世界の書物〉たる「トラー」に書き記されていないような人間の状況が有りうるのだろうか、〈カバラ〉に示されていない象徴の組み合わせがあり得るのだろうかという深刻な疑念である。事が深刻なのは、こういった疑念がユダヤ的伝統の内部のものでなく、外へ流出して、真摯に〈知〉の探究に従事するものに、それが人間の根元的にして普遍的な状況に置きかえることができるという自覚となって定着しつつあるということである。人間のあらゆる可能な状況はカバラ＝ユダヤ的知の世界においてくまなく究めつくされているというのは、例えばゲーテの抱いた疑念でもあった筈である。

そこで今日のわれわれに残された道の一つは、読まれてしまっている状況の新しい組み合わせ、つまり「引用」の新しい方法によって、蔽われている現実を開示することである。これが、ビュトールの方法であるが、既にわれわれの示したようにこの小径は、ベンヤミンが批評的思考の枠組の中で、意識的に試みていたものなのである。『未知への痕跡』（菅谷規矩雄訳、イザラ書房、一九六九年）の中で、エルンスト・ブロッホはまさに物語るという「行為」を「物語」を「引用」するという——訳者菅谷氏の巧みな表現をかりれば「ひとつの物語を手がかりに、その物語を構成する諸要因をひとまず分解し、そこに潜在していたモティーフをひきだすことによって、あらたな構成への転移の可能性を告げるのである。……その方法の核心をなすのは、モティーフの〈改釈〉のしかたである」といった——いわば東欧ユダヤ社会の民俗文化に固有のものであった「行為」の一形式の延長線上で行っているのである。生き生きと民俗形式として脈うって生きつづけた〈物語〉の形式についてヨーゼフ・ロートは次のように語りつづける。

「そもそも叙事的な才能は東ヨーロッパではよく見かける。どの家族にも、話を語ってきかせることのできる叔父さんがいる。それは、彼らの物語をあらかじめ創作したり、あるいは語ってきかすあいだに物語を創作したり、すじを変えたりする、つつましやかな詩人たちなのである。

冬の夜は寒くて長い。彼らはふつう暖房用の薪を十分にもっていないので、物語師は数杯のお茶や、いくらか暖かいことを代価によろこんで物語る」(邦高編、前掲書、五六頁、傍点引用者)。

このような叔父さんの姿が、エルンスト・ブロッホまたはベンヤミンに直接或は間接に影を落していることは、シャガールの詩的宇宙の共鳴板がノイヒ叔父さんの田舎バイオリンによって奏でられていたという事実と殆んど等しく確実なことと思われる。

そうすると、物語る精神(ベンヤミン)こそ、東欧ユダヤ人の残した遺産の最も豊かな部分であるということになるのかも知れない。「小説を書くとは、人間生活の描写のなかで、公約数になりえぬものを極限までおしすすめることにほかならない。……小説を読むことが占めている、あのあつかましい拡がりほどに、内的人間の危険な沈黙を助長するものはなく、物語る精神をこれほど徹底的に死滅させるものはない」とベンヤミンは説いた（高木他訳「小説の危機」『文学の危機』前掲書）。しかし、ベンヤミンは、亡命形式というアイデンティティを根こそぎゆさぶる脅威の中で、非時間的な意識の空間を構築し神話を抑え込む試みの果てに「極限」をやぶったヘルマン・ブロッホやロベルト・ムージルの立ち会い人になることは出来なかった。

文献案内

二十世紀後半の知的起源

スチュアート・ヒューズ『意識と社会――ヨーロッパ社会思想 一八九〇―一九三〇』生松敬三・荒川幾男訳、みすず書房、一九七〇年
カルロ・アントーニ『歴史主義から社会学へ』讃井鉄男訳、未来社、一九五九年
ピーター・ゲイ『ワイマール文化』到津十三男訳、みすず書房、一九七〇年／亀嶋庸一訳、同前、一九八七年
N・O・ブラウン『エロスとタナトス』秋山さと子訳、竹内書店、一九七〇年
フランツ・ノイマン『ビヒモス――ナチズムの構造と実際』岡本友孝他訳、みすず書房、一九六三年
スチュアート・ヒューズ「フランツ・ノイマン――マルクス主義とリベラル・デモクラシーの間」荒川幾男訳、『みすず』一九七〇年一月号／『知識人の大移動』2《亡命の現代史》4、みすず書房、一九七三年
エルンスト・カッシーラー『啓蒙主義の哲学』中野好之訳、紀伊国屋書店、一九六二年
ジークフリート・クラカウアー『カリガリからヒットラーまで』平井正訳、せりか書房、一九七一年
トーマス・マン『魔の山』高橋義孝訳、新潮文庫、一九六八年
ギルバート・ハイエット『西洋文学における古典の伝統』柳沼重剛訳、筑摩書房、一九六九年

由良君美「想像力とユートピア」『伝統と現代』一九六九年十月号
ピエール・フランカステル『絵画と社会』大島清次訳、岩崎美術社、一九六八年
パオロ・ロッシ『魔術から科学へ——近代思想の成立と科学的認識の形成』前田達郎訳、サイマル出版会、一九七〇年
エルンスト・カッシラー『国家——その神話』河原宏・浅沼和典・秋元律郎訳、理想社、一九五七年
コンスタンス・ルーァク『アメリカ文学とユーモア——国民性の研究』原島善衛訳、北星堂書店、一九六一年
エミール・デュルケム、マルセル・モース『人類と論理——分類の原初的諸形態』山内貴美夫訳、せりか書房、一九六九年
エルヴィン・パノフスキー「われ、また、アルカディアにありき——プッサンと哀歌の伝統」土岐恒二訳、篠田一士編『伝統と現代』《現代人の思想》14、平凡社、一九六九年
ヴァン・ブレダ「フッサールの遺稿救出とフッサール文庫の創設」立松弘孝訳、『現象学研究会会報』4、せりか書房、一九七〇年
E・R・クルティウス『バルザック論』野上巌訳、河出書房、一九四二年／小竹澄栄訳、みすず書房、一九九〇年
E・R・クルティウス『現代フランスの文学開拓者』大野俊一訳、白日書院、一九四七年
E・R・クルティウス『現代ヨーロッパにおけるフランス精神』大野俊一訳、角川文庫、一九五五年
J・ケアンズ「カール・ベッカー」高木誠訳、『アメリカーナ』一九五五年十一月号
P・ザゴリン「カール・ベッカーと歴史学」池田清訳、『アメリカーナ』一九五七年十月号
L・ガーショイ「ザゴリンのベッカー解釈」池田清訳、『アメリカーナ』一九五七年十月号

Hans Meyerhoff, Time in Literature, Los Angeles, 1960.（『現代文学と時間』志賀謙・行吉邦輔訳、研究社、一九七四年）

Peter Gay, The Enlightenment, London, 1966.

Ernst Cassirer, The Philosophy of Symbolic Forms, 3 vol., Yale, 1957.（『シンボル形式の哲学』1—4、生松敬三・木田元・村岡晋一訳、岩波文庫、一九八九—九七年）

Frances Yates, Giordano Bruno and the Hermetic Tradition, London, 1964.（『ジョルダーノ・ブルーノとヘルメス教の伝統』前野佳彦訳、工作舎、二〇一〇年）

Frances Yates, World Theatre, 1969.（『世界劇場』藤田実訳、晶文社、一九七八年）

Frances Yates, The Art of Memory, London, 1966.（『記憶術』青木信義他訳、水声社、一九九三年）

E. H. Gombrich, Art and Illusion, Oxford, 1960.（『芸術と幻影』瀬戸慶久訳、岩崎美術社、一九七九年）

E. H. Gombrich, In Search of Cultural History, Oxford, 1969.

Ernst R. Curtius, European Literature and the Latin Middle-Age, New York, 1963.（『ヨーロッパ文学とラテン中世』南大路振一・岸本通夫・中村善也訳、みすず書房、一九七一年）

Erwin Panovsky, Meaning in the Visual Arts, New York, 1955.（『視覚芸術の意味』中森義宗他訳、岩崎美術社、一九七一年）

P. A. Schilpp(ed.), The Philosophy of Ernst Cassirer, Evanston, 1949.

M. Nicolson, The Breaking of the Circle, Evanston, 1950.（『円環の破壊——17世紀英詩と〈新科学〉』小黒和子訳、みすず書房、一九九九年）

Erwin Panovsky, Essays in Iconology, 1937; Essais d'Iconologie, Paris, 1969.（『イコノロジー研究』浅

野徹他訳、美術出版社、一九七一年）
Arnold Zweig, Insulted and Exiled, London, 1934.

ユダヤ人の知的熱情

シュテファン・ツヴァイク『昨日の世界』上・下、原田義人訳、慶友社、一九五二年
ジョージ・スタイナー『言語と沈黙』上・下、由良君美他訳、せりか書房、一九六九年
邦高忠二編『亡命とユダヤ人』《現代世界文学の発見》4、学芸書林、一九七〇年
アイザック・ドイッチャー『非ユダヤ的ユダヤ人』鈴木一郎訳、岩波新書、一九七〇年
M・バフチン『ドストエフスキイ論』新谷敬三郎訳、冬樹社、一九六八年
水野忠夫編『ロシア・フォルマリズム文学論集』せりか書房、一九七一年
川端香男里「ロシア・フォルマリズム再検討」『中央公論』一九七〇年四月号
V・シクロフスキー『散文の理論』水野忠夫訳、せりか書房、一九七一年
テオドール・アドルノ「ウィーン」川村二郎訳、篠田一士編『伝統と現代』《現代人の思想》14、平凡社、一九六九年
マリー・シートン『エイゼンシュタイン』上・下、佐々木基一・小林牧訳、美術出版社、一九六六―六八年
ゲルハルト・ツァハリアス『バレエ――形式と象徴』渡辺鴻訳、美術出版社、一九六七年
A・ヴォリンスキー『カラマーゾフの世界』道本清一郎訳、安芸書房、一九四六年
A・ヴォリンスキー『偉大なる憤怒の書』埴谷雄高訳、みすず書房、一九七〇年
A・デーブリン『ハムレット――あるいはながき夜は終りて』早崎守俊訳、筑摩書房、一九七〇年

ヴァルター・ベンヤミン『文学の危機』高木久雄・佐藤康彦訳、《ベンヤミン著作集》7、晶文社、一九六九年
V・シクロフスキー『文学と映画』八住利雄訳、原始社、一九二八年
ヴェルナー・ゾンバルト『ユダヤ人と資本主義』長野敏一訳、国際日本協会、一九四三年
アルフレート・アインシュタイン『音楽と文化』浅井真男他訳、白水社、一九六九年
トロツキー『文学と革命1』内村剛介訳、《トロツキー選集》11、現代思潮社、一九六五年
安部公房「内なる辺境」『中央公論』一九六八年十一、十二月号
ヨーゼフ・ロート『ラデツキー行進曲』柏原兵三訳、《世界文学全集》第五七巻、筑摩書房、一九六七年
ウラジーミル・ナボコフ『賜物』大津栄一郎訳、白水社、一九六七年
イリヤ・エレンブルグ『わが回想——人間・歳月・生活』第三部、木村浩訳、朝日新聞社、一九五八年
アーネスト・ジョーンズ『フロイトの生涯』竹友安彦・藤井治彦訳、紀伊国屋書店、一九六九年
クラウス・マン『黒い涙』土方学洋訳、ダヴィッド社、一九五五年
クラウス・マン『転回点』全三巻、小栗浩他訳、晶文社、一九七〇—七一年
リオン・フォイヒトワンガー『ソビエート紀行』道本清一郎訳、クラルテ社、一九四六年
リオン・フォイヒトワンガー『猶太人ジュス』谷譲次訳、中央公論社、一九三〇年
リオン・フォイヒトワンガー『ゴヤ』坂崎乙郎訳、美術出版社、一九七〇年
G・ルカーチ『運命の転回第2——病める芸術』真下信一他訳、平凡社、一九五八年
フレット・エルスナー『ローザ・ルクセンブルク——その業績と生涯』杉山忠平訳、理論社、一九五

五年
ローザ・ルクセンブルク『ローザ・ルクセンブルクの手紙』北郷隆五訳、青木文庫、一九五二年
レオポルド・インフェルト『真実を求めて』鶴岡重成訳、みすず書房、一九六六年
ルネ・レーボヴィッツ『シェーンベルク』船山隆訳、白水社、一九七〇年
ペーター・ヴァイス『亡命のトロツキー』岩淵達治訳、白水社、一九七〇年
Claude Lévi-Strauss, La structure et la forme, in Cahiers de l'Institut de Science économique appliquée, Série M, no. 7, Paris, 1960.
Victor Erlich, Russian Formalism, 3rd ed., The Hague, 1969.
J. Frumkin, et al. eds., Russian Jewry, New York, 1966.
Nina Gourfinkel, Vsevolod Meyerhold, le Théâtre théâtral, Paris, 1963.
Vladimir Propp, Morphology of the Folktale, ed. with an introduction by Svatava Pirkova-Jacobson, Indiana University Research Centre, Publication 10, 1958.（『昔話の形態学』北岡誠司・福田美智代訳、書肆風の薔薇、一九八七年）
Groucho Marx, The Groucho Letters—From and to Groucho Marx, New York, 1967.

モーツァルトと「第三世界」

山口昌男『アフリカの神話的世界』岩波新書、一九七一年
山口昌男『道化の民俗学』新潮社、一九七五年、岩波現代文庫、二〇〇七年
ブリジッド・ブローフィ『劇作家モーツァルト——モーツァルトならびにそのオペラと時代に関する新しい一考察』石井宏・高橋英郎訳、東京創元新社、一九七〇年

P・J・ジューヴ『モーツァルトのドン・ジュアン』高橋英郎訳、白水社、一九七〇年
吉田秀和・高橋英郎編『モーツァルト頌』白水社、一九六六年
ライナー・ヴーテノー「とりかえられた役割――シュトラウスとホフマンスタール」高橋英夫訳、『音楽芸術』一九六四年六月号
ホフマンスタアル『文芸論集』富士川英郎訳、山本書店、一九四二年
ヨーゼフ・シゲティ『弦によせて』永井美恵子・北村義男訳、音楽之友社、一九六七年
シュトゥッケンシュミット『現代音楽の創造者たち』吉田秀和訳、新潮社、一九五九年
アルフレート・アインシュタイン『音楽と文化』浅井真男他訳、白水社、一九六九年
ヘルマン・ブロッホ『ホフマンスタールとその時代』菊盛英夫訳、筑摩書房、一九七一年
E・R・クルティウス『ヨーロッパ文学批評』松浦憲作他訳、紀伊国屋書店、一九六九年
E・R・クルティウス『バルザック論』野上巌訳、河出書房、一九四二年／小竹澄栄訳、みすず書房、一九九〇年
トーマス・マン「フロイトと未来」高橋義孝訳、『フロイトの思想』河出書房新社、一九六二年
ジャン・ルーセ『フランス・バロック期の文学』伊東廣太他訳、筑摩書房、一九七〇年
フィリップ・ヴァン・チーゲム『イタリア演劇史』戸口幸策他訳、文庫クセジュ、一九六六年
スタンダール『モーツァルト』高橋英郎・冨永明夫訳、東京創元新社、一九六六年
J・イェラーギン『芸術家馴らし――スターリン政権下の芸術家の生活』遠藤慎吾訳、早川書房、一九五三年
マリー・シートン『エイゼンシュタイン』上・下、佐々木基一・小林牧訳、美術出版社、一九六六・六八年

エミール・シュタイガー「ゲーテとモーツァルト」芦津丈夫訳、『音楽と文学』白水社、一九六七年
エドモン・ラダール「社交性の表現としての物真似」多田道太郎訳、『ディオゲネス』日本版第一号、河出書房新社、一九六七年
ウジェーヌ・イヨネスコ『ノート・反ノート』大久保輝臣訳、白水社、一九七〇年
F・ニーチェ『悲劇の誕生』秋山英夫訳、岩波文庫、一九六六年
Th・アドルノ『楽興の時』川村二郎・三光長治訳、白水社、一九六九年
W・H・オーデン『第二の世界』中桐雅夫訳、晶文社、一九七〇年
アルフレート・アインシュタイン『モーツァルト——その人間と作品』浅井真男訳、白水社、一九五九年
ブルーノ・ワルター『主題と変奏』内垣啓一・渡辺健訳、白水社、一九六五年
ヴァルター・ベンヤミン「パリ——十九世紀の首都」川村二郎訳、『複製技術時代の芸術』紀伊国屋書店、一九六五年、《ベンヤミン著作集》6、晶文社、一九七〇年
広末保『悪場所の発想』三省堂、一九七〇年
オルテガ・イ・ガセット「ドン・ファン入門」鼓直訳、《オルテガ著作集》第8巻、白水社、一九七〇年
山口昌男「アフリカの知的可能性」『人類学的思考』せりか書房、一九七一年、筑摩叢書、一九九〇年
エイモス・チュツオーラ『やし酒飲み』土屋哲訳、晶文社、一九七〇年／岩波文庫、二〇一二年
Allardyce Nicoll, World Drama, London, 1949.
Pierre Louis Duchartre, The Italian Comedy, New York, 1966.

Angelo Maria Ripellino, Il Trucco e l'Anima, Torino, 1965.
Alfred Schutz, Mozart and the Philosophers, in Collected Papers II, The Hague, 1964.（「モーツァルトと哲学者」中矢一義訳『ユリイカ』一九七八年十二月号）
Ferrucio Busoni, Sketch of a New Esthetic of Music, New York, 1911(orig.).
René Dumesnil, Le Don Juan de Mozart, Paris, 1955.

「社会科学」としての芸能

ハンナ・アレント「ヴァルター・ベンヤミン論」阿部斉訳、『文芸』一九六九年九、十、十一月号
ヨハン・ホイジンガ『ホモ・ルーデンス』高橋英夫訳、中央公論社、一九六三年、中公文庫、一九七三年
P・ヴァレリー「雑考」寺田透訳、《ヴァレリー全集》第十二巻、筑摩書房、一九六八年
宮尾しげを・木村仙秀『江戸庶民街芸風俗誌』展望社、一九七〇年
小沢昭一『私は河原乞食・考』三一書房、一九七〇年、岩波現代文庫、二〇〇五年
池田弥三郎『江戸時代の芸能』日本歴史新書、至文堂、一九六六年
西郷信綱『古事記の世界』岩波新書、一九六七年
アンドレ・ドクフレ『革命と反革命』野沢協訳、文庫クセジュ、一九六九年
高橋秀雄報告、季刊『民俗芸能』一九七〇年冬季号
林達夫「精神史—一つの方法序説」《岩波講座哲学》第四巻『歴史の哲学』、岩波書店、一九六九年
柳田國男監修、民俗学研究所編『民俗学辞典』東京堂、一九五一年
M・バフチン『ドストエフスキイ論』新谷敬三郎訳、冬樹社、一九六八年

山口昌男「王権の象徴性」『人類学的思考』せりか書房、一九七一年、筑摩叢書、一九九〇年
エドモン・オルティグ『言語表現と象徴』宇波彰訳、せりか書房、一九七〇年
アンドリュー・ブラッドレー『シェイクスピアの悲劇』中西信太郎訳、岩波文庫、一九三九年
郡司正勝「茶番について」『民俗芸能』一九七〇年一月号、特集〈にわか・茶番〉
エドガー・ヴィント『芸術と狂気』高階秀爾訳、岩波書店、一九六五年
戸井田道三『祭りからの脱出』三一書房、一九六三年
E. K. Chambers, The Elizabethan Stage, Oxford, 1923.
C. L. Berber, Shakespeare's Festive Comedy, London, 1959.（『シェイクスピアの祝祭喜劇』玉泉八州男他訳、白水社、一九七九年）
Edward Braun, Meyerhold on Theatre, London, 1969.（『メイエルホリドの全体像』浦雅春訳、晶文社、一九八二年）
Kenneth Burke, The Philosophy of Literary Form, New York, 1957.（『文学形式の哲学』森常治訳、国文社、一九七四年）
Roger Caillois, Les Jeux et les Hommes, Paris, 1958.（『遊びと人間』多田道太郎・塚崎幹夫訳、講談社学術文庫、一九九〇年）
W. Smith, The Commedia dell' Arte, New York, 1964.
David Robinson, Buster Keaton, London, 1969.
Mircea Eliade, Birth and Rebirth, New York, 1958.（『生と再生』堀一郎訳、東京大学出版会、一九七一年）
E. Welsford, The Court Masque, London, 1927.

John W. Draper, "Et in Illyria Feste", in Shakespeare Association Bulletin 17(January 1942).

W. Willford, The Fool and His Scepter, Evanston, 1969.（『道化と笏杖』高山宏訳、晶文社、一九八三年）

Northrop Frye, A Natural Perspective: The Development of Shakespearean Comedy and Romance, New York, 1965.（『シェイクスピア喜劇とロマンスの発展』石原孝哉・市川仁訳、三修社、一九八七年）

John W. Draper, Stratford to Dogberry: Studies in Shakespeare's Earlier Plays, Pittsburgh, 1961.

E. T. Kirby(ed)., Total Theatre, New York, 1969.

Claude Lévi-Strauss, La Pensée Sauvage, Paris, 1962.（『野生の思考』大橋保夫訳、みすず書房、一九七六年）

もう一つのルネサンス

エドゥアルト・フックス『風俗の歴史』全九巻、安田徳太郎訳、光文社、一九六七年

Th・アドルノ『プリズム——文化批判と社会』竹内豊治他訳、法政大学出版局、一九七〇年

ヴァルター・ベンヤミン「エードゥアルト・フックス——収集家と歴史家」好村富士彦訳、《ベンヤミン著作集》2、晶文社、一九七〇年

渡辺一夫『ルネサンスの面影』民友社、一九四七年

清水純一『ジョルダーノ・ブルーノの研究』創文社、一九七〇年

ヴィクトル・セルジュ『一革命家の回想』上・下、山路昭・浜田泰三訳、現代思潮社、一九七〇年

カール・ヤスパース『ニコラウス・クザーヌス』薗田坦訳、《ヤスパース選集》第二十七巻、理想社、

一九七〇年

パオロ・ロッシ『魔術から科学へ――近代思想の成立と科学的認識の形成』前田達郎訳、サイマル出版会、一九七〇年

アーノルド・ハウザー『マニエリスム――ルネサンスの危機と近代芸術の始源』全三巻、若桑みどり訳、岩崎美術社、一九七〇年

S・ドレスデン『ルネサンス精神史』高田勇訳、平凡社、一九七〇年

フェルナンド・ファン・ステーンベルゲン『十三世紀革命』青木靖三訳、みすず書房、一九六八年

ウォルター・ペーター『ルネサンス』佐久間政一訳、《世界大思想全集》31、春秋社、一九二九年

シーセル・ロス『ユダヤ人の歴史』長谷川真・安積鋭二訳、みすず書房、一九六六年

マルグリット・ユルスナール『黒の過程』岩崎力訳、白水社、一九七〇年

マルカム・ラウリー『活火山の下』加納秀夫訳、白水社、一九六六年

O・マノーニ『フロイト』村上仁訳、人文書院、一九七〇年

アンドレ・シュラキ『ユダヤ思想』渡辺義愛訳、文庫クセジュ、一九六六年

M・ブランショ『来るべき書物』粟津則雄訳、現代思潮社、一九六八年

J・L・ボルヘス「『千夜一夜』の翻訳者たち」土岐恒二訳、《現代人の思想》14、平凡社、一九六九年

J・L・ボルヘス『不死の人』土岐恒二訳、白水社、一九六八年

ヘンリー・ミラー『我が読書』田中西二郎訳、《ヘンリー・ミラー全集》11、新潮社、一九六六年

S・F・モレノ「ボルヘスは語る」中川敏訳、『ユリイカ』一九七〇年八月号

モーリス・ブランショ『カフカ論』粟津則雄訳、筑摩書房、一九六八年

Claude Lévi-Strauss, Les Perspectives actuelles de l'Ethnologie, in G. Picon(ed.), Panorama des Idées Contemporaines, Paris, 1957.

Jean Seznec, The Survival of the Pagan Gods, Studies of the Warburg Institute, vol. xi, London, 1940. (『神々は死なず――ルネサンス芸術における異教神』高田勇訳、美術出版社、一九七七年)

Paul Oskar Kristeller, Renaissance Platonism, in W. K. Fergusson et al., Facets of the Renaissance, New York, 1963.

Paul Oskar Kristeller, Renaissance Thought, New York, 1961. (『ルネサンスの思想』渡辺守道訳、東京大学出版会、一九七七年)

Cecil Roth, The Jews in the Renaissance, New York, 1959.

Erwin Panovsky, Renaissance and Renascences in Western Art, New York, 1969. (『ルネサンスの春』中森義宗・清水忠訳、思索社、一九七三年)

Alice Raphael, Alchemistic Symbols in Goethe' s "Walpurgis Night' s Dream", in Joseph Strelka(ed.), Perspectives in Literary Symbolism, London, 1968.

Ronald D. Gray, Goethe, the Alchemist: A Study of Alchemical Symbolism in Goethe' s Literary and Scientific Works, Cambridge, 1952.

Alice Raphael, Goethe and the Philosopher' s Stone, London, 1965.

David Bakan, Sigmund Freud and the Jewish Mystical Tradition, Princeton, 1958. (『ユダヤ神秘主義とフロイド』岸田秀・久米博・富田達彦訳、紀伊国屋書店、一九七六年)

David C. McClelland, The Roots of Consciousness, Princeton, 1964.

Emir Rodriguez Monegal, Borges par lui-même, Paris, 1970.

Herbert Weisinger, The Agony and the Triumph, Michigan, 1964.

Jean Jacquot(ed.), Les Fêtes de la Renaissance, Paris, 1956.

Ernst Cassirer, The Individual and the Cosmos in Renaissance Philosophy, New York, 1964.（『ルネサンス哲学における個と宇宙』末吉孝州訳、太陽出版、一九九九年）

補遺　物語作者たち

F・S・クラウス『日本人の性と習俗――民俗学上の考察』安田一郎訳、桃源社、一九六五年

エリ・ヴィーゼル『死者の歌』村上光彦訳、晶文社、一九七〇年

ヨーゼフ・ロート「放浪のユダヤ人」神品友子訳、邦高忠二編『亡命とユダヤ人』、学芸書林、一九七〇年

マルティン・ブーバー『ゴグとマゴグ』田口義弘・高木久雄訳、《ブーバー著作集》9、みすず書房、一九七〇年

ヴァルター・ベンヤミン「物語作者」高木久雄・佐藤康彦訳、《ベンヤミン著作集》7、晶文社、一九六九年

バーナード・マラマッド『もうひとつの生活』宮本陽吉訳、新潮社、一九七〇年

ナサニエル・ウェスト『孤独な娘』丸谷才一訳、《20世紀の文学》、《世界文学全集》18、集英社、一九六八年／岩波文庫、二〇一三年

カーレン・ブリクセン『ノルダーナイの大洪水』山室静訳、新潮社、一九七〇年

ミシェル・ビュトール『仔猿のような芸術家の肖像』清水徹・松崎芳隆訳、筑摩書房、一九六九年

エルンスト・ブロッホ『未知への痕跡』菅谷規矩雄訳、イザラ書房、一九六九年

H. Arendt, Men in Dark Times, New York, 1955.（『暗い時代の人々』阿部斉訳、ちくま学芸文庫、二〇〇五年）

Isak Dinesen, Out of Africa, New York, 1938.（『アフリカの日々』横山貞子訳、晶文社、一九八一年）

Robert Langbaum, The Gayety of Vision: A Study of Isak Dinesen's Art, London, 1964.

注記　本書初版刊行後に邦訳等の出たものは、それぞれの原著の末尾のカッコの中に補った。（編集部）

附篇

歴史と記憶——記憶という視点から歴史を切る

——一九九五年二月十一日　名古屋にて

「記憶」及び「忘却」の構造的理解の必要性

私の記憶で三十年程前に、ほとんどの日本の学生が読んでいた吉本隆明の『共同幻想論』（河出書房新社、一九六八年刊）という本がありまして、これについて書評を書評新聞に頼まれて書きはじめたんですが、普通、一冊の書評は一回で終わるものですが、連載させてくれとのことで八回連続して書きました。徹底的に批判をしたところ、新聞の内部の人が全員吉本ファンで、「もういい加減にしてほしい」ということで、途中で降板させられたという経緯があります。[*1] それをはじめたときに、やはりこういう問題は非常に面白い重要な問題であるけれども、日本の中の牢名主みたいにしてやらないで、日本以外のところを含めてどういうような仕事があったのだろうか、ということを考えてみてほしかったのです。

フランスのデュルケーム社会学から出てきた考え方で研究をした、モーリス・アルヴァックスの『集合的記憶』[*2]を私は少し前に読んでいました。「共同幻想」という問題は、少なくともそこからはじめる必要がある。そういう問題に触れながら八回にわたり書いたわけであります。集合的記憶（メモアール・コレクティブ）という問題は、私自身も神話を扱うときに非常に大事な視点だということを感じておりました。ところが最近になって、モーリス・アルヴァックスが今まで全然無視されていたけれども、この頃欧米で非常に盛んに論じられているということを欧米の学者が言っているのを聞きました。当時、偶然大学の研究室にあったので、それを読んで、吉本というオリジナルでユニークな思想家をいじめてしまったが、あの頃は悪いことをしたという申しわけなさでいっぱいになりました。その観点というのは、アルヴァックスはデュルケーム学派の一番不幸な世代の人で、レジスタンスに参加して一九四五年に解放される前に確か強制収容所で亡くなっているという、悲劇的な生涯を送った人であるわけです。フランスではアルヴァックスに対する悲劇的な記憶も重ねて、記憶とかそれの対になる忘れるという点についても研究の対象が広がっています。十年程前に『忘れるということについて』という本が出ているのですが、それは人類学者のレヴィ＝ストロースと記号学者のジュリア・クリステヴァなどが研究会を一年間やった末に出た本です。だから、記憶にも構造があるとすれば、忘れるということにも忘れ方の構造がある。私なんか自分のことをその材料とすれば、いくらでもそういう構造は研究できるのではないかと思います。

この二つの問題というのは対になっておりますので、「記憶」ということと「忘れる」ということがどういう関係にあるかということを組織的に考えていかねばならない。私たちが今直面している問題でも、たとえば最近の『マルコポーロ』の問題ですが、これは組織的に記憶を消すという運動の一環が日本に現れて、雑誌を廃刊にし、編集長を解任するというところまでいってしまった[*3]。現在このような問題についてはいろいろな方面に広がっています。つまり、組織的に記憶から消してしまう、ということが問題になってきはじめています。一番大きな問題になっているのは、「南京」の問題です。中国側は博物館にしたりして記憶を定着させようとする。日本では、南京虐殺は実際に存在したのかどうかという点で二つに分かれている。昔、私たちが学生の頃、マルクスの言葉がはやって、「ファシストの舌は長く、記憶は短い」と言っていました。ファシストだけが記憶が短くて、社会主義者は記憶が長いというように捏造されて、そういった表現が使われたのです。しかし、スターリンの時代が終わってみると、舌が長くて記憶が短かったのはどちらかというと、そちらのほうではないかというようなことになりました。アウシュヴィッツをめぐる問題でも、アウシュヴィッツが解放後すぐにソ連軍が収容し、それをソ連の政治的に望ましくない連中の強制収容所としたことや、ポーランドの「カチンの森」等の大量虐殺も有名な例でありますけれども、そういう形で記憶を消そうというような動きがあるのです。こういう形で政治の中の記憶という問題はこれからもどんどん取り上げられていくと思います。

日本の近代の学問でも、たとえば柳田民俗学はある種の事実を隠している、とこの頃言われている。と言うのは、柳田民俗学のそもそものはじまりは、台湾や朝鮮といった植民地に対するかかわりをもってはじまったのに、戦後の民俗学はそういう事実を全く忘却のほうに押しやって客観的な科学を装って出発している。これは一種の欺瞞であるというような言い方を北海道の大学で教えているある先生が論考で発表し、最近は本も出ている。[*4]社会科学では「隠蔽」というのは、あえて学説史の中で隠すという事実が問題になってきていますから、こういう問題を避けては学問意識も成り立たなくなっているというところがあります。

ヴァールブルク研究所による歴史と記憶の発見

意図的な忘却ではなく自然の忘却というのは当然ありまして、記憶にも記憶というメカニズムがあって、努力すれば記憶ということはできるのであります。たとえば、タモリが五十の物の名前を挙げて集中したらパッパッと言える。記憶というのは記憶術が今や問題となってきている。記憶術というのは、普通の人はタモリがひけらかすためにテレビでやっているようなことだと思っているふしもあるけれども、二年くらい前に『記憶術』“*The*

Art of Memory”という本が翻訳されている。[*5]これはヨーロッパのイギリス美術史家であるフランセス・イェイツという女性が書いた本です。この本を読めば受験戦争は突破できると思うでしょうが、それとは全然関係なくて、いわゆる精神史、思想史の本です。アビ・ヴァールブルクという人がはじめたヴァールブルク研究所という、もともとドイツにありロンドンに移った研究所ですが、ここで勉強したイェイツの成果であります。私も『本の神話学』（中央公論社、一九七一年刊）という中に入れた一章で、このヴァールブルクのことを取り上げたんですが、[*6]これが二十年以上も前ですから、だんだん自分でも何を書いたんだろうなんていう状態にあるわけで、忘却によって浸食されているということであります。このヴァールブルクという人はドイツの有名なヴァールブルク銀行の二人の御曹子の一人で、兄は美術史を独学で勉強しはじめていた。銀行の御曹子であるから、勉強するのに大学なんかに行く必要は全然ないわけで、欲しい物はいくらでも手に入るわけです。今も、本当に財力があれば大学に行かないほうが面白い勉強ができるのではないか、という時代になってきている。そういう幸せな人だったわけです。そして、弟と契約を結びまして、「俺は銀行家にはなりたくない。だから家の管理権を全部お前に渡す。その代わり美術史を勉強したいので、必要な本や資料を買うために資料代は全部そちらが払ってくれ」、というような交換条件で自分は財産請求権（継承権）を放棄したわけです。後になって弟はだいぶ後悔していたらしい。毎年何億となく、どんどん本を、またはルネサンス前後の

絵などを買う。彼が集めた資料というのは古代から中世、それから特にルネサンス前後にわたっての本やエッチングなどの版画は、美術史における価値と関係なく、本版画を含めていわゆる歴史が取り扱わない領域の、芸能から生活の形態とか非常に幅広い範囲にわたっている。またルネサンス期のお祭りに関するものだったら何でも集める。それから、いわゆるアクロバティックに関する物だったらいくらでも集める、という形で集めた資料を中心にヴァールブルク研究所というのを作った。そこで勉強すれば、普通の公的な歴史の中から、正統的オーセンティックからこぼれ落ちてしまった記憶の材料のような物が集まる。本の集め方も、占星術からフォークロア、人類学、宗教学、オリエント宗教など、あらゆる分野をほとんどカバーする。その範囲は今日の人類学がカバーしている範囲よりも遥かに広い。神秘主義からヘルメス学、隠れた伝統、とそういうようなところまで収集していたわけです。現在ロンドン大学の付属施設としてあり、行けばすぐ見せてくれるので、ご覧になれば面白い[*7]。彼がやったことは、全体から落ちこぼれた歴史情報を再編成するということです。彼は途中からノイローゼ気味になりまして、三〇年代のはじめに亡くなったわけですが、個人的には不幸な生涯を送っている。彼の書いたものは、本という形では出ていませんが、最近になってその著作集がドイツで出はじめているということでございます。

このような方法を使って仕事をした最上に知られている人が、エルンスト・カッシーラーです。カッシーラーは日本語で随分翻訳が出ていますから、よく知られています。カッシーラーは人類学を対象とするような材料をどんどん使って『象徴の形式』という本を出した。[*8] それからルネサンスに関して、それまでと違った見方を示したエルヴィン・パノフスキーという人たちが、そこで勉強してヨーロッパにおける「隠れた伝統」というものを発掘した。その成果は日本語でも確かめることができる。

ナチの迫害がはじまると、ユダヤ人の銀行家の倅が作ったものだから、ろくなものではないということで、ナチの監視の目が光って、それをロンドンに移す。こういうことが行われて、四〇年代はじめだったと思いますが、ロンドン大学に移ってヴァールブルク研究所になったわけです。そこでイェイツがそういう学風などを引き継ぐ。ですから図書館そのものが、すでに著作であるというようなそういった形になっているわけです。図書館と言えば、図書館法で分類することが普通でございますが、ヴァールブルク研究所は全然そうではなくて、戦後所長をやっていたエルンスト・ゴンブリッチという人が説明したのですが、ヴァールブルクの本の並べ方というのは、はじめから分類して大きな分類や小さな分類に分けるというのではなくて、タイトルが関係なくても内容的に非常に近い本を集めていく。ゴンブリッチが『アビ・ヴァールブルク伝――ある知的生涯』（鈴木杜幾子《ときこ》訳、晶文社、一九八六年刊）のなかで紹介しているフリッツ・ザクスルの言葉「in the good neighborhood」という、本そのものが持っている親近性を集めてだんだん広げていく。そういう集め方をしているわけですから、これからだんだん浮上してくるような「知の体系」がわかるというものであります。

その形を与えていったのは戦後の研究者で、イェイツはその代表的な人であった。ですから、彼女が記憶術と言ったときには、ルネサンスの記憶術であります。短い時間に説明するのは不可能でございますが、この場合の記憶というのはいわゆる印刷術が起こってきてからはだんだん後退してしまった、ある種のものの考え方です。そういったものを通して別のコミュニケーションを作り出す。印刷術がはじまって再現ということが非常に簡単にできるようになってからは、だいたいすべての事実を文字の上に表せます。しかし文字の形ではなかなか入らないような曖昧なもやもやした記憶のことです。そういう記憶は全部落としてしまう傾向があった。あまりにも単純化しすぎになりますけれども、人間のコミュニケーションの歴史は、もともとはオーラル・トラディション、口頭でコミュニケーションを行うというのがそもそものはじまりであったわけです。それがいわゆる民謡とか歌謡とか、歌謡を吸収してでき上がった叙事詩的なものの伝統に移行する。そうすると、大事な記憶とは『オデュッセウス』でも『イリアッド』でも、話の中にいろいろな土地の記憶や様子がどんどん詰め込まれてリズムとともに伝えられる。活字は時間を止めることができる、つまり読んでいる途中で止めて考えることはできるが、口頭の伝承の場合は流れていくリズムの中で伝えられるインフォメーションというものも入るから、活字とはまた違ってくるわけです。伝える人の調子やいろいろな要素がその中には加わっていますから、活字にするには重要な部分をどんどん落としていかなくてはならなかったのです。活字以前の音声に関してはちょっと疑問が多いという単純な考え方から離れて、音声を中心とした身振りを伴うパフォーマンスや身体化された記憶、たとえばシャーマンがお告げを告げるときも、それはある種の知恵がシャーマンである人間自体を媒体（メディア）として、コミュニケーションが成り立っているという考え方が成り立つようなインフォメーションがあったということです。活字そのものの一元的な性格を補うのに挿絵を入れたりして、いろいろ工夫してきたわけですが、今日においてはマルチメディアの可能性が広がってきていますから、オーラル・コミュニケーションの時代にさしかかってきているわけです。知識の組み合わせといういわゆるヘルメティズムという名前で、ヨーロッパ、エジプトに起こった占星術において、独自に発達して展開したアストロノミー（天文学）とアストロロジー（占星学）がルネサンス早期をきっかけにだんだん別れる。アストロノミーは学問（自然科学）に入ったが、アストロロジーはいかがわしいものという二つに別れてしまった。けれども、占星術の場合は現在で言うと、星占いにさそり座などいろいろな形で図像を使って説明しているのは、もっと豊富な言葉と非常に積み重なったニュアンスをも含めて伝えられる知恵というものが存在したということを示しています。占星学的な考え方に含まれている我々が失った感覚に近づこうというものとして、具体的に、ジョルダーノ・ブルーノという人が、太古の知恵に達するために行った、記憶の構成の仕方、言葉の組み合わせ、図像の組み合わせを、フランセス・イェイツは、ヴァールブルク研究所の資料を使って再構成した。

記憶を保有する場所としてのモニュメント

そうやって明らかにしていくと、シェイクスピアの舞台構成はヘルメティズム的な仕掛けを導入していることがわかる。我々は、舞台は舞台でただの建物だというように長い間考えてきましたが、決してそうではなくて、建物そのものの中に宇宙の星や何かの影響が投影するように、いろいろ焦点を当てられたりして存在しているのです。シェイクスピアの時代の劇場は、そういうようなところがあった。[*9] ですから、劇場というものは宇宙の構造を反映するという仕掛けを持っている。最近、鈴木忠志《ただし》という人がシェイクスピア劇場を再現するといって、大久保にグローブ座という劇場を造ることを提案して、それを建築家の磯崎〔新〕氏に頼んで設計してもらった。また、水戸の芸術館が、シェイクスピア的な意味で占星術的な問題や構造を反映させて劇場を造った。だから、建築そのものが隠れた記憶のメッセージを送る仕掛けになっているということを、鈴木忠志もフランセス・イェイツを引用して説明しているし、磯崎氏も同様に言っている。最近、磯崎氏と話していたら、今年は遷京都千二百年で京都に音楽ホールを設計しているそうで、これはアジアの風水論の構造を反映した劇場です。東西南北、白虎・玄武・青龍・朱雀というものを反映している。色も反映している。磯崎氏に、「あるときは占星術、あるときは建築家で、頭の中で戦争が起こらないですか」と聞くと、「両方はきちっと分けていますから」と言う。

これがアジアの伝統で言えば、たとえば曼陀羅の中にはそういったものに近い、文字だけで構成するのではなくて図像も使うアナログ的な要素とデジタル的な要素が含まれている。ですから、デジタルとアナログを使いながら我々の日常の感覚では到達できないようなリアリティを作り出す。ヨーロッパのヘルメス学には、ある種の知恵に対する手掛かりとしての曼陀羅及び瞑想という立場に対するものがある。我々の周りに起こっている記憶術を成り立たしめた元の原理、アジアでいえば仏教のコスモロジーを示していると言われている曼陀羅につきましては、一昨年東京の日本武道館で千像供養というものが行われた。これは、地面に、下からの照明で浮き上がるような曼陀羅の絵を描いて、その上で千人の坊さんが曼陀羅のいろいろな部の中に配置されて、この人間が立ち上がったり座ったりして般若の転読と言う雑音を立てながら般若経を読む、といった混沌とするような演出をし、ロックやフュージョン的に曼陀羅をやらせた。すると、観客が沸きに沸いたということがありましたが、それも曼陀羅そのものが持っている構造を立ち上がらせるのを音の組み合わせによって、宇宙図という曼陀羅の絵の上でやるので、曼陀羅の図が音を媒体に立ち上がるというイメージが湧き起こってくる。そのフュージョンは大変成功しましたけれども、曼陀羅というのは普通の若者たちが入って興奮するようなところに今や置かれている。こういった曼陀羅や声明《しょうみょう》は、かつて人間がそういう状態の中に生きていたことを呼び戻すという一種の記憶術である。

ピエール・ノラという歴史家が『記憶の場所』という本[*10]で、十九世紀のフランスは記念物をやたら造ったということを書きました。教会的な秩序に対して市民の秩序を打ち立てるということで、やたら新しい銅像を、特にナポレオン三世のときに盛んに作った。パリのオスマン男爵がパリを作りかえた。同時に今度はいろんなところに記念の建物を造り、教会に代わる建物としてオペラ・ハウスなど、いわゆる新しい世俗の建築物、記念物を建てるのが大はやりになった。そういう「もの」に記憶を託して、その時期はこういうような輝きに満ちていたということを示すためのよすがとして、記念物がたくさん建てられた。ローマは非常に長年にわたって記念物を建てており、イタリア人は永遠のローマという誇りを持っている。

私は十五年ぐらい前のあるとき、まだ市電や都電が走っていたときに、電車の中でイタリア人の夫妻に話しかけられました。彼らは東京へ観光に来たんだけれども、誰も知っている人がいないから、ちょっと教えてくれないかというんです。その日は暇だったから、一日中浅草とかいろいろ連れていきました。いろいろ廻った後で、イタリア人夫妻は「とても面白かったけれど、日本っていうところはモニュメントや記念物のないところだね」と言いました。私は「いや、記念物を作ってもすぐ焼けてしまうからあまり作らないんだ」というように言ったことがあります。そういう意味では、日本での記念物というのは何なのかということをもう一回考え直してみたほうがよいなとその頃思ったんですけれども、私はそのことを忘れてしまい、その点についてはあまり探入りしなかったのです。

そういった意味で、ヨーロッパの人間には特に記念物をオブセッションみたいに感じ、思い入れの激しすぎるところがあると思うんです。それでスターリン像とかレーニン像とか作っては壊し、作っては壊しと最近までやっておりましたけれども、それらを今日の歴史家たちは再構成し、その時代感覚をどのように表現したかを調べる。そうすると、フランセス・イェイツのような立場と、いわゆる歴史的なクロニクルに比較的近い立場にだいたい分かれていくと思うんです。

人類学の視点から見た記憶の問題

イェイツの研究した記憶術の考え方は、どちらかというとむしろ神話に近いということが言えると思うんです。私たちは人類学を専攻していますから、すぐ日本や欧米以外の事例を考えるんですが、たとえば日本でも非常によく知られているマリノフスキーは、人類学をやっている人も全然関係ない人も一度は読んだことがある。その中で特に有名なのは、中央公論社の「世界の名著」の中に入っている『西太平洋の遠洋航海者』“*Argonauts of the Western Pacific*”というのがあるわけですけれども、これは経済人類学をやっていると称する栗本慎一郎さんなんかも「交換がすべてのはじまりだ」と言いますが、その「交換の原理」の例としてよく使われるテーマです。これは、トロブリアンド島の島民たちが大きなカヌーを作って交換の旅に出かけるというサイクルです。それをギリシャ神話の中でアルゴー船と言いますが、彼らがそのアルゴー船に乗って「金羊毛」というのを探しに出かける集団の神話的なイメージにも近いからアルゴノーツというタイトルになったわけです。この航海を「クラ貿易」と言い、経済的な意味はいろいろな本に触れられています。その中で面白いのは、船の先のほうにある一つの木の板でパネルが掲げられている。このパネルは単なる飾りではなくて、交換のための航海を一番はじめにやったと言われる神話的時代の神話的な人物がどのようにしてこういうことをはじめて、どのような航海をし、その中でどのような自然現象に会い、どういう種類の人間に出会ったかということをちりばめられ象徴化されて彫物になっているわけです。それが一種の航海図みたいなものになっていて、一つ一つの航海は、今の人間がやっているように見えるけれども、神話的な時代に起こったことを再現するということになる。そうすると、この神話の時代の記憶というのがあって、今の人間がやっていることだけれども、それがそのうちに神話の時代の記憶になっている。結局演じている人が神話を通じて本当の意味が明らかになるような行為、つまりはじまりの行為の再現であるように見えながら、はじまりの時代に合一するための手本、テキストとなっている。

オーストラリアの原住民、アボリジニが非常に古い時代である太古を称するのに「夢のとき（ドリーム・タイム）」と言う。そういうような言葉を使って、ディジェリドゥという楽器（木の中身は白蟻に食われていて外側だけが残っているが、それに息を吹き込むとボンボンと異様な響きがする）でリズム化して踊る。これはある特定な地点で行いますから、たとえば都市化によってそこにスーパーマーケットが建っても、ある時間になるとその人たちがずーっと入ってきて、その中でドドン、ドドンとやる。つまり、コミュニケーションをするわけです。そうすることによって身体の中に失われた一種のリズムというものが沸き起こってくる。そういうことを通じて、半ば夢遊病みたいにして自然の時間から途切れた過去とコミュニケーションをやるというようなことにも実際は近くなってくる。そういう例は各地で行われている人類学の研究が示す通りたくさんある。ただ、人類学者がそういう材料を集めて有効に使っているかということになると、意外と人類学者はそういうことを有効に使っていないと言えるかと思います。

コミュニケーションの中に隠されている記憶

こういうわけで、過去というものを「隠れた次元」、つまりクロニクルに取り込むことができる事件として語られる過去とは、ちょっと途切れているように見える次元でとらえる。それが姿を現すとき、たいていは蒙昧な連中の迷信であるというように片付けられてしまいますが、そうとばかりは言えない。違った種類の過去とは何かと言いますと――その前に、このところメディア論が非常に盛んになって、普通マクルーハンというのがメディアの革命を起こしたと言われているけれど、今日でいうとマルチメディアを含む電子メディア、少し遡ると日本では漫画メディアが出版の最前線に出てきている。その前にマクルーハンの言うところの文字革命が起こっている。しかしその文字革命が起こる前は、中世の本でも皮の上に書くなどして、一人一人が手で描く図像、画像が文字のコミュニケーションと並んで行われていた。中世の普通の人々は圧倒的に画像に慣れていて、字を読める人はほんの数人に限られていた。そういうことは日本のように古代から漢字文化圏に入ったようなところでも、漢字文化は非常に限られた人たちの間にとどまっていて、絵巻物とか曼陀羅といった図像的なコミュニケーションが非常に盛んに行われてきた。その前を探ってみると、たとえば、歌・歌謡といった中から文字に吸い上げられ『万葉集』になったとか、それから中世のはじまりの『梁塵秘抄』というような白拍子の歌に含まれているような歌集に、いわゆる踊りとともに歌われた歌謡などが集められたとかそういうことがある。その他、あの鉄砲伝来で知られている種子島ですが、その南に池があり、正月にその近くの漁村を訪れたことがあるんです。正月のときは漁民たちが集まって歌うのですが、使われる言葉、リズム、メロディを総合してみると中世の歌謡の要素が非常に色濃く残っていることを音楽史の研究者たちが指摘をしていて、それはたぶん正しいだろうと思うんです。なぜかと言いますと、そこの港はちょうど隠れた入り江になっていて、伝説では船を使って移動する集団の港であった。漁民たちはそういう人たちに非常に関係が深い、あるいは直接の子孫かもしれないというようにも言われている。そうすると正月に歌われる歌謡そのものが、非常に重要な歴史のメディアになってくる。そういうような例は挙げればいろいろ出てくると思うわけです。だいたいそういうようなことを頼りにして、民俗学、フォークロアは、書かれたクロニクルでは遡れないけれども、残っている祭り、パフォーマンス、いろいろな儀礼からそういうものを手掛かりに時間を遡り探っていこうとする。だから過去との対話というのは無限にあると思うんです。

　それからたとえば、人類学の調査で私が滞在したインドネシアにフローレス島という島があります。その島の家を見てますと、この島民にとって家そのものが過去、はじまりのときとコミュニケーションする手段となっているわけです。それはどういうことかと言いますと、一番の始祖伝説では、その島の最初の先祖は船で漂って到着した。その当時は洪水伝説のように、洪水の後で島の頂点・頂上だけが浮いていて、そこへ船が寄りつき野菜を作ることとなんかをはじめた。しかし、夜になりそこが留守になると野菜が盗まれるので、見張っていたところ、ある動物が天井から木を通じて天と地を繋いでいた。そういうことは船の神話ですから、おかしいんですけれども、船にはマストがあり、その上からそのまままのびて天に繋がってしまった。だから、天と地は繋がっていたんだという、これまたよくある神話なんですけれども。それで、最初の始祖が怒って木を切ってしまった。そうすると、太陽はずっと上ったままで洪水が引き、地上に子孫が繁栄するようになった。そこで現在立っている家の構造もその船を反映しているから、入り口には船のパネルが貼ってあったり、また入り口としてベランダ形式になっておりますから、ベランダに上がってきて家の中に入るときにも入り口には船のパネルがついている。それから家の中にも船を思わせるものはいろいろあります。つまり、普通の人が住んでいる家自体も神話的な時代を反映しているモニュメントだということもあって、その周りで行われる儀礼も最初の時間（闇が支配していた時代）に戻る。ですから、やっぱりこれもメディアと言えばメディアであると言えます。

　その他に、我々が言語コミュニケーションをするときはわかりやすい言葉で言うけれども、逆にわかりにくい言葉で表現するようなことがある。私が調査したある島もそうなんですけれども、その島に十年ぐらいいなければ、このように隠れている言葉は絶対にわからない。比喩が比喩を呼び、メタファーがメタファーを呼ぶ。五つぐらいの層を成しているから、はじめの上の言葉だけ聞いたんでは何を言っているんだか全然わからないということがあるんです。それはエチオピアでもワクという部族がそういうことをやっているということをアメリカの人類学者が本にしています。だから普通の若い人たちには全然わからないけれども、年寄りが喋っていると全然別の意味が出てくるという、そういった言葉の重層性を利用してある種の記憶を閉じ込めておく。文化がもっている装置として意図的に言葉を使い、記憶が隠されている場合もある。すべてが露出しているわけではない。こういうようにして今、記憶のメディアはいろいろな形で文化の中にちりばめられているということを申し上げようとしました。

閉じ込められた情報や記憶を取り出す

そういうわけで、記憶というよりも凍結された情報と言ってもいいような情報が文化の中にいろいろとあるわけです。あるいは気がつかないようなものがあるのです。先程申し上げたような『オデュッセウス』や『イリアッド』を子細に検討したロードという人がいます。ギリシャの叙事詩の言葉とギリシャの現在の民謡とを対比しながら採集して、民謡のほうから探っていくと、このテキストに隠されていた意味が露出してくる。そして、音の要素が非常に重要だということをこのロードという人が明らかにしたことがあるわけです。そういうような叙事詩はとにかく過去の情報を閉じ込める。それは過去を現在に呼び戻してことほぐ全体の劇場みたいなものである。聞く人が熱中してその中に入ることはもう劇場の中にいるのと同じような状態になる。芝居のために書かれたテキストと、実際の舞台とは全然違うようになることがあるように、いろいろな要素が記号に閉じ込められるということは、別のものになる可能性があるということが言えるわけです。

このようなことはいろいろな形で起こるわけですが、我々が自分たちを振り返ってみても、情報というものにはいわゆる「取り出される情報」と「取り出されない潜在的な情報」というものがあると思います。情報とは何かということを語り出せばきりがないのですが、自分の育ってきたことでも、自分に対して持っているその人の現在という文脈で役に立つ目録がだいたいあって、その中で我々は生きている。いろいろな経験を過去にするけれども、その記憶というのは断片のままとどまって形を成すことがない。我々の大半はだいたいそういうものに形を与えないまま生涯を終わってしまうことが多いと思うのですが、その情報自体が、我々が体を動かしていろいろなことをやっているうちに勝手に結びついている。各々勝手に結びついて形を成してくることがある。

自分の例を挙げて非常に申しわけないのですが、福島県の大沼郡というところにある、只見ダムの近くの小学校をただでもらって使わせていただくようになりました。そのきっかけというのは、考えてみると、個人が潜在的に持っている情報が勝手に動き出したというところがあるわけです。それは何かと言いますと、よく聞かれるのは「なぜあなたは福島県の山奥に小学校をもらうような変なことをしたのか」ということです。動機というのはなく、強いて言えば、縁というしかない。それはどういうことかといいますと、あるときになって、家に本が集まりすぎたというか、本を入れるには家が小さすぎたのかわかりませんが、爆発しそうになって何とかしなければ駄目だというので、いろいろな情報を集めて、福島県の山奥なら手頃の値段でなかなかいいところがあると言われて行ったところ、ちょうど家を建てるのに見晴らしのいいところがあって、そこから下を見たら小学校の廃校らしいのがある。聞いたらあと二週間で取壊しになるというので、すぐ村長さんのところへ三日間続けて通いました。村長さんもあきれた様子で「差し上げましょう」と言うので、ただでいただいたわけであります。ということで、三年前にオープニングをやって、[*11]そのときにその小学校で以前に教えていた先生で生存している先生や卒業生などに来ていただいて、一緒に小学校の校歌を歌うという感傷的なこともやりました。そのときにみんなで話していたところ、歴史の記憶とはやっぱり面白い、メディアがうまく適切に解読されればなかなか面白いことが出てくるということがわかったのです。

一つは、そこに最後から二代目の校長先生が来ていました。佐治先生というので、「私は中学校で教わった生物の先生で、非常に印象を受けた佐治という会津出身の先生に習ったことがあります」と言ったら、その校長先生は「それは私のおじですよ」と言うのです。北海道の網走中学校で教えていた先生が、ここの大沼郡昭和村、そこで私が学校をもらった、そこの校長先生のおじさんであった。「これは縁というより他はない」と思ったけれども、縁だけでは科学性に欠けるなということもあります。我々のライフ・ヒストリーにはそういった、捨てられたが何となく気になる（気になる、ということがモチーフだと思うのですが）ということがある。「会津」と聞いて何か気になったというところがそもそものはじまりだけれども、情報そのものは勝手にある程度動き出している。年を取ったからそういうことをみんな忘れてしまって、残るのがそれくらいしかないということかも知れませんが、勝手に立ち上がってきてしまっている。私はそれに乗っただけだという感じです。私の個人の歴史の中で記憶というものが断片化されたヒストリーの情報となり、不完全な情報だが物語性を少しずつ獲得して、それで物語になってしまって、その物語が私をつかまえてしまった、そういう表現もできるのではなかろうか。「情報が自分をつかまえる」というのは、非常にいい表現だと思います。私が西アフリカで調査したとき、昔話を集めてみますと、非常に私が好きなはじまり方は、「アソンタッタヤッパ」と言うんです。これは何かと言うと、昔話が勝手に立ち上がり、走り出して、その結果つかまえたのがうさぎであるとか、そういった具合に話がはじまる。「昔々あるところに」と言うよりもよいなあと思っていました。個人の情報の話も、断片化していた私の個人の過去に属するものが立ち上がって私をつかまえ、その結果学校をもらった。私には良すぎるような話なんですけれども、そういうわけでその学校のオープニングに絡む話をもう一つします。最初の日、村の人を招待してバーベキュー大会をやりました。サントリーの佐治敬三さんに、ここは東北の佐治ゆかりの地というのでビールを二十ケースくらいもらいまして、いくら飲んでもらっても大丈夫ということで、そこに来た人といろいろ話したんです。そうすると、その中の一人が面白いことを言いました。実はこの小学校は昭和十二（一九三七）年に建ったんだが、自分の父親が地区の代表であり責任者であった。当時小学校を作るのは半分村の負担、半分地区の負担だったけれども、昭和十二年ぐらいに金があるわけがない。それで途中で柱が足りなくなって、裏の山はもともと村の入会《いりあい》の地だったから、親父も子どものときの感覚で裏の山へ行って木を切ってきて、知らん顔をしてそれを使って建てた。それがばれまして、親は捕まって、山一つ越えたところの刑務所にぶちこまれた。それで母親が二年間自分を背負って弁護士のところに通って、いろいろやってもらい、二年経ったときに戻ってきたというようなことをちょっと話してくれたんです。ということは、この小学校の歴史というものを考える場合に、学校そのものが記憶の媒体になるテキストであるということが目の当たりに見えて、なかなかこれは面白いな、学校一つといえど、馬鹿にできないなというようなことを感じたわけです。その学校に関しては他にもいろいろ、木造校舎だから面白いと我々は言ったわけですけれど、鉄筋だったら今やそんな記憶なんて絶対込められない。鉄筋に塗り込めるのであったら、人を殺して死体を塗り込めるぐらいですが、震災などあるとすぐわかる。震災の話は非常に深刻な話ですから、こういう例として挙げては申しわけないのですが、ちょうど地震が出てきたからついでに言いますけど、地震に関連した話が今朝新聞に出ていました。私もよく知っているアウエハントというオランダの日本学者の、「鯰《なまず》絵《え》」を研究した本のことです。[12]「鯰絵」は、文政の京都や安政の江戸の大地震など、地震の後に必ず広まった。ふざけ半分の「鯰絵」は何を目的にしているのか。まず地震避けの御守り。二番目は被災者の心身の癒し。結局地震というのは鯰が起こし、すべてをひっくり返すから、ある意味では徳政みたいなところがあって、借金棒引きとかいろいろなプラスの面があるというようなことも含めたユーモアが込められている。それから三番目は弱者救済のキャンペーン。金持ちの批判、それから鯰＝地震に打ち勝つ、というようないろいろな意味を込めたユーモアの感覚でこういうようなものがいろいろ売れた。この図像からアウエハントが地震のときの感覚（地震の神話みたいなもの）を解読して、その当時の人々の心性（マンタリテ）というようなものを再現する手がかりにした。それは普通の文字では失われてしまうような感覚で、歴史の表面には残らない。

歴史に埋もれた記憶を立ち上がらせる

今年の四月頃本になりそうですが、明治・大正・昭和にわたる日本の近代の中において失われた一種の記憶を再構成しようと思って、連続で三年間書いてきたものがあるんです。[*13]「日本の近代」ということを根源的に考え直すには、第二次世界大戦の問題を考えなければならない。たとえば、日本が負けたという事実から出発しないで、勝ったほうの見方とアイデンティファイしようというのが戦後日本の生き方であったけれども、あのとき負け方の技術を開発すべきだったなのに、なぜ開発しなかったのだろう。日本がその前に負けたのは、日本の半分が負けた明治維新であった。明治維新のときには負けたほうのかなりの部分の人が負けたという事実から出発した。勝ったほうは薩長型のピラミッド構造の社会を作っていくようなことをやったわけですが、負けたほうには負けた側の生き方を追求した人がかなりいる。戦争にずっと向っていくような道とは全然違って、システムから一歩外に出るというような見方であるから、二十一世紀の日本を考える場合にはかえってこういう生き方をした人のほうが頼りになるのではないかという考え方や、また日本の近代の記憶から消えてしまった幕臣の行方を追ってみた。そうすると、気がついてみたら四年経っていた。浦島と同じです。山口さんはこの頃本を出さないから、どこかの建築家みたいに、実は十年前に死んでいたんだと言われるようなのと近い状況になっていたんです。

ちょうどその頃静岡県立大学というところに移った。静岡が日本全国を支配した時期は徳川家康の駿府のとき以来いつだろう、と考えてみたら徳川慶喜が静岡へ来たときに、沼津に一緒に幕府の「蕃書調所《ばんしょしらべしょ》」というある種の研究所みたいなものも移って、沼津兵学校というものを作った。その兵学校の教授というのが西周《にしあまね》とかであった。その兵学校は実際上、日本の近代において最初の総合大学であった。そういうことで、教官なども江原素六《そろく》のリーダーシップたるやもう大変なものだったのです。そのうちのたとえば中根香亭《こうてい》という人は、幕府の旗本であって、物凄い漢学の素養があった。その兵学校で教授をやっていたけれど、三年経ったら明治維新新政府が嫉妬して全部教官を一本づりして兵部省に学校そのものを召しあげてしまった。ですから三年しか存続しなかった最初の総合大学ですけれども、その中で香亭は『香亭雅談』とか漢文の名文の本を出したり、漢文によるいろんな時代を反映するエピソードを書いた本を出したわけです。彼は知的にも非常に魅力のある人だった。その証拠に、私が今、香亭をちょっと語れる理由としては永井荷風の『断腸亭日乗』という日記です。それを先週用があって読んでいたんですが、その中に中根香亭がしばしば出てくるんです。なぜかと思い、『荷風全集』をひっくり返してみたところ、荷風は至るところで中根香亭のような江戸の時代を代表するような学者、それから文人を兼ねている人間を好んで書いている。荷風のお父さんもやっぱり幕府の旗本だったんです。荷風はだいたい三つの作品の塊があるということで、一つは『ふらんす物語』『あめりか物語』といったような洋風のものと、反対に『濹東綺譚』みたいな江戸情緒に埋没したものです。ところがもう一つ真ん中に、江戸的な生き方の知性に対する限りないあこがれの念を持っていた。その対象の一つが中根香亭であった。中根香亭が面白いのは、その後兵部省に召しかかえられて『兵要日本地理小誌』という地理の本を書いている。最後にはそれは彼の名前をつけて出さなかったけれども、明治十（一八七七）年の「西南の役」のちょっと前、そのときは彼は少佐で、大佐が「これ削れ」っていうときに「削らない」と大喧嘩して、それでやめてしまったというぐらいの気骨のある人だったわけです。そこで、その中根香亭はそれから後は浪人をしていたんですけど、「金港堂」という出版社の顧問になって「金港堂」が出す雑誌『都の花』というような雑誌の顧問をやっていた。そこで非常に面白い良いネットワークを持っていたわけです。ネットワークの中で彼はいろいろ仕事をしたり、ともに遊んだりしていたんです。けれども明治二十四（一八九一）年ぐらいになったら「もうこの世に飽きた」と言いまして、奥さんは前に死んでいるものですから、自分の持っているものを全部親戚に譲り渡し、自分は漂浪の旅に出かけた。それで時々東京に帰ってきたりして、ちょうど山下清がしたんじゃないかという感じでスケッチに行っては文章を書いてあげる。それで何日間か暮らす。漂浪の旅に出るときに自分の書籍や何かを全部分けてしまった。最後に死ぬ少し前に、親戚で自分の後を託した人に

「僕が死んだら骨は灰にして、それを野山に撒いてくれ」と言う。ですからもう今日一番かっこいい生き方を全部先取りしたというところがあるわけです。明治の終わり頃に、自然葬の考え方を先にやっているんです。しかし、中根香亭はほとんど忘れられていて、全然歴史の近代史の記憶にとどまらないのです。もう漱石の百分の一でも表現されていればいいですけど、中根香亭については本が一冊もないです。ところが驚くべきことに、一昨日、「静岡県の沼津で講演せよ」ということで県庁の人たちに向って講演をしたんです。ちょっと時間があったから明治資料館という兵学校の後に建ったところに訪れました。そうすると吃驚《びっくり》したことには、そこの学芸員の人がやはり中根香亭の本を、和綴じの本ですけど、乏しい予算の中から買い集めて持っていた。収蔵庫の片隅にあるのを「これ何だかわかりますか」と言いますので、私は「知らん」と言いました。「これは中根香亭が使っていた文机なんですよ」と言うのです。「それがどうしてこんなところにあるの」と言ったら、中根香亭が遺産分けを親戚にしたとき、兵学校の教授だった乙骨《おっこつ》太郎《たろう》乙《おつ》に渡ったということです。これもまた個人情報が立ち上がるというもので、この乙骨先生というのは、麻布中学の先生にその人の孫である同僚がいたんです。打ち捨てられたような情報がまた立ち上がってきた。あちらでぶつかりこちらでぶつかり、そのうち私が倒れるのではないかと思うくらい、そういったものが目の前に飛び出してくる。そういうような過去の記憶というものが立ち上がるというような機会に一昨日遭遇したんです。「これからも香亭についてもう少しまとめて勉強したいんだけど」と言ったら、「それでは先生、清水市ですね。クリーニング屋さんがあって、そこの店員さんなんですけれども、五十歳くらいの人で中根香亭についてこれ以上知っている人がいないというぐらい情報・資料を集めているという人がいます」。

町の中にそういう人がいると、大学というのは大したことをやってないな、いわゆる公の推薦する記憶しかとどめていないな、というのが私の感想です。公の記憶から打ち捨てられたものを、そういう人が拾っているので、吃驚して腰を抜かしそうになったわけです。「歴史と記憶」というものの例は意外と我々の周りに転がっているんだということでありまして、決してヨーロッパばかりをありがたがっている必要はないということで、今日は話をしました。こういう記憶の問題をやるにはどういうような研究スタイルがあるかということで、目録・カタログをたくさん用意してきたんですけど……。一つのことにこだわると、なかなかいろんなことを喋れない、ということがわかったところで話を終えさせていただきます。

注記（川村伸秀／『山口昌男ラビリンス』編集者による）

＊1　著者の『共同幻想論』に対する書評は、一九六九年一月から三月まで『日本読書新聞』に掲載され、のちに山口昌男著『人類学的思考』（せりか書房、一九七一年）に「幻想・構

造・始原――吉本隆明『共同幻想論』をめぐって」のタイトルで収録された。

＊2　邦訳は、モーリス・アルヴァックス著、小関藤一郎訳『集合的記憶』（行路社、一九八九年）。

＊3　文藝春秋社から出ていた雑誌『マルコポーロ』は、一九九五年二月号に「ナチ『ガス室』はなかった」を掲載した。この記事に対してロサンゼルスのユダヤ人人権擁護団体が抗議したことに端を発し、最終的には雑誌の廃刊、編集長解任の事態に至った。

＊4　村井紀著『南島イデオロギーの発生――柳田国男と植民地』（福武書店、一九九二年／増補改訂版、太田出版、一九九五年／新版、岩波現代文庫、二〇〇四年）。また、この問題について著者は、座談会「植民地主義と近代日本――『南島イデオロギーの発生』を出発点に」（『批評空間』第七号、一九九二年十月刊所収）に、川村湊、柄谷行人、村井紀の各氏と共に出席している。

＊5　邦訳は、フランセス・イェイツ著、玉泉八州男監訳『記憶術』（水声社、一九九三年）。

＊6　本書「二十世紀後半の知的起源」の章。

＊7　著者は、自身がヴァールブルク文庫を訪れたときの模様を「私の図書館・私の大学」という文章のなかで語っている（次篇参照）。なお、著者は、この文章で触れているゴンブリッチ博士が日本を訪れたとき、『思想』（六七五号、一九八〇年九月）で対談「美術への道――ウィーンからロンドン・ワールブルク研究所へ」を行っている（のち対談集『知の狩人――続二十世紀の知的冒険』岩波書店、一九八二年刊所収）。

＊8　邦訳は、エルンスト・カッシーラー著、生松敬三、木田元訳『シンボル形式の哲学』（全四巻、岩波文庫、一九八九―九七年）。

*9　フランセス・イェイツ著、藤田実訳『世界劇場』（晶文社、一九七八年）。

*10　邦訳（但し、抄訳）は、ピエール・ノラ編、谷川稔監訳『記憶の場』（全三巻、岩波書店、二〇〇二—〇三年）。

*11　著者が福島県喰丸小学校に喰丸文化再学習センターを開所したのは、一九九二年八月のこと。その後、「喰丸お月見」講座（同年十月）、「紙芝居の市」（一九九四年八月）等を開催した。なお、この喰丸文化再学習センター開所のいきさつについては、坪内祐三氏の「喰丸文化再学習センター開所祭までの顛末記」（『へるめす』第四〇号、一九九二年十一月）に詳しい。

*12　コルネリウス・アウエハント著、小松和彦ほか訳『鯰絵——民俗的想像力の世界』（せりか書房、一九七九年／岩波文庫、二〇一三年）。

*13　山口昌男著『「挫折」の昭和史』『「敗者」の精神史』（共に、岩波書店、一九九五年／岩波現代文庫、二〇〇五年）。

私の図書館・私の大学

どうして、そのように本に執念を持っているのかという質問を時々受けることがある。答えは非常に簡単で、北海道の余り裕福でもない菓子屋の倅として生まれて、決して本に恵まれない幼少期を持ったということに尽きそうである。小学校には図書室があったが、どういうわけか開かずの間の儘に六年間が過ぎてしまった。加えて小学校四年ころから中学二年の敗戦時までの四年間町の本屋さんの棚からも本が消えるという「我れら、小国民」の典型的な本に対する餓飢感を味わわせられているといえば可成りの部分が説明されるであろう。

このような時代と環境に育っているから、図書館に接したのは比較的遅い時期のことである。中学二年の敗戦後に、やはり、閉鎖されたままであった中学校の図書室が解禁になり、私も図書部員になった。一年上級生に現大阪市大哲学科の川田殖《しげる》教授が居り、知的には大変早熟な少年で、特に英文学を中心とした読書案内をしてくれた。彼の指導で小日向定次郎や斎藤勇《たけし》の英文学史の輪読会なども始め、図書室にあった研究社の英文学評伝叢書を一冊ずつ片っぱしから読み始めた、黒表紙Ｂ６や赤表紙Ａ５の英米文学叢書は実力不足もあって解説論文を読むにとどまった。一つのまとまったコレクションとしての図書館とつき合ったのは、これがはじめてであった。この頃川田殖氏は自宅の書斎に千冊を優に越える英文学のコレクションを持って居り、この蔵書を借りて読むのも愉しみの一つであった。川田氏と同級生に現東大文学部英文学科教授の高松雄一氏が在籍し、私の家と二百米と離れないところに住んでいたが、英文学の話を高松氏とした記憶はまるでないのは今でも理解に苦しむところである。一方、川田氏は休みを利用してはさい果ての網走から東京に本の買い出しに来ていた。或る時、私も氏に託して何冊かの本を買って来てもらった。チャールズ・ロングの『英文学史』、マクミラン文庫の『クリスマス・キャロル』これらが生まれてはじめて所有した洋書であった。

私の育った町美幌には、戦争中海軍航空隊の基地があったため、敗戦後直ちに米軍が進駐して来た。雑役夫の割り当てが町内会を通じて課せられた。私は年をいつわって、人の分も引き受けて基地に雑役夫として出掛けた。図書室に一杯、ＧＩ用のポケット文庫が並べられていた。新鮮な果実の匂いと共に、この図書室の眺めは異郷のそれであった。

大学時代に積極的に図書館に近づいたという記憶は余りない。むしろ、図書館司書にして大文人であったアナトール・フランスやゴンクール兄弟について読み、うらやましい生涯があるものだと羨望の念にかられつつも、文学部国史学科の研究室で『古事類苑』などの検索に追われる日々が続いた。

再び図書館との驚きの出逢いを持ったのは社会人類学科に学ぶ大学院の学生としてであった。アフリカ研究を志したとは言うものの、都内にはこれと言ったアフリカ研究の蔵書は当時まだ存在していなかった。東大の理学部人類学科などが、戦前からの伝統で意外な本の見つかるところであった。同じようなことは東洋文庫についても言えた。アフリカ関係の本がないかと思って東洋文庫に足を向けた不心得者は文庫の歴史でも数多くはないであろう。

東大中央図書館は、昭和初年、古野清人、関敬吾、徳永康元、会田由《ゆう》といった大読書人が司書をしていた伝説的な梁山泊である。ここで面白い発見をした。アフリカを中心とした人類学関係のこれはと思うような面白い本の多くが、大震災後にスウェーデンをはじめとする諸国の寄贈本で、昭和初年に集中しているということであった。そして、最近伺ったところでは、そうした寄贈本を整理してカード作製に携っていたのが若き日の関敬吾氏らであり、関敬吾氏御自身は、ここで寄贈本の中に入っていたＦＦＣ（「フィンランド民俗学叢書」）でアンティ・アールネ及びスティス・トムソンの『昔話モティーフ大索引』に邂逅し昔話研究の道に入ったということである。

こうした勢いを駆って当時アフリカ関係では断然他の追随を許さない天理大学のアフリカ文庫に二夏お世話になることになる。知る人ぞ知るこのアフリカ文庫は、戦前から海軍技術少将徳川武定氏がテオドール・ルーズベルトのアフリカ探検記に感動して、丸善に入って来るアフリカ関係書を新刊・古書にかかわらず納入させてでき上った文庫であるが、敗戦後、中山正善氏が蔵書をそっくりその儘買い取って発足したものであった。二夏を或る大教会に無料で泊めていただいたのは大変有難いことであった。当然のことながら社会人類学の新しい研究書は都立大をはじめとする各大学の研究室の蔵書で間に合ったが、戦前の古書は天理大アフリカ文庫の一万二千冊を越える蔵書が圧倒的に頼りになるコレクションであった。所謂個人的な文庫の魅力に憑かれたのはこの文庫においてであったろう。開架式の図書館ではなかったが、書庫の中に自由に出入りさせて下さった大脇武夫氏の御好意は忘れられない。

開架式の図書館に接したのは一九六〇年頃から非常勤の助手として勤務した国際基督教大学に於てであった。余り勤勉な助手でなかった私は、勤務時間の大半を図書館で過していたのだが、開架式の利点をフルに利用して万遍なく書架を見廻って読むという愉しみを味わったために、どういった分野の本で裨益《ひえき》を受けたか余り記憶にない。

私の図書館体験が国境を越えたのは一九六三年、イバダン大学の社会（人類）学講師としてナイジェリアに赴いた時以後のことである。この大学にはアフリカ随一の大学らしく極めて完備したアフリカ文庫が図書館の六階の一階を占めていた。ここで、アフリカ関係文献の必要なものは殆んど手にすることができ、天理大学アフリカ文庫に発したアフリカ研究文献の探索行は目的地に達して一つの区切りがついたと言えた。だがナイジェリアには意外な脇道が開かれていた。

一九六七年再び調査のために戻ったナイジェリアは間もなく内戦の悲劇に捲き込まれるに至った。調査地が、東部州の反乱地域に行政的に接していたために、北部州（当時）の行政の中心カドゥナに強制疎開を命じられた私は、三カ月この村に滞在することを余儀なくされた。そこで、この町にあったブリティッシュ・カウンスルの図書館を訪れてみた。面白いことに誰が集めたのか、この図書館には万遍なく集められたシェイクスピア関係文献が揃っていた。都市人類学の研究にでも携っていなければ、三カ月の大都市強制滞在はかなりしんどい歳月であった。しかしながら、この貸し出し図書館の利用によって三カ月を少しも退屈することなく過すことができた。御丁寧にも「シェイクスピア年報」が全部揃っていたからシェイクスピア研究の今世紀における展開を知ることができた。

一九六八年から七三年までの間に、私は比較的頻繁にパリに滞在し、ロンドンやオックスフォード又はケンブリッジを訪れる機会を得た。パリでは、専ら専門関係の人類（間）博物館の図書館を利用し、国立古文書館は展示会に行く程度にとどめて蔵書を利用することはなかった。その理由の一つは、パリの古書店自体が充分に図書館の機能を果してくれたからであった。当時私は専らサーカス・見世物関係の文献を漁っていたから、どうしても、安定した分野に属しない文献についてはいきおい、こうした未整理の分野に関心を抱く古書店が一種の図書館の趣を呈する。セーヌ通りに一軒、ボナパルト通りに一軒こうした専門の古本屋がある。又パリ市博物館（カルナバレ）の近くにも数軒十九世紀のエッチングを中心にこうした関係の古書籍を扱う古書店があり、これらの書店が或る期間図書館の役割りを果してくれた。

ロンドンでは盛名高い大英博物館の図書館は閲覧室をのぞかせて貰うだけで遠慮し、専ら王立人類学協会の図書館を利用させてもらった。この、人類学関係では世界的蔵書数を誇る図書館も経営難にあえいでいたが危機を乗り切ったであろうか。

一番好きな図書館を一つ挙げろと言われれば、私は躊躇することなくロンドン大学のワールブルク文庫を挙げる。この文庫の成立については『本の神話学』（中央公論社、中公文庫）の中で、アビ・ワールブルクをめぐる神話・祝祭的図像学を中心とする精神史を軸とする美術史の成立をたどりながら論じる機会があった。図書館に二つの軸があるとすれば、一つは総合図書館であり、もう一つは個人の蔵書を中心とする文庫であろう。後者についてはアレキサンドリアに一つの大きなうねりを見せたネオ・プラトニズムの運動もたどって見なければならないかも知れない。しかし、ロレンツォ・ディ・メディチが庇護したマルシリオ・フィチーノを中心とするフィレンツェのプラトン学院の歴史は、世にあまねく知られている。ワールブルク文庫は、この精神的土壌の中から育った図書館である。一口で言えば、それは既存の学問体系に異を唱えるべく、潜在的な知的体系を顕在させるべく組織された図書館である。デカルトにはじまる理性の世紀の中で、地下に潜入した象徴・図像を中心とした祝祭的とも言うべき世界観は、様々の意味で今日の人間科学のための決定的な匿れた水脈を構成した。このような精神史、学問的背景を前提として成立したこの文庫はドイツ時代に、カッシーラーやE・パノフスキーなどの仕事に結実していた。ナチの成立時以後ロンドンに移ってからも、フランシス・イエーツやジャン・セズネックらのすぐれた研究者を世に送った。私がこの文庫を訪れたのは一九七三年の夏であった。当時ワールブルク文庫の所長であったゴンブリッチ博士――今年の五月日本を訪れた――は、一面識もない私に二日もつき合ってくれて、利用の便をはかってくれた。ここには、ふつう古書店にでもいかなければ接することの出来ない書籍がふんだんにある。文庫のパンフレットには、極めてユニークな文庫の分類基準が示されている。将来の人間科学における新プラトニズム的想像力の重要性を想うとき、この分類基準は殆んど、人間科学の新しいパラダイムを示しているといっても決して誇張にならないであろう。

同じ年の七月私はオックスフォード大学のオール・ソールズ学寮で開催された、英国社会人類学会で「天皇制の神話・演劇論的構造」という報告を行った後、その儘九月末までの涼しい夏休みをウルフソン学寮に滞在し、主として社会人類学研究所（学科）の図書館でインドネシア研究関係の本を読みながら過した。この間、マートン学寮に晩餐に招かれたのは愉快な経験であった。当時、アフリカの年齢階梯制の論文を書いていたスチュアート君という人が或る日学寮に食事に来ないかと誘ってくれた。食事の前に、学寮の図書館に案内してくれた。マートン学寮は中世の僧院さながらの造りになっているが、図書館の、やはり中世から使われているという木造りの机や椅子は大学の歴史の古さを偲ばせるものがある。この学寮にはバートン版『千夜一夜』の訳者リチャード・バートンが学んだため、書架にも革装のバートンの著作の初版本がずらっと揃えてあった。二つの記憶が私に蘇って来た。一つは、ボルヘスが図書館について作品化した『永遠の歴史』に収載された「『千夜一夜』の訳書たち」の中のリチャード・バートンについての件りであり、もう一つは、天理大学アフリカ文庫で初めて読んだ、バートンの西アフリカ・ダホメー紀行とナイル遡源の紀行であった。この穴倉のような図書館でバートンのこれらの著作の初版本の頁を繰りながら、私の書痴紀行もその水源地に近い地点に達したような気がしていた。

私の図書館・私の大学は思いがけない地点に出現する。一九七四年、私は東インドネシアのアンボンに滞在していた。この島は周辺の諸島の中継地であるため数週間の滞在を余儀なくされた。カトリック教会の大司教は歴代、この地域の民族誌研究に関心を抱く人が多かったため、大司教の図書室は、この地域関係の文献が十九世紀末からの分を含めて集積されていた。はじめに述べた総合図書館の対極にある個別図書館としては却って欧米の大図書館を部分的に凌ぐこともある。同じことは、フローレス島のマウメレに近い山中にあるカトリック神学校の図書館についても言い得る。この神学校のことをマウメレという北海岸の町で聞いた時には想像しなかったすぐれたコレクションであった。毎日朝の七時から夜の十一時頃までタイプで文献・資料を写しながら、神父さん用の部屋に一月滞在させて貰った。この神学校は、一九三〇年代からフローレス島の各地で民族誌的調査を行ったアレント神父の拠点であったため東インドネシア研究のすぐれたコレクションがあった。少くとも日本で接することの出来ない本に、ここでは極めて容易に接することができたのは望外の幸せであった。勿論神学校であるから、新しい神学、解釈学、特にガダマーの著作集などが揃って居り、民族誌資料蒐集に疲れた時にはこうした著作に接することができたのは、ナイジェリアのカドゥナのブリティッシュ・カウンスルとの邂逅の時のような嬉しい驚きであった。フローレス山中の神学校でこうした図書館に会うのは、砂漠の中の蜃気楼が実在のものであったというに等しい不思議な体験であったように今にして思われる。勿論、文化の解説に携る者にとって、外の世界そのもの、私が調査したリオ族の文化が、宇宙論的存在感にあふれた一冊の本からなる図書館に他ならなかったことは言うまでもない。神学校で一と月の滞在期間を了えた私は、ことばとイコンで構築されたリオ族という名のもう一つの図書館に入館していった。

一九七六年から七九年まで、私は屢々といっていい程、中米・南米を含めたアメリカ大陸で「学門の出前」とも言うべき客員教授の生活を繰り返した。たしかに、この間数多くの大学図書館を訪れたり、利用したりした。しかし、私の知的弾力性が失われたのか、それ以前の図書館体験で、すでに出遭いのスタイルが出来上ってしまっていたのか、これまで述べて来た様々な拡がりにおける出遭いに加えるべき質的な展開はもはや見られない。この期間、私自身の文庫が、私の需要をほぼ満たすに足りる知的空間になっていったせいもあるかも知れない。

図書館との出遭い

山口人類学の起源は貸本屋にあった

A——あなたの生涯の中で図書館という不思議な空間が姿を現わしたのは、何時《いつ》ごろの事ですか。

B——私は北海道東北の町の菓子屋の倅として八人兄弟姉妹の中で、家には余り本がない環境という状態で育ちました。

A——小学校ではどういう図書室がありましたか。

B——図書室という看板のかかった部屋がありましたが、私が六年間通っていた間、外からは本があるのは見えましたが鍵がかかっているので、眺めるだけで一度も入れて貰ったことは有りません。そこで図書室の本は禁断の木の実でした。

A——それはどういうわけで。

B——小学校四年の時第二次世界大戦が始まり、終ったのは中学二年（旧制）の時ですから、その頃学校では教員の数が不足しているため、図書事務にまで手が廻らないので開館できなかったのではなかろうかと考えています。

A――蔵書家というのは近く、或いは廻りに居ましたか。

B――中学二年、敗戦前後に本の世界が賑わしくなりました。第一に町に疎開して来た赤沼天崖という書家で文士で、個人新聞の発行者が、図書館と銘打って二階の建物の一階を開架式の図書館にしていました。自分の蔵書、その大半は小説をはじめとする文学書でしたが、私が図書館と銘打った建物の中に入ったのはここがはじめてでした。

A――そういった所で手にした書物で印象に残っているものがありますか。

B――中学三年のときに、一軒の貸本屋に行って和辻哲郎の本が置いてあったので借りる手続きをしたところ、貸本店の持ち主である人物は貸出台帳に「ナソルペと面」とすらすらと書いたのには驚きました。『面とペルソナ』のことだったのですが。本の乏しい時に所有している貴重な本の題を横書きであったとは云え、逆に書くなんてこの人物の記憶の構造はどうなっているのだろうと内心疑いました。しかし、ドイツの民族学者レオ・フロベニウスについて一章があり、そのおかげで「アフリカの聲」（原題「そしてアフリカは語る」）という西アフリカはナイジェリアのノクという文化について知りました。のちにフロベニウスの著書は大学院で岡正雄教授のゼミで読んだり、その「両性具有神」という概念については「失われた世界の復権」（山口編『未開と文明』／平凡社／一九六九年刊）で大いに利用させて貰いました。その意味では、民族学との出会いは貸本屋で借りた和辻の『面とペルソナ』であったと云えるかも知れません。

A――何かの文章で石田英一郎の『桃太郎の母』がそういった位置をあなたの中で占めているとありましたが。

B――自分で買った本としてはそう云えます。当時弘文堂でアテネ文庫というシリーズが出ていて、私も高校二年の頃は八十冊くらい持っていました。私の個人蔵書の中核をなしていました。図書館施設の代替物として貸本屋について話が及んだので、つい忘れていたことを思い出してしまった訳です。

A――民族学との出遭いが貸本屋であったという山口人類学の起源譚が一つ増えたことは愉しいことです。

五十年の後も影響を及ぼす本との出遭い

B――個人蔵書といえば、中学二年のとき敗戦でそれまで殆んど農村で過して来た援農から解放されて教室に帰って来ました。農村といえば小清水村の加藤宗治さんという家に泊っていました。ところがその家に昭和の初年から二十年までの「家の光」全冊があったので、毎夜農作業の手伝いのあと、ランプの光で小説だけ全冊読了しました。手許に「家の光」の昭和六年八月号があります。何故この一冊があるか。古書展で見つけたのですが、この六年・八月は私の生れた月だから購入したという丈の話です。面白いのはこの号に、竹中労の父で「苦楽」で江戸川乱歩の『陰獣』の挿画で世に出た、竹中英太郎の絵があることです。「海軍美談」という二色オフセット刷の四枚のうちの最後の一枚が竹中英太郎の担当で、「鬼神を泣かす」という題で潜水艇佐久間（大尉）艇長の殉職の模様を描いたもので、今日から見ると珍らしいものです。竹中英太郎が「苦楽」に大正モダニズムの乗りで面白い挿絵を寄せていたことを知ったのは十年程前のことです。しかし、確実に、その四十六年前に、「家の光」で見ていたことは確かです。枕許に積み重ねて「家の光」で眼を通していたことの我乍ら愉しい事実であると感じました。これも家庭図書館の恩恵です。外の方々が都市部で空襲によって悲惨な日々を送っているとき、こういう悠長な読書が出来たという悪運の強さは、戦後色々な形で私の読書体験に影響を及ぼします。

A――音楽評論の藁科雅美さんもその頃会われたのでしょう。

B――そうですね。藁科さんは昭和十九年に私の家から五、六分のところに移って来ました。終戦後、私の町にあった海軍の航空基地を撤去するため米軍が進駐して来ました。町の労役夫割り当て制が出来ると、私は町内の外の家の割り当てを代行して基地に行き、帰りは空弁当の中に、読み捨てのリーダーズ・ダイジェストやG・I・エディションのポケット・ブックを忍ばせて持って来ました。ジョン・ハーシーとかノーマン・メーラーの小説は邦訳も出ていましたが、オリジナルの版の表紙写真が表紙に印刷されているというものでした。持ち帰った本は週二度藁科さんのお宅で個人教授を受け、一緒に読み助けていただきました。こうして私の机の廻りにはＧ・Ｉギフト・コーナーが出来上っていました。

Ａ――ジョイスの『ユリシーズ』（集英社版）の共訳者の一人、高松雄一氏はたしか同じ中学で、先輩でしたね。

Ｂ――あの人は一年上級生で、百二十メートルぐらい離れた小学校校長宅に住んでいました。孤高の人で、全く廻りの人とはつき合いが無かったのでないかと思います。二年上には現在里文出版を経営している安藤秀幸さんが居りました。この人は詩人で、別の意味で余りつき合いはなく、十五年前に土佐の絵金についての本を発行するとき乞われて横尾忠則氏と対談をしたのがきっかけで、おつき合いするようになりました。最近里文出版は私の長い友人である立命館大学の渡辺公三教授の『アフリカンデザイン――クバ王国のアップリケと草ビロード』という、とても立派な本を刊行しました。安藤氏のことを考えると「小さな世界」だと思います。安藤氏の近くに、現在北海道陶芸家協会長である中村照子さんという、私の二年下の陶芸家が育つ時に住んでいました。一年年上に川田殖《しげる》という人が居ましたが、この人は当時父君が海産物問屋を営んでいて好景気でしたので、昭和二十一、二年の汽車もなく交通事情が最悪のころ東京に古本の買い出しに出かけていました。後にＩＣＵに入って神田盾夫氏の許で古代・中世哲学史を修めＧ・Ｇ・Ｒ・ロイド

（ケンブリッジ大学）の『アリストテレス』（みすず書房）の訳書もあります。十年前、ロイド教授が来日した時、この人の信州の自宅をロイド氏と共に訪れ、そこで『思想』のため対談しました。その時その三十五年前に贈呈し、献辞が書いてある『シェークスピア研究』逍遥訳全集を見せてもらい、往時を偲びました。氏は山梨医大の教授、恵泉学園長を務められました。この人の自宅の十二畳くらいの書斎は、当時の氏が英文書に熱中していたため一種英文学書の小図書館の観を呈していました。戦前の研究社の英文学叢書は赤A4版全集、黒B5版共全巻が並び、今にして想えばあれが中学四年生の書斎かと思うほどの蔵書量で、私は借り出して英文そのものはすっ飛ばして解説の部分、評伝双書の全巻読んだものです。現在内田魯庵についての仕事に携っていますが、そのサミュエル・ジョンソン伝に触れながら、この頃読んだボズウェルのジョンソン伝やボズウェルの評伝叢書に馴れていたので、やはり五十年後に役に立つ読書というのはあるものだと考えています。

　五十年後役に立つと云えば、私は長い間自らの図書館を作ることを夢みていました。最も早い頃のは、学生の頃翻訳の出たケストナーの『ザルツブルク日記』で、その小説の主人公は親の遺産で楽に暮していける青年が、朝起きると数多くの図書室のある家のどの部屋で一日を過そうかと考えてから、今日は生物学、明日は歴史という具合に分類が済んでいます巻の書物に埋れて一日を過すという調子の生き方をしている。学部学生だった私は、「羨ましい」と心から恐嘆の念を禁じ得なかった事を覚えています。

図書館の面白さは、その迷路性にあり

A——それじゃ『アレフ』を始めとするボルヘスへの賛辞が続きそうですね。

B——まあ、そう一挙に飛翔しなくても、ウンベルト・エーコの『薔薇の名前』でも良いのですが、最近出た中村真一郎の没後の大作『木村兼《けん》葭《か》堂《どう》のサロン』（新潮社）でも、江戸末期の大阪で兼葭堂が自らの家屋・屋敷をオランダ系の文物を含む書籍・博物誌（史）の大倉庫に転じた事を改めて知り吃驚しました。

A——『薔薇の名前』は中世のとある僧院にまぎれ込んだ修道僧が、修道僧院に続いて起る殺人事件に関心を抱き、調べているうちに、この僧院が巨大な迷路として造られその最奥部が古代ギリシアから伝来したカソリック的な書物の貯蔵庫であることを知ります。殺人事件は、一つの部門の書物の中に次の部門に達する手懸りが、暗号として仕掛けられ、一つの部門に手懸りを見出して、次の部門に赴こうとする僧が次々に殺されていくという仕組みになっています。図書館が迷路であるという魅力ある主題です。

B——現代エジプトの映画監督のシャヒーンが『炎のアンダルシア』の中で、中世のスペインのアンダルシアで、ギリシア伝来の学問を伝えようとする学僧アヴェロイスに対して焚書の刑によって弾圧を加えようとする勢力に対して、焚書になりそうな勢いの中にあ

る書物をアレクサンドリアに移そうとする若者の動きを描いています。結局若者の書物のリレーは功を奏して、ギリシアの古典がアレクサンドリア経由で、ローマ世界に伝えられ、カソリック教会に手渡され、『薔薇の名前』の僧院に古代ギリシアの智慧が伝えられ、殺人事件の動機になってしまうという話なのですが、図書館の役割が生々しく伝えられるという意味では文字に発する情報伝達における図書館の役割はこの二つの映画を通じて、現代に明瞭に伝わったと思うのです。

A――ではあなたはその中でどういう立場にあると思いますか。

B――私は、昨年アレクサンドリアを訪れて、これが『炎のアンダルシア』を通して古典ギリシアの叡智を受け継いだ都市であるという思いに捉われ、ローレンス・ダレルの『アレクサンドリア四重奏』（高松雄一訳）の都市であるという思いに捉われて、海中発掘が盛んに行われている沖の海岸のレストランで魚を食べて日本に帰って下痢で苦労しましたが、今からみると大変愉しい経験をしています。

A――現に、今学長をしていられる大学でも「山口文庫」という図書館を造り始めていると聞きますが……。

B――この文庫は私の蔵書のうち四万冊を移して造られたものです。大学の公認の図書館ではないため色々な差別を受けています。だが、そのため却って、書籍部、文化学部、六号館地下の書庫、更に大学図書館に戻って文化学部秘密文庫を経て、山口文庫に達する学生にとっては大変なオデッセイ的、ボルヘス的経験が出来る場所になっています。私にはこの文庫は、四十年前に夢想した理想の図書館、そこでは若者を思いの儘《まま》、えづけ出来る場所になりつつあるのです。

　つまり、云おうとしているのは、生協の書籍部は結構、品揃えはよいから、ここで本の魅力に捉えられる学生がいる。こうした学生は中央図書館に行くでしょう。しかしこの図書館は何処にでもあるようなリファレンス図書館です。書籍部に較べても知的挑発力に欠けています。これで満足して卒業する学生はそれで幸せであると云えるでしょう。しかし呪われた学生は、地下の迷路に迷い込みます。そこは人によると魅惑の空間とも云うべきもので、学生が作成した〝海図〟からも推しはかられるように、過去四十年の間に世界の書店或いは古書店を廻って集めた書物の宝島と私は思っています。特に神話、美術、音楽、ロシア文学、東欧、演劇、イタリア喜劇、見世物、サーカス、記号学の分野では世界各国の大学の図書館に比しても優るとも劣らないものと云えます。しかし、これが呪いの迷路空間の終点でなく、図書館の中の文化学部関係の、顕・密のコレクションは、明治大正の稀書で満たされています。実は私の二つの書棚で武装した専用の部屋は……。それに自宅の書庫に続くということになると、ここまで追跡する学生にはどんな運命が待っているか想像もつきません。『薔薇の名前』ではないけれど、図書館は衛《マモ》る方陣と知の越境の戦術的攻防の空間であると云えるだろうと思います。人類学では若者の成人式で、異界性を帯びた導師（イニシエーター）が新入りを鍛錬のために威嚇するという儀式があります。図書館文化にはそういう凄味があると思います。「近づけ」「近づくな」というダブル・バインドであるということです。

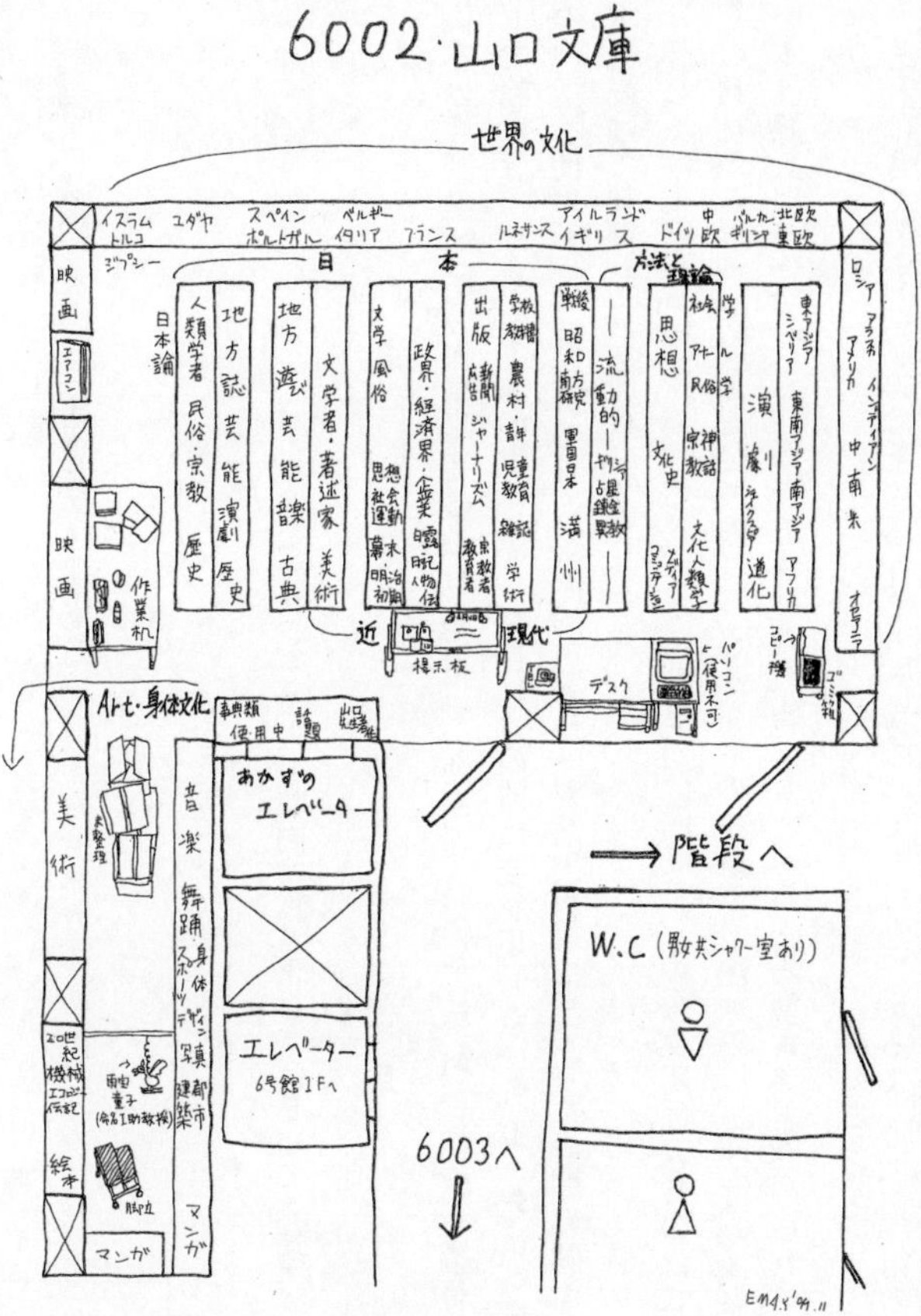

札幌大学文化学部四年生（当時）勇崎絵馬による山口文庫パイロット図
（「山口文庫」Vol.0より）

解説　蔵書という思考法——あるいは、なぜ本なのか

山本貴光

本は読まれ、その人の脳内物質と化してはじめて〈知〉となる。
——高山宏

『本の神話学』は、人類学者の山口昌男（一九三一—二〇一三）が、翻訳や編著や論文などを除けば、はじめて本の書き手として読者の前に姿を現した一九七一年に、『アフリカの神話的世界』（岩波新書）、『人類学的思考』（せりか書房）といった専門に関する二冊の本に続けて刊行した三冊目の本である。

詳しくは末尾の書誌で述べるが、本になるのは四回目、中公文庫に入るのは二回目。最初の刊行から半世紀以上を経ており、ボルヘスの小説に登場する「五十年以上経っていない本は読むに及ばず」といううるさ型の人物にも、そろそろ準古典と認められるのではないか。

それはさておき、山口はその著作リストを眺めてみても分かるように、学術の細分化と

専門化が進んだ昨今ではあまり見かけなくなった「博識」という言葉が似つかわしい人の一人だった。博識といえば、近年、歴史学者のピーター・バークが、その名も『ポリマス』（Peter Burke, *The Polymath: A Cultural History from Leonardo da Vinci to Susan Sontag*, Yale University Press, 2020）という本を書いている。十五世紀以降の西欧における博識（ポリマス）の文化史を辿った労作で、彼の『知識の社会史』にも重なる仕事だ。「『歴史はポリマスに冷たい』と言われてきた。ある者は忘れ去られ、多くは人が理解できそうな分類に無理矢理押し込められてきた」とは、同書の語りだしの言葉だが、これは分類された箱のどれかに仕分けるのでは片付けられない山口昌男のことのようでもある。

　バークによれば、ヨーロッパで現在私たちが知っているような学術の専門家が現れるのは十九世紀以降のこと。その背景を見れば、十五世紀の活版印刷術の実用化を起点として、十七世紀に廉価な紙の開発と機械装置の発展によって雑誌や書物などの印刷文化がそれまで以上に大きく花開き、「知識の爆発」が起きる。このとき人がどうしたかについてはアン・ブレアの『情報爆発　初期近代ヨーロッパの情報管理術』（住本規子＋廣田篤彦＋正岡和恵訳、中央公論新社、二〇一八）を見ていただくとして、十九世紀には専門家が現れ、大学のような組織でも分業が進む。要するに習得すべき知識の範囲をぐっと絞る——他を差し置いて専ら一つの部門に集中する——ことで、知識爆発に対処しようという作戦だ。いま、私たちは何度目かの「知識爆発」の時代を生きている。そして、山口昌男が残した本に、私たちは専門化とは別の仕方での知識とのつきあい方を見出すことができる。

そんなわけで、ここでは、本書が書かれた当時の文脈を離れて、いまこの本が持ちうる意味について考えてみたい。先に言い添えれば、私自身はこの本と三十年来のつきあいで、読むつど新たな刺激を受けてきた一読者である。

1　知的環境こそが

さて、本書は、目次から分かるように、ワイマール文化、ヴァールブルク文庫、ユダヤ人の知的環境、モーツァルトとオペラ、社会科学、政治と芸能、シェイクスピア劇、ルネサンス、カバラの伝統と、ヨーロッパの文化史、あるいは精神史に関わるテーマを多く扱っている。念のために言えば、西欧の文化は、言葉も歴史もちがう遠い異国のものであると同時に、もっぱら十九世紀以降の日本における学術や文化の大きな基礎となったものでもあり、まったく他人事ではない。西欧の知の条件を考えることは、その延長線上にある私たち自身の場合について考えることでもある。

本書に並ぶこれら多様なテーマの根底には、こうした知的活動を可能にしたのは一体どのような環境だったのか、という著者の強い関心がある。それは、同じくこの本の端々で形を変えて述べられる、なぜ我が邦にはそのような知的環境がないのか、舶来の新しい文化を翻訳輸入して一丁上がりにして済ませていないか、その先へどう進めるかこそが課題ではないのかという批判の裏返しでもある。

先をゆく西欧文明の成功例からその果実を学びとり、彼らの試行錯誤や失敗の山はスルーして、効率よく近代化を進めようという姿勢は、明治期以来の日本のお家芸のようなものだった（古来の中国文明とのつきあいもまた）。それだけではダメではないかと自己本位の重要性を説いた夏目漱石の批判も思い出される。

ではどうするか。ある「本または研究がいかにして可能であったのかという前提を、知的環境から文化にまで掘り下げて探ってみること」「そしてその前提のうち、われわれの手許にあるもの、欠けているものをつねに再検討してみること、いわば『根こそぎ』の移植がいかに可能であるかを考えてみること」という本書の指摘は、いまもなお有効である。うわべのコピーに満足せず、知的創造の条件、そのインフラストラクチャーから考えようというわけだ。

これは、成功した結果を後追いで効率よく取り込んでうまいことやろうという姿勢からは最も遠い発想であり、効率や効用を重視する人にはたいへんな無駄ごとに見えるかもしれない。だがどうだろう、なんの役に立つか分からない基礎研究を疎かにし続け、「選択と集中」を繰り返した結果、各種データが示しているように、研究力が目に見えて凋落し続けている現在の日本を見ていると、研究という営みを可能にする条件を考えてこなかったツケが回ってきているように思える。

2　蔵書は創造であり力である

さて、創造的な知的活動の条件として、山口昌男が目を向けるのは「本」である。といえば、拍子抜けするかもしれない。なにしろ本はありふれていて、そこにどんな秘密があるのかも分からないくらいだ。だが、本書は言う。ある文化に花開いた知的活動を根底から理解しようと思えば、「本の神話」をデコード、読み解く必要があると。デコードとは、暗号解読、つまりエンコード（符号化）されたメッセージを復号することを指す。とはいえ、どこに解読する必要があるというのか。具体例で見ておこう。

本書の巻頭に置かれ、全体の基調をなす「二十世紀後半の知的起源」では、ピーター・ゲイ（一九二三—二〇一五）の『ワイマール文化』（一九六八）を導きの糸として、「ワイマール精神の最も偉大な栄光の一つ」（同書）であるヴァールブルク文庫に触れている。これはドイツのヴァールブルク銀行の御曹子として生まれながら、銀行は弟に譲り、その代わり美術史を学ぶための本代をもってもらうという生き方を選んだアビ・ヴァールブルク（一八六六—一九二九）のライブラリーで、一九〇五年にハンブルクで創設された。

山口は、この文庫の本の並べ方に注目する。ここでは本書で誤訳が指摘されている『ワイマール文化』旧版ではなく、その後刊行された新版から引用してみよう。これはヴァールブルク文庫を訪れた哲学者のエルンスト・カッシーラー（一八七四—一九四五）を案内したフリッツ・ザクスル（一八九〇—一九四八）の回想である。

「私は文庫の管理者であったので、カッシーラーを案内した。彼は礼儀正しい訪問客で、哲学関係の文献を占星術や魔術や民俗学に関する文献の隣りに置き、美術部門を文学・宗教・哲学部門とつなげたヴァールブルクの意図を私が説明している間、熱心に聞き入っていた。ヴァールブルクにとって、哲学の研究は、いわゆる原始的心性の研究と不可分であり、宗教・文学・美術における心像とも切り離すことができなかった。こうした考えが、文献を非正統的な仕方で書架に配列することになって現われていたのである」（『ワイマール文化』亀嶋庸一訳、みすずライブラリー、みすず書房、一九九九、三九頁）

普通に読むと「へえ」などといって素通りしてしまいそうなところ、山口はここにこそ見るべきものがある、ヴァールブルクの思考が現れていると喝破する。

「ザクスルの記述が無視できないのは、それがアリストテレス的形而上学に対する、西欧の思想史のもう一つの底流であるプラトン哲学、それも新プラトニズムと錬金術の伝統の発掘をワールブルクが目ざしていたということをはっきりと示しているから

である」（本書、二九頁）

ヴァールブルクは、「正統的」な本の並べ方とは別の仕方の配列を行うことで、無自覚に繰り返される西欧中心主義を書棚の上で異化してみせたわけである。書棚がそのまま、埋もれていた知のつながりを浮かび上がらせる精神史の試みだったのだ。

幸いなことに彼の仕事は現在、「ヴァールブルク著作集」（七巻＋別巻二、ありな書房、二〇〇三―二〇一四）として日本語で読むこともできる。中でも厖大なイメージを並べて、精神史の痕跡を見てとろうとした未完のプロジェクト「ムネモシュネ・アトラス」に分析を加えた労作（伊藤博明＋加藤哲弘＋田中純「ヴァールブルク著作集　別巻1」）は、本書の読者なら興奮すること間違いなしの一冊である。

詳しくは本文に譲るが、この文庫は、ナチスによるユダヤ人への迫害を避けて、一九三四年にロンドン大学に移管され、後にヴァールブルク（ウォーバーグ）研究所となる。この研究所からは、カッシーラー、イェイツ、パノフスキー、ゴンブリッチをはじめとする面々による輝かしい仕事が送り出されることになるが、それもこれもヴァールブルクが集め並べた本があってこそだった。例えば「ヴァールブルク・コレクション」（全十三冊、平凡社、一九八七―一九九八）では、そうした成果の一端に触れることができる。その一冊、松枝到編『ヴァールブルク学派　文化科学の革新』は、同文庫についてさらに知りたい場合、おおいに役立つだろう。

ついでながら、ここに名前を挙げたゲイ、ヴァールブルク、カッシーラー、パノフスキー、ゴンブリッチはユダヤ系の人で、一九二九年に亡くなったヴァールブルク以外は、みな亡命生活もしくはそれに類する生活を送った人たちでもあった。これは本書の「ユダヤ人の知的熱情」に重なる話でもある。

ところで「本の蒐集が、そのまま思想の営みであり行為であった」とは、本書でルネサンス期の人、ジョン・ディー（一五二七―一六〇八）について触れたくだりで言われたことだが、これは彼に限ったことではない。近年、哲学者や科学者や作家の蔵書が、書き込み（マルジナリア）も含めてアーカイヴとして公開されるケースが増えている。そうした蔵書を見てみると、それこそ「本をその隠れた連関とコンテキストにおいて読みとる術」が必要であると痛感される。

例えば、ハンナ・アーレントの蔵書にエピクテトスの古代ギリシア語による本（実際に書いたのは弟子のアリアノス）があり、そのページに「！」という書き込みがあるのを目にしたとして、これを解釈するには相応の知識を要するわけである。これは一朝一夕でなんとかなるものではなく、長い時間と労力を惜しまず、ことあるごとに多様な本に触れ、脳裡のマップを広げてゆくことでしか身につかない類のものだ。

3　記憶を世話する

今回の文庫では、新たに「歴史と記憶」「私の図書館・私の大学」「図書館との出遭い」（書誌は末尾に示す）という三つの文章が加えられている。それぞれ歴史を〈記憶と忘却〉という観点から見直す談話、ヴァールブルク文庫訪問記と自身の蔵書について、山口自身の図書館との出遭いと、札幌大学の学長時代に山口の蔵書のうち四万点をもとに創られた山口文庫について語ったものだ。

いずれも「本の神話」の解読を通じて歴史のなかに埋もれた知的な営みを浮かび上がらせる、という本書の試みと深い関わりをもつ文章で、これを加えた編者の慧眼に敬意を表したい。ここでは、デジタル環境でものを読むことが普及した現在、モノとしての本を集め読むことにはどのような意味があるか、という観点から補助線を引いておこう。ことはまさに記憶と忘却に関わる。

私は毎日のようにネットで調べ物をし、文献を集め読んでおり、デジタル環境のおかげでどれだけ助かっているか分からないほどお世話になっている。また、そうすればいっそう便利になると期待して、蔵書のうち一万冊ほどをデジタル化してみたことがある。その結果なにが起きたか。

たしかに物が減って部屋のスペースは少しばかり増えた。また、検索機能のおかげで「ええと、あの本はどこかな……」といった探し物の苦労も（一時的に）減った。ただし、いいことばかりではない。第一パソコンやタブレットなどの装置の電源を入れて、電子化したファイルのある場所を閲覧するには、それなりの手間暇を要する。目の前にある書棚が目に入るのとはわけが違う。これは小さなことのようだが、長期的には甚大な違いをもたらす。日常的に意識せずとも目にする書棚と違って、意識的に探しに行くときだけ目にするファイルの一覧は、私たち人間の身の丈に合っていないのだ。どういうことか。

そもそもファイルの数が一万点ともなると、いくら大きなディスプレイでも見づらい。一覧性と視認性が低いという問題がある。また、やがてどの本を電子化したかさえ忘れてしまい、存在しないに等しい状態になり果てる。加えて頼みの綱の検索も完全ではなく、あるのになかなかお目にかかれないファイルも出てくる始末。現行のコンピュータ（OS）は、人間がものを記憶しながら使うことを助ける仕組みとして設計されていないのである（この点に関心のある向きは拙著『記憶のデザイン』筑摩書房をご覧あれ）。

私たちの記憶には、大きく分ければ、一時的にものを覚えておく短期記憶と、脳裡に刻まれて、必要に応じて想起できる長期記憶とがある。ネット検索が普及した現在、ものを覚えなくても必要なときに調べればよいという考え方もあるようだが、それはどちらかといえば短期記憶で用が済む場合だ。ものを読み、思いつき、考え、書き、検討する、といった時間のかかる知的な作業においては、脳裡にどのような知識を蔵しているかが極めて重要である。そして幸か不幸か私たちの体は一般に、ちょっと耳目にしたものはどんどん忘れ、繰り返し触れたものを長期記憶にしまうようにできている（衝撃的な体験は一度きりでも記憶するというケースもあるが）。

これはデジタル環境の普及によってかえって実感しやすくなってきたことだが、物としての本は、そのような人間にちょうどよい道具なのだ。例えば、この本を読み始め、あいだに何度か中断を挟みながら、数日、あるいは数ヵ月をかけて読むとき、私たちは嫌でもこの本を繰り返し手にとり、目にすることになる。そして本のデザインや大きさなどを手がかりとして、努力せずともいつの間にか覚えてしまうものだ。ページの余白に書き込み（マルジナリア）を施せばなおのこと。

そして書棚に他の本とともに「よき隣人」として並べれば、そこには自ずとある思考やものの見方が浮かび上がる。例えば、情報の濁流に飲まれて過ごす現代人に積読による知のビオトープづくりを勧める永田希の『積読こそが完全な読書術である』（イースト・プレス、二〇二〇）を本書の横に並べてみよう。本を集めて並べることは、忘却に抗う記憶の環境をつくることでもあるのだ。これを公共の領域に広げれば、「歴史と記憶」で論じられている集合的記憶をいかに世話するかという話にもつながるわけである。

そのようにしてつくられた物理環境としての蔵書や書棚は、ときとして所有者自身や他の誰かに刺激を与え、次なる仕事へと向かわせる原動力にもなる。山口昌男が本書全体を通じて教えるように、図書館や書棚には、そのような力が密かに宿り、いつの日か、誰かに解読されるのを待つのである。そしてもうお分かりかもしれない。本書そのものが人を知的に挑発する一つの架空の図書館でもあるのだ。

4 「効用性」から遠く離れて

さて、そろそろ紙幅も尽きてきた。最後にもう一つ、ここまで述べてきたこととの関連で、『本の神話学』に通底する重要なテーマに触れておきたい。「効用性」といかに距離をとるかである。「効用性」に代えて「有益さ」「有効性」と言ってもよい。これは本書全体を通じて変奏される主張であり、言うなれば知的環境にとって警戒すべきものだ。例えば、山口はこんなふうに言っている。

「日常的な思考では、われわれは、原因結果の限られた連鎖のみに優先権を与える。その結果、精神を媒介として対応しあうさまざまな『かたち』の連鎖は見失われがちである。（略）祝祭は、すぐれて、世界を構成する諸事物が、効用性において繋ぎとめられた日常世界の秩序から解き放たれて、自由に時間・空間を移動して、『本来的』に対応し合う場を提供するのである」（本書、一〇〇頁）

私たちは日常生活や仕事のさまざまな場面で「効用性」、なにかの役に立つことに照らして物事を判断することがある。無駄を嫌い、役に立たないもの、いまの自分には役に立つことが分からないものを退ける。もちろん必要な場合にはそれでよい。ただし、いつでもそのやり方が適切なわけではない。なにか新しい創造をしようという場合、あるいは世界を理解したいという古来「哲学」と呼ばれてきた営みがそうであったように、なにかを知りたいと思う場合、むしろ効用性から離れる必要がある。つまり、役に立つかという発想を忘れる必要がある。

そもそも学問や研究は、本来、有効性や有益さとは無縁の場所で、さまざまに試行錯誤することを通じてはじめて育まれるものだ。例えば、一九三〇年にプリンストン高等研究所を設立したエイブラハム・フレクスナー（一八六六—一九五九）は、役に立たない知識を誰にも邪魔されずに探究できる場所を目指したという。

歴史を振り返れば分かるように、科学の発見の多くは、有益さとは関係のない状況で行われてきた。フレクスナーは言う。例えば、電磁気を研究したマクスウェルやヘルツはなにも発明しなかった。無線という便利なしくみをつくって巨万の富を得たのは、彼らの理論を借用したマルコーニだった。この例を筆頭に、フレクスナーは自然科学の各方面の研究が有用性とは無縁のところで行われ、後から応用された例をいくつも挙げている。

その上で彼は、学術において圧倒的に重要なのは精神と知性の自由であって、「有用性」という言葉を捨てるべきだと主張している（「役に立たない知識の有用性」、『「役に立たない」

科学が役に立つ』初田哲男監訳、野中香方子＋西村美佐子訳、東京大学出版会、二〇二〇、所収）。「それは百年前の牧歌的な時代のことだろう」と言いたくなるとしたら、自分はすでに「有用性」という呪いに囚われているかもしれないと疑ってみたほうがよい。

　ではどうすればよいか。本書にはそのヒントがさまざまに書かれている。キーワードを拾ってみれば、知の冒険、異なれる分野の交流、博識、境界線上、祝祭、コンメーディア、舞台、廻り道、非日常、蒐集、相反するものの合一、越境、旅などがある。乱暴であることを承知で、これらを「遊び」とまとめておこう。ここで遊びとは、なんの役に立つかとは関係なく、ものごとを試してみる営みである。なんらかの「結果」が得られる保証のないところで、それでも試行錯誤してみることを遊びという。遊びは、そうでもしてみなければ潜んだままで見えないものを目に見えるようにする営みでもある。本や知識の蒐集にせよ、知的な探究にせよ、なんらかの創造にせよ、かたとき効用を離れて、精神を遊ばせてこそ、思い掛けないものにも出会える。旧中公文庫の解説で大江健三郎が引いていた一節をここでも引用しておきたい。

「一つの文化のダイナミズムは多かれ少なかれこうした〈旅〉に出かけて来た人間によって再生産されつづけるのである。旅、何処へ？　自分が属する日常生活的現実のルールが通用しない世界へ、自ら一つ一つ道標を打ち樹てて地図を作成しつつ進まなければ迷いのうちに果ててしまう知の未踏の地《ノーマンズ・ランド》へ、書の世界へ、自らを隠すことに知の技術の大半を投じている秘教の世界へ、己れが継承した知的技術を破産させるような知識で満ちているような知の領域へ、である」（本書、二三八頁）

すでに知っているものを再確認するような旅ではなく、むしろそれまでの自分にとっては当たり前に見えていたものを否応なく異物にしてしまうような旅こそが、知や思考や創造に新たなものをもたらす。そういえば、山口自身が地球の上でも紙の上でもよく移動する旅人であった。

いまでは想像しがたいかもしれないが、本書が最初に刊行された五十年前はネット以前の世界であり、どこにどのような本があるかさえも簡単には分からない状況だった。それと比べて現在は、どこにどのような本や知識があるかという情報は、ネットでいくらでも知ることができるし、世界中の厖大な本が、読み解かれるのを待っているのが目に入る。本書の挑発に伸るか反るかは、もちろんあなた次第だ。

*

最後に本書の書誌を整理しておこう。本のかたちで刊行されるのは、これで四度目である。初出は、雑誌『中央公論』に連載された「本の神話学」全五回で、本書掲載の「二十世紀後半の知的起源」「ユダヤ人の知的熱情」「モーツァルトと『第三世界』」「〝社会科学〟としての芸能」「もう一つのルネサンス」は、この順に一九七〇年六月号、七月号、九月号、十月号、一九七一年二月号に掲載された。一九七一年七月に中央公論社から『本の神話学』として刊行の際、「補遺　物語作者たち」と「文献案内」が追加されている。この年、山口は『アフリカの神話的世界』（岩波新書）、『人類学的思考』（せりか書房）という専門に関する著作も出しており、それ以前から論文や翻訳や編著などを手がけていたが、「本」の著者として読書人の前に姿を現したのはこの三冊からだった。

その後、『本の神話学』は一九七七年十二月に中公文庫の一冊として刊行され、文庫化に際しては大江健三郎が解説「〝知の世界の涯を旅する者〟」を寄せた。後の二〇一四年一月に、この中公文庫を底本として岩波現代文庫から再刊され、今福龍太による解説「もっとも純粋な〈知的憧憬〉の書」が加えられている。本書は岩波現代文庫版をもとに「歴史と記憶」（「国際研究」第一三号、一九九七／『山口昌男ラビリンス』国書刊行会、二〇〇三）、「私の図書館・私の大学」（「言語」一九八〇年十月号／『笑いと逸脱』筑摩書房、一九八四／ちくま文庫、一九九〇）、「図書館との出遭い」（「図書館の学校」二〇〇〇年八月号／書籍初収録）の三編を加え、いまお読みの新たな解説を添えたものである。

（やまもと・たかみつ／文筆家・ゲーム作家）

エピグラフの出典：高山宏「ある夜のマレビト」（『山口昌男著作集1』栞、筑摩書房、二〇〇二）

わ 行

や　行

ら　行

ま 行

は　行

な　行

た 行

さ　行

か　行

人名索引

あ 行

編集付記

一、本書は、『本の神話学』岩波現代文庫版（二〇一四年）を底本としています。岩波現代文庫版では、中公文庫旧版（一九七七年）を基に、今福龍太氏が本文・文献案内の校訂に当たり、二〇一三年末までに出版された邦訳書の情報が補われ、人名索引が追加されました。

一、本増補新版では、巻末に関連原稿三篇を収録しました。また、編集部により、新たに情報を補い、明らかな誤記の修正などを行なった箇所があります。

一、本文中、今日の人権意識に照らして不適切な語句や表現がありますが、著者が故人であること、執筆当時の時代背景と作品の文化的価値に鑑みて、そのままとしました。

中公文庫

本《ほん》の神話学《しんわがく》
——増補新版《ぞうほしんぱん》

2023年8月25日　初版発行

著　者　山口《やまぐち》　昌男《まさお》

発行者　安部　順一

発行所　中央公論新社

〒100-8152　東京都千代田区大手町1-7-1
電話　販売　03-5299-1730　編集　03-5299-1890
URL https://www.chuko.co.jp/

DTP　ハンズ・ミケ
印　刷　三晃印刷
製　本　小泉製本

Published by CHUOKORON-SHINSHA, INC.
Printed in Japan　ISBN978-4-12-207408-8 C1195